夢見帝國圖書館

夢見る帝国図書館

Nakajima Kyoko

中島京子

黃健育——譯

認識喜和子女士是近十五年前的事了。

我們相識於上野公園的長椅上，當時我尚未成為小說家。

雖然那段時期已經在寫小說了，卻沒刊登在雜誌上，也沒出書，情緒和生活都不穩定，怎樣也無法想像有建設性的未來。

畢竟財務窘迫，靠著當雜誌自由撰稿記者的收入僅能勉強維生。儘管如此，有時間我就想寫小說，事實上也真的寫了。

「您從事什麼行業？」

所以每當有人這麼問時，

「我在寫小說。」

可以的話，我是很想這麼說。

「在哪裡看得到呢？」

不過一想到接下來又要被問這個問題，我就陷入一種寧可咬爛舌頭、也不願提到小說兩個字的心態。

當然，雖說是十五年前的事，但當時的我也已經三十五、六歲，早已有些人生歷練，絕不會對第一次見面的人胡言亂語，必要時也不是不能九十度鞠躬行禮，雙手遞上自由撰稿人頭銜的名片，聊聊天氣或前幾天運動賽事結果等無傷大雅的話題，虛應一番。

可是，

「我在寫小說。」

為何我偏偏對喜和子女士這麼說呢？

時至今日，我還是搞不清楚。

不過可以確定的是，或許正因為處於不穩定的時期，我才會認識喜和子女士。我的不穩定和喜和子女士的不穩定，可能恰好互相吸引吧。

那天我剛採訪完全面開放的國際兒童圖書館。經營生活雜貨的郵購雜誌上，有個介紹繪本的單元，而我在這本季刊上負責撰寫關於繪本的小專欄，報導圖書館的工作便交給了我。同行的攝影師一拍完照就先去其他地方工作了。結束採訪後，我一路晃到公園，在看得見噴水池的長椅坐下。

那天是五月底，一個晴朗的日子。

但我卻心神不寧，心頭隱隱籠罩著對未來的慢性憂慮。我坐在看得見噴水池的長椅上。鴿子低聲咕叫。

喜和子女士從動物園的方向走來。她留著一頭白色短髮，穿著奇特。後來我才知道那是她用碎布拼接而成的大衣，不過當時我覺得那身奇裝異服看起來有點像孔雀。

「啊啊，好累呀。」

那個人毫不猶豫一屁股坐到我旁邊後，幾乎立刻從口袋裡掏出菸盒。她用指尖敲了敲盒底兩下，用食指和中指夾住彈出的一支菸。把菸盒收起來的同時，她的另一隻手已不知不覺地取出小打火機，滋一聲地點著了菸。

剎那間，煙霧飄過鼻尖。由於事發突然，我不小心吸入煙霧，大大嗆著了。不曉得是煙竄進氣管還是怎麼了，我一直咳個不停。

其實我氣管不好，現在還是常常一咳就停不下來，感冒時喉嚨也總是很不舒服。這樣好像在責怪身旁這位白髮女性，感覺很不好意思。可是不曉得為什麼，越想盡快控制咳嗽，喉頭就越不對勁，都咳到噴淚了，狀況卻未能減緩。

等到這一陣突發咳嗽好不容易平復下來，我才能用手帕擦淚，做了兩次分不出是嘆氣還是深呼吸的動作，然後對身旁這位白髮女性說：

「不好意思。」

話雖如此，我當然是受害者。

「沒關係。」

女性大方地說，同時像剛才掏菸一樣，迅速從某處取出糖果。

「要吃嗎？」

她詢問身旁的我。

明明這時應該是人家要道歉，我卻不小心低頭了。因為對此懊惱不已，我理所當然地收下了糖果。雖然對方並未開口賠罪，但至少有個東西做為補償。

「妳這一定是花粉症啦。」

不料身旁這位白髮孔雀女竟然這麼說，絲毫沒意識到自己抽的菸影響到我的氣管，又或者是故意無視這點。

「大家都只想到鼻子吧？不過聽說不只流鼻水，眼睛和喉嚨也會受到刺激呢。但才這樣就戴口罩？討厭，真不像樣呢。」

聽到不像樣這幾個字，我受了不小衝擊。雖然同意看似烏鴉天狗的防花粉症口罩不甚美觀，但比起那件很難稱得上拼布工藝品的奇異大衣，口罩反而沒那麼古怪了。我不知道該說什麼，甚至不知道該不該回應，便姑且點了個頭，然後拆掉手裡的包裝紙，將圓形糖果放入口中。這樣嘴巴就成了用來吃東西的器官，感覺好像可以順理成章不用說話了。

不過下一秒鐘，我驚覺大事不妙。糖果冷不防地黏住了牙齒。

雖然不想說話，但我壓根子沒想到糖果會把牙齒跟牙齒黏死，完全張不開嘴。我的上下臼齒都治療過，倘若硬把它們分開，填補的金屬恐有脫落之虞。我就這樣閉著嘴巴，整張臉扭曲了起來。

「啊，完了。」

身旁的女性有些開心地說。

「黏住牙齒了呢。妳不知道金太郎糖的吃法啊。要慢慢舔，不能馬上咬下去。等到變軟再咬就沒問題了。」

不知道為什麼，她似乎明白別人嘴裡發生了什麼慘劇。我不悅地看向旁邊。白髮女性笑得更開心了。

「別擔心，等一下變軟就能拿掉了。啊啊，真有意思，好好笑喔。」

然後她瞥了我一眼，

「嗚呼呼，嗚呼呼。」

雙手摀著嘴巴笑得樂不可支。

雖然一開始很火大，但她笑得如此暢快，加上我自己的模樣真的很蠢，最後我也忍不住笑了出來，糖果也順勢從上下牙齒間脫落。

這就是我跟喜和子女士的初次相遇，也是喜和子女士第一次把在根津神社附近買的愛吃的金太郎糖分給我。

「妳今天來幹什麼的？」

喜和子女士以不太客氣的語氣問道，但她臉上帶著溫和的笑容。

「我在那邊的圖書館有點事要辦。」

「哎呀，上野圖書館嗎？」

「我去那間新蓋好的國際兒童圖書館工作。」

「哎喲，討厭啦，那已經不新囉。」

「哎，建築物本身是舊，但有重新整修過吧？一直以來那裡只運用了部分空間，這次才全面開放。」

「哼。」

她用鼻子哼嗤一聲。

「變漂亮後反倒有點難走進去了。」

「整修前妳去過嗎？」

「是啊。我幾乎算是半住在那兒了。」

她突然使用敬語，囂張地擺起架子。

當時我並未多想。後來我才發現這番話意味深長，但第一次見面時根本不可能意識到這點。

我只是不經意地想，莫非這個人打扮成這樣去圖書館？這也未免太引人注目了。不過公共圖書館開放大眾進出，或許是最適合打發時間的地方。想到那些占據地方圖書館報章區的老人，我不禁想像起這位身穿孔雀大衣的白髮女性，每天在圖書館從開館窩到閉館的樣子。

總覺得那很適合她。

「我的專業是兒童讀物。」

「是喔，很好啊。所以妳去圖書館幹嘛？查東西嗎？妳是學生？」

怎麼可能啊？正準備開口反駁時我突然想到，在上了年紀的人看來，二十多歲和三十多歲可能都差不多吧。

「我是寫文章的，不是學生。」

白髮女性聞言立刻說道：

「寫什麼的？」

可是，

我既沒搬出自由撰稿人的頭銜，

也沒說自己負責撰寫圖書館的介紹報導，

反倒回答：

「我在寫小說。」

「哎喲，討厭啦。」

白髮女性應道。

事後我才知道她的口頭禪是「哎喲，討厭啦」。

接著她又說：

「跟我一樣嘛！來握個手吧。我叫喜和子。喜悅的喜，和平的和，孩子的子。」

我順勢報上姓名，並握住她乾瘦的手。

「喜和子女士是小說家嗎？」

「嗯——，也不是。」

喜和子女士稍微伸了伸腳，斥退湊向腳邊的鴿子，一邊說道：

「我是想寫啦。」

這麼說完，喜和子女士露出滿臉笑容。受到她的影響，我不小心對第一次見面的她坦誠：

「其實我也正在寫東西呢。」

「哎呀，寫什麼呢？」

「不告訴妳。」

「哎呀，為什麼？」

「總覺得說出來就沒了，所以我不說。」

「是嗎？那寫好了給我看看吧。我很期待喔。」

我再度仔細打量坐在身旁的白髮女性。

的確，喜和子女士穿得非常古怪。外面套著一件碎布拼接大衣，底下穿著極為老舊的T恤，以及狀似袈裟的褐色長裙，腳上套著運動鞋。不過那張頂著白色短髮的小臉卻是眉清目秀，還透出幾分優雅氣質，顯然是有在看書的人。我猜這個人真的愛書，而且非常喜歡上圖書館，甚至到了幾乎住在圖書館的地步。「寫好了給我看看吧」，這句話多少讓我獲得一些撫慰。

當然，我跟她幾分鐘前才認識，彼此才剛互報姓名而已，我不可能當真，打算讓她看自己寫的東西。不過，

「好的。」

當時我確實這麼說了。

五月的晴空下，喜和子女士笑得非常開心。

雖然說小說寫好了要給她看，但我跟她沒訂下任何約定就互道分離了。畢竟那只是興頭上隨口說說，我壓根兒沒想過問她聯絡方式。

不過之後我們又見面了。

而且又是在上野。

當時我也是來兒童圖書館工作。正確來說，編輯部注意到我五月寫的報導，決定在繪本主題季刊雜誌上連載採訪圖書館活動的短篇報導，而我就是去開第一次討論會。那是八月的事。

因為稍微提早出門，還有些時間，一時興起的我在根津下車買了鯛魚燒。我一邊吃著剛烤好的鯛魚燒，一邊走在善光寺坂上時，剛好遇見了喜和子女士。雖然她沒穿著碎布拼接成的春裝大衣，但我不可能認不出那頭白髮，以及宛如袈裟袋的長裙。

「喜和子女士。」

聽到我出聲叫喚，她在坡道上回過頭來。

「哎呀，妳在吃好料呢。」

她說。我一口咬下大約三分之一的根津鯛魚燒，嚼得津津有味。那是當地知名的暢銷點心，連尾端都填了滿滿的餡。

猶豫了一會，我從托特包裡拿出第二個鯛魚燒遞給她。因為我感受到一道非常強烈的視線。我買兩個並非為了送人，只是臉皮沒厚到光買一個而已，不過喜和子女士卻理所當然收下了。

「謝謝。」

喜和子女士對甜食情有獨鍾，而上野谷中一帶也是不缺美味甜食的地方。

「哎，妳要去哪兒啊？」

喜和子女士咬著鯛魚燒問道。

「同樣是國際兒童圖書館。」

「妳去上野圖書館幹嘛？」

「我要採訪圖書館的活動，寫文章刊在雜誌上，今天就是去開會討論這件事。」

「喔——」

欽佩地嘆了口氣後，喜和子女士站在坡道上叉著手，語氣篤定：

「妳跟圖書館挺有緣的嘛。」

「哎，也稱不上有緣吧。」

「不，真的很有緣喔。」

斬釘截鐵地這麼說完，喜和子女士舔了舔沾到嘴角的紅豆餡。雖然一路跟到圖書館門口，但她沒打算進去，我倆便就此道別。不過開完會走出圖書館時，她卻笑咪咪地站在那裡。

「哎呀，喜和子女士？」

「我閒著沒事，就在這附近散步，想著妳也差不多該出來了。要不要來我家？」

「咦？」

「來嘛，一下子就到了。」

「啊，可是。」

「別客氣，真的很近啦。」

這麼說完，喜和子女士拉著我掛在肩上的大托特包。

我腦袋一片混亂。

真搞不懂為什麼這位奇裝異服、愛吃甜食的中老年女性會對我這麼親暱。難不成是因為我請她吃鯛魚燒？收送甜食的舉動會不會是某種敦親睦鄰的友好象徵呢？倘若如此，送她鯛魚燒究竟是對是錯？我滿腦子淨想著這些奇怪的事。

想到喜和子女士可能一直守在圖書館前，我頓時有些不知所措。

之後喜和子女士的執拗和單純天真也嚇到我好幾次。不過，假使她不是這種個性，我們肯定不會成為朋友。

「站在這裡說話也不是辦法啊。」

由於喜和子女士熱情邀請，加上我想躲避戶外的炎熱，待在冷氣夠強的室內，因此從途中開始就算沒拉我，我也主動跟著她走了。如果是一般職員，恐怕沒辦法這麼悠哉吧。不過身為沒錢卻有閒的自由撰稿人，平日下午我倒也沒什麼事要做。

喜和子女士毫不遲疑地穿過東京藝大前的小路，沿著善光寺坂稍微往下走，一會兒後又彎進巷子，接著找到一條更窄、寬度不到一公尺的小徑，便立刻拐了進去。那是條死路，左側有棟門面狹窄的兩層樓木造住宅。喜和子女士推開搖搖晃晃的拉門。

「我進來囉！哎呀，不在嗎？」

「這裡有誰在嗎？」

「嗯，樓上有個人。啊，好像不在呢。」

我發著楞，望了望室內。

這空間遠比想像中還有魅力，但實在是太小了，而且連冷氣的影子都看不到。不過位置僻靜，有些遮蔭，不至於被陽光直曬。

後來我也去過好幾次，所以印象很深。一進門就彷彿瞬間走進了古代小說。看到那棟房子時，我知道自己已經被喜和子女士給擄獲了。

那房子應該是長屋的格局，不過隔壁住家早已改建成新屋。巷弄深處只有那裡特別老舊，宛如背負著過往的江戶時代。聽說那好像是大正或昭和初年的建築。

推開拉門後，有一塊僅擺得下兩、三雙鞋的水泥地和臺階。玄關左側是不曉得有沒有一張榻榻米大的廚房，後方有座很陡的樓梯。如果有人的話，想必就是在這座樓梯上面吧。眼前是喜和子女士的起居室，四張半榻榻米大的狹窄空間裡只有圓形小矮桌和一片坐墊。角落擺著窄長的衣櫃，衣櫃上和地板都堆滿了書。老舊的《樋口一葉全集》吸引了我的目光。

「喜和子女士，原來妳真的喜歡書啊。」

「嗯。比起看書，身邊有書更讓我感到安心。」

「不過，地震的時候不會塌下來嗎？」

「會啊。所以我都在壁櫥裡鋪被子睡呢。」

喜和子女士在狹窄的廚房裡燒水泡茶。茶點又是金太郎糖。喜和子女士家沒有冰箱，至少一樓起居室沒有。後來我才知道，真有迫切需要時，她會跟二樓住戶借用冰箱。不過大熱天裡喝熱茶倒也不壞。

「我想拜託妳一件事。」

她跪坐在圓形小矮桌前，雙手捧著茶杯，以男人般的口吻說：

「妳要不要寫寫看上野圖書館？」

「上野圖書館？」

「我本來想寫，可仔細一想，我又沒寫過文章，試過之後也完全不覺得自己寫得出來。」

「寫上野圖書館的什麼呢？」

「小說。」

「小說？」

「雖然可以寫上野圖書館的歷史，但歷史這種東西啊，就算看了也進不了腦袋嘛。」

聽喜和子女士感慨地低聲呢喃之餘，我環顧房內。《上野的歷史》、《上野公園的歷史》、《國立國會圖書館三十年史》、《國立國會圖書館五十年史》等等，這類書占了不少空間。

「為什麼妳想寫上野圖書館的歷史呢？」

「我喜歡上野圖書館呀。」

「因為從小常去的關係嗎？」

「嗯，差不多啦。」

「所以妳想寫以圖書館為背景的小說囉。」

「這麼說也不大對。」

「是有上圖書館的男女在借還書時互相吸引的戀愛作品。啊，但那好像不是小說，是動畫吧。」

「哎，或許也可以加入這類要素啦。」

「要素？」

「不過總之，應該是以上野圖書館為主角的小說。」

「圖書館當主角？」

「沒錯，由圖書館來說故事。」

「妳說圖書館第一人稱視角嗎？好比『我是圖書館』之類的？」

「可對我來說太勉強了。只要一動筆，我就會想起自己討厭寫文章的事。」

「這構想本身就很勉強吧。貓也就算了，一動也不動的圖書館當不了小說的敘事者啦。」

「沒這回事吧？」

「是嗎？」

「想辦法寫出來是小說家的本分吧。哎，不如妳來寫吧？」

「哎哎，我嗎？不，我又不是小說家。」

「妳不是說在寫嗎？」

「我是寫我想寫的東西。」

「不過，我倒覺得這題材不錯呢。」

「那是從喜和子女士的角度來看吧。」

「妳說不定更適合寫啊。」

「憑什麼這麼說？喂，這樣不行啦。誰找到的題材就是屬於誰，別人寫不來的。就算能寫，到頭來肯定也會變成截然不同的東西。被迫看那種東西會很火大喔。明明自己提供這麼好的題材，卻被搞成這樣。所以，想寫要自己寫才行。」

「是嗎？」

「是啊。這不是天經地義的事嗎？」

「可是，我又沒寫過文章。」

「在找到我之前，妳不是打算自己寫嗎？」

「話是這麼說沒錯啦。」

「妳想寫吧？」

「嗯，對呀。」

「那就得自己寫。」

「是嗎？」

「當然啊。別鬧了。啊啊，嚇我一跳。」

「其實啊，我已經決定好標題了。」

「標題？」

「沒錯。標題叫《夢見帝國圖書館》。」

喜和子女士的表情真的就像在作夢一樣。

我把金太郎糖放入口中。

「哎，妳知道為什麼會設立圖書館嗎？」

這回她露出有點可怕的表情，以審訊般的語氣問道。

「問我為什麼，不是為了讓大家看書嗎？」

「大家？」

「就是市民啊。」

「這個嘛，也不能算錯啦。」

喜和子女士一臉不滿。

「福澤諭吉這個人啊，以前曾經留洋過呢。」

「啊，妳是說萬元鈔票上的福澤諭吉吧。」

「對。學成歸國後，他說『西洋的首都有 Bibliothèque（圖書館）』。」

「聽起來像料理的名字。」

「大家震撼極了，決定著手興建。」

「這是開頭嗎！？」

夢見帝國圖書館・1　前史「Bibliothèque」

「Bibliothèque！」

明治政府要人們眉頭深鎖，議論紛紛。在年號從江戶改為明治之前，福澤諭吉曾三度留洋。出自他口中的古怪洋話，具有不容忽視的分量。

「也就是書庫吧。」

「書庫嗎？」

「Bibliothèque。」

「那裡收藏了世界各地的書，有讀物和圖畫書，也有古書珍本，誰都可以自由閱讀。不過只能在書庫裡看，不准帶回家。倫敦書庫有八十萬冊藏書，聖彼得堡書庫有九十萬冊，巴黎書庫更多達一百五十萬冊。聽法國人說，如果將巴黎書庫的書排成一列，總長將達二十八公里呢。」

「二十八公里，那豈不是七里*嗎！？」

「多達七里的藏書！」

「書庫竟然裝得下！」

「洋人稱這書庫為。」

「Bibliothèque。」

「少了它，就不算是近代國家。」

「若不盡快成為近代國家，就無法廢除不平等條約。」

「沒有Bibliothèque，就無法廢除不平等條約嗎？」

「沒錯。」

於是，明治新政府動了興建Bibliothèque的念頭。

＊註：日本在明治維新後規定一里為三點九二七公里，與中國的一里（五百公尺）不同。

因為季刊雜誌那份兒童圖書館的工作，我跟喜和子女士每三個月就會見一次面。那時喜和子女士大約六十歲，剛開始仰賴年金度日。雖然喜和子女士聲稱去世的丈夫有留了些什麼給她，但她住在破房子裡，又堅持每天只吃兩餐，怎麼看都不像過得很寬裕的樣子。租用二樓的是念藝大的學生，聽說經常留宿大學創作。第一次碰面時，我還以為他是喜和子女士的兒子。

「是我愛人啦。」

喜和子女士嬉皮笑臉地開起玩笑。

青年聞言明顯露出嫌惡的表情，不耐地說：

「上次才叫妳別騙人家說我是妳兒子，這回換愛人了嗎？」

採訪大多在平日上午，天氣好的時候，我跟喜和子女士常到公園長椅上共進午餐。不過吃的都是些便宜簡單的東西，往往只是買個甜麵包或飯糰，配上喜和子女士裝在壺裡帶來的茶而已。平日的公園可以看到推著嬰兒車的年輕媽媽們聚在一起聊天，還有小男孩們踩著滑板來來去去。

喜和子女士坐在長椅上盤著腿，宛如袈裟袋的裙子在曲折的雙腿間擠成一團。用完餐後，她恣意抽著菸，繼續娓娓道來。

仔細想想，她菸抽得這麼兇，我應該會頭痛得忍不住想逃才對。不過或許是置身在藍天底下的關係，我並不覺得不舒服。這麼說來，記得喜和子女士不常在狹窄的家裡抽菸。有鑑於第一次見面那天我咳得厲害，喜和子女士吐煙時總是別過頭去，還刻意噘起了嘴脣。

明明喜和子女士那麼喜歡圖書館的建築，卻絲毫無意走進翻新後的國際兒童圖書館。不過她好像很好奇裡面的狀況，經常要我分享採訪活動的內容，也聽得興致勃勃。

某天，喜和子女士問道：

「妳知道那棟建築幾歲了嗎？」

「知道啊，當初來開會時就聽說了。一九〇六年落成，所以就快滿一百歲了吧。」

「不覺得很厲害嗎？在這裡一百年耶。這段期間年號從明治變成大正，又變成昭和。而漫長的昭和時代也已經結束，來到了平成時代。」

「換了四任天皇呢。」

「這段期間也見證了很多事吧。」

「好比震災或戰亂之類的。」

「看著那棟建築，我就會想到這些事。」

彷彿雲中出現一面大銀幕般，喜和子女士睜大雙眼盯著天空，然後靜靜閉上眼睛。

「哎，把眼睛閉上。」

喜和子女士閉著眼睛說。

「現在？」

「對，現在。」

「我閉上了。」

「閉好了？」

「閉好了。」

「那妳想像一下。這一帶的美術館、會館、大學等等建築全都消失了。當然，圖書館也是。」

「我試了，不過很難。」

「那就換成其他東西消失。」

「其他東西？」

「這個嘛，換成寺院好了。」

「寺院？」

她到底要我做什麼呢？我睜眼一看，只見喜和子女士早已睜開眼，眺望著噴湧的池水。

「在江戶還沒變成東京、上野因戊辰戰爭化為戰場前，這一帶曾是廣大的寬永寺建地。」

「寬永寺？」

「雖然現在這後面還保留著規模精簡過的，但過去寬永寺可是一間很大的寺院呢。聽說以前噴水池這邊有座橫寬四十五公尺、縱深四十二公尺、高三十二公尺的中堂，非常壯觀喔。」

「高三十二公尺？」

「以公寓來比喻，大概有十層樓高。」

「真的嗎？」

「另外，現在國立博物館坐落的位置不但有本坊，還有以改建京都二條城二之丸庭園聞名的茶人兼庭園造景名家、小堀遠洲打造的氣派日本庭園。想像一下，全盛時期的寬永寺建地，足足有三十萬五千坪大呢。」

「三十萬五千坪？」

「相當於二十座東京巨蛋。」

「好驚人。」

「對吧？當時佐幕派彰義隊據守寬永寺，大村益次郎率領官軍，從現今東京大學一帶的加賀大人宅邸用阿姆斯特朗砲狂轟寬永寺。巨大的砲彈從不忍池上方呼嘯而過，江戶城中心爆發了大戰，不過官軍只花半天時間就打贏了。畢竟那可是阿姆斯特朗砲呢。」

喜和子女士說得繪聲繪影，彷彿阿姆斯特朗這幾個字有什麼重大的意義。的確，我也覺得這名字聽起來好像臂力很強的樣子。

「據說彰義隊很受歡迎喔。」

「很受歡迎？」

「吉原和根津遊郭的女人都說『要找情夫就找彰義隊』。她們總是特別關愛來玩的彰義隊隊士呢。」

「隊士很帥嗎？」

「哎呀，畢竟官軍都是些鄉巴佬嘛。」

「啊啊，是薩長土肥*吧？說他們是鄉巴佬會被罵喔。」

「不過彰義隊是城裡人，當然很會玩。每當剛進城的鄉巴佬在吉原一帶猴急地幹出蠢事時，彰義隊就會跳出來，警告他們不得冒犯花魁，把他們給趕跑喔。」

「好帥啊。」

「對吧？而且彰義隊也知道，免不了與官軍全面開戰。」

「啊啊，這就是所謂不知明日何在的戀人吧。」

「沒錯，重點就在這兒。」

「好萌啊。」

「前一天彰義隊四處奔走，通知大家明天這裡將成為戰場，叫女人、小孩和居民趕緊逃難。」

「如果被這樣對待，再收到一把梳子的話，往後光靠這回憶就能過一輩子了。」

喜和子女士忽視我的感想，輕笑著說：

「芥川龍之介不是寫了篇文章叫〈阿富的貞操〉嗎？」

我沒讀過那部知名短篇，所以我不置可否，等她接著說下去。

「背景是明治元年五月十四日，上野戰爭爆發前夕。空無一人的鎮上，名叫阿富的雜貨店女傭回店裡找她落下的三花貓。這時有個叫新公的乞丐碰巧在店裡躲雨，在場只有阿富和新公兩人。新公突然動了歪念頭，舉槍指著貓對阿富說『要貓活命就乖乖聽話。』妳沒讀過這篇嗎？」

「沒讀過。」

「那我是不是不該再說下去了？」

雖然喜和子女士各方面都很強硬，唯獨這種時候卻莫名客氣。

「儘管說，沒關係。」

「最後阿富守住了貞操。安靜的午後，鎮上只有一男一女一貓。唯一確定的是，這世界將在明天改變。」

我再度閉上眼睛，想像著空無一人的城鎮，然後開口問道：

「那男的是彰義隊隊士嗎？」

「不，那個叫新公的男人其實是官軍。」

「所以是打勝仗的那邊啊。」

「沒錯，半天內就分出勝負了。這一帶隨處都是被棄置的彰義隊屍體。」

＊註：支持明治維新的薩摩藩、長州藩、土佐藩、肥前藩的總稱，分別為現代的鹿兒島、山口、高松、佐賀等四縣。

「請別說些詭異的話啊。」

「幾天後商人和僧侶回到鎮上，把他們給火化了，不過空無一人的寬永寺卻成了凶地。於是官軍放火燒掉大部分的寺院，將此處夷為平地，收歸國有。」

「官軍，是明治政府吧。」

「沒錯。這片土地全都染上了血腥呢。」

「所以這裡才會興建東京國立博物館、國立西洋美術館和東京文化會館吧。啊，還有那棟圖書館。」

「哎，雖然中間發生很多事，但簡單來說就是這樣啦。」

看喜和子女士的表情，她似乎覺得籠統帶過才不無聊。

為何喜和子女士會如此熟知上野圖書館的歷史，又為何想寫（或者叫我寫）這方面的事呢？每次提出這個問題，總是得不到確切答案。不過喜和子女士不但喜歡圖書館，更深愛著上野，我猜那可能是源自於對上野的愛吧。

「因為很有趣嘛。」

喜和子女士眼神發亮地說。

仔細一想，人們寫作的理由，可能也只有這個了。而喜和子女士的故事有點奇特。就像這樣。

夢見帝國圖書館・2　東京書籍館時代「永井荷風的父親」

永井荷風的父親久一郎，氣得差點跌下椅子。

「沒書？」

現年二十三歲的他是位年輕的文部省官吏，官階為八等官。撇開官階不說，他對書籍的熱情著實非同小可。順帶一提，當時久一郎還沒結婚，壓根兒不曉得自己在日後會成為永井荷風的父親。

「書籍館竟然沒書？」

「也不是沒有，只是被博覽會事務局帶去淺草了，而且一般市民禁止閱覽，所以實際上已經沒有提供國民圖書的書籍館業務了。」

同僚一臉抱歉，如此回覆著未來的永井荷風父親。

「說這什麼話，書籍館才剛開始啊！」

荷風的父親久一郎瞪著同僚說。

「跟我抱怨也沒用。這是博覽會事務局的決定。」

同僚無奈地低下頭。

「什麼都以博覽會優先！」

久一郎惱怒得連鼻頭都抽動起來。

「不過，博覽會是能吸引十五萬觀光客的龐大事業，書籍館卻沒什麼人來，又賺不了錢。」

就算不受重視也情有可原吧。同僚本想接著這麼說，然而看到久一郎凶神惡煞的表情，他也只能吶吶地把話含在嘴裡。

這都要怪大久保利通，久一郎在心中暗自咒罵。

明治五年八月，東京湯島聖堂開設了日本第一間近代圖書館「書籍館」。

不過，這間書籍館其實是博物館的陪襯。書籍館開設前幾個月，湯島聖堂舉辦了日本首次的「博覽會」。

「明年萬國博覽會將在奧地利的維也納舉行。我們要在維也納萬博上推出日本館。」

大久保利通說。

「萬博！」

「萬博！」

明治政府的要人們內心受到觸動，紛紛瞇起雙眼仰望著天花板。其中有些人想起了巴黎萬博的盛況。

「身為近代國家，可不能不去萬博參展啊。」
「我們要展現出近代國家日本的產業精粹。」
「藉此宣揚國威。」
「如此一來，離廢除不平等條約又更近了一步。」
「先在東京進行預演吧。」
「這樣就得在湯島聖堂舉辦『博覽會』了。」
於是「文部省博覽會」搶先隔年的維也納萬博，於明治五年三月舉行了。這個辦在東京主要地區的活動頓時引起愛好新奇事物的庶民關注，吸引了多達十五萬名觀眾，可謂盛況空前。該博覽會也催生出永久性展示的博物館。

會期結束後不久，連帶設立了「書籍館」。館內藏書多為舊幕府收藏的日漢書和洋書。書籍館之所以跟博物館綁在一起，是因為幕末及明治初年留洋過的人對於結合博物館與圖書館的「大英博物館」印象特別深刻。
「書籍館不是博物館的陪襯！」
久一郎吼道。
舉辦維也納萬博的明治六年，文部省底下的書籍館事業被併入萬博會事務局。隔年明治七年，書籍被迫全數遷至淺草，且禁止一般大眾閱覽。

「書籍跟美術品工藝品不一樣！」

「什麼盤子啦、陶壺啦、和服啦，這些東西只要收在倉庫裡，等開展時再拿出來陳列就好，可是書不拿來讀就沒意義了！」

「那些傢伙只注重外表好看的東西！」

「書雖然不起眼，卻很有用處啊！」

「哼，真是太可惡了。得從博覽會事務局手中搶回事業，重新打造能夠供人們閱覽的書籍館才行！」

有心的文部官僚們下定決心，努力讓書籍館回歸文部省管轄。於是到了明治八年，改名後的「東京書籍館」設立於湯島聖堂大成殿，然而博覽會事務局卻說：

「藏書我們就收下了。畢竟這是屬於博覽會事務局的東西。」

結果東京書籍館連一本書都沒有。

「沒書？書籍館竟然沒書？」

未來將成為永井荷風父親的久一郎憤慨不已。

「所以我才受不了明治政府！」

久一郎怒吼著：

「政府怎麼可以只顧著宣揚國威、富國強兵？不讓國民看書的國家只有滅亡一途。真正重要的是教育，是培養思考能力。俗話不是說『筆勝於劍』嗎？」

「什麼意思？」

同僚楞楞地抬頭。

「你不知道嗎？筆寫出來的東西就是書。書和言論的力量比武力更強大。你沒聽過這句西洋俗諺嗎？」

久一郎說得振振有詞，彷彿在斥責同僚不夠認真。

之後久一郎大顯神通，不但取得全國各府縣持有的舊藩藏書，還寄錢拜託在美國照顧留學生的人們購買洋書。

為了洗刷書籍館沒書的恥辱，他實在豁出去了。

由於東京書籍館館長畠山義成硬要去費城萬博視察，回程卻不幸病死在海上，因此年僅二十三歲的館長代理永井久一郎便代替畠山館長，包辦了一切事務。又是可恨的萬博。

不過久一郎對近代圖書館依舊熱情不減，原本一冊都沒有的藏書變得越來越多，甚至超過了七萬冊。久一郎懷著無比感慨之情，在東京書籍館的新藏書票上印了這段文字。

The Pen Mightier Than The Sword.（筆勝於劍）　東京書籍館　明治五年　文部省創立

這段英文是久一郎的最佳寫照。

為了實現幫助教育廣大民眾的崇高志向，藏書全數免費對外公開。在久一郎年輕的滿腔熱血催化下，東京書籍館的前途不可限量。

不過好景轉瞬即逝。

僅僅兩年，

情況出現重大變化，真的是風雲變色。

明治十年，大事發生了。

「廢止？」

永井荷風的父親久一郎再度氣得差點跌下椅子。

「廢止是什麼意思？不是才剛開館嗎！？」

「跟我抱怨也沒用。這是政府決定的事。」

挨罵的同僚搔著鼻頭辯解道：

「永井先生不也知道，政府正為了什麼事忙得不可開交嗎？」

「你說哪件事？」

「那還用說，當然是西鄉隆盛起兵造反啊！」

「西鄉先生跟咱們書籍館有什麼關係嗎？」

「因為西南戰爭一直燒錢，政府打算節省經費，縮編行政機構啊。」

「什、什麼？」

「聽說政府已經決定廢止像書籍館這樣只會花錢、卻對戰爭毫無助益的事業了。」

久一郎跌下椅子，滿臉愁容。

很遺憾，永井久一郎的夢想僅僅兩年就破滅了。

久一郎將寶貝藏書發還東京府，為了讓書籍館能留在東京府底下繼續存活而四處奔走，最後自己被調到東京女子師範學校，擔任三等教師兼幹事。

失意的久一郎感覺心裡開了個大洞。

「討個老婆吧。」

他心想。

於是這年，久一郎與老師鷲津毅堂的女兒阿恒結婚，定居在小石川區的金富町。

長男壯吉，也就是日後的斷腸亭主人永井荷風，於兩年後出生。

講完永井久一郎和「書籍館」的故事後，
「永井荷風的父親是不是很可憐？」
喜和子女士由衷同情。
「與其說永井荷風的父親可憐，倒不如說圖書館可憐。」
「哎喲，討厭啦。就是說啊，我也這麼覺得。妳跟那間圖書館好像很有緣呢。」
這麼說完，喜和子女士正確地指向圖書館的方位。
「淨是這種事呢。」
「哪種事？」
「沒錢。拿不到錢。買不起書架。藏書沒得擺。圖書館的歷史啊，說是缺錢的歷史也不為過。」
之後喜和子女士也三不五時把這句話掛在嘴上。

每季去兒童圖書館採訪時，倘若碰上好天氣，我們會在上野公園享用便當。假使下雨或天冷，我就會到喜和子女士家喝杯茶再回去。喜和子女士沒有手機，所以我總是沒事先跟她說好，工作結束後便信步晃到她家。每次去她大多都在，視當時天氣決定外出，還是在家躲雨。不過因為去得臨時，偶爾也會撲空。

二樓的藝大生叫古永雄之助。這個名字有點老氣的人很少在家。但有時會看到他睡眼惺忪地走下樓梯。雄之助主修油畫，聽說他在非常大的畫布上作畫。花費許多時間創作的他，似乎只把家當作睡覺的地方，但他的就寢時間跟常人差太多了。如果是固定在晚上或白天睡倒還好，但他卻是看當天狀況決定何時睡覺，所以要見到雄之助幾乎得碰運氣。

那段時期我曾和喜和子女士一同去附近的大眾澡堂。雖然好幾年前就已經不在了，但當時那家大眾澡堂每日提供熱水，除了附近的居民外，也供來訪的觀光客紓解疲勞。

想當然，喜和子女士家沒有浴室，所以她每隔一、兩天就會上一次澡堂，特定季節更是天天光顧。那家澡堂從大正時代開始營業，更衣間的地板和天花板皆為木製，散發溫潤光澤。圓角的方格狀天花板十分罕見，記得當初看到時我還忍不住發出讚嘆。喜和子女士早已見怪不怪，見我一臉稀奇，她樂得笑了。當我佇在中央貼磚大浴池的闊氣浴室裡再度歡呼時，她彷彿炫耀自家般指著畫了富士山和精進湖的牆壁，露出滿意的微笑。

「還是澡堂最能暖和身子了。」

喜和子女士像隻猴子一樣蜷縮在浴池裡說。

「搬到谷中之前，我家也有浴室，不過那只是在一個狹小的地方用自然水管放熱水而已。像這樣一出浴室身子馬上就涼了，一點都不暖。仔細想想，還是澡堂最好了。反正也不是多奢侈的事。」

喜和子女士身材嬌小削瘦，土黃色的肌膚極為細緻。背有點駝，受重力牽引的胸部也不大。或許是因為經常走路的關係，雙腿十分緊實，考慮到年紀，臀部和膝蓋周圍的皮膚鬆弛也算合理。說得不好聽一點，她的體態就像塊木板。我總覺得很像什麼，後來才想到是小時候看過的義大利連續劇《木偶奇遇記》裡出現的皮諾丘。不是人類男孩飾演的金髮主角，是朱塞佩爺爺用會說話的木材雕刻出來的人偶皮諾丘。喜和子長得有點像它。基於跟人共浴的不成文規定，我幫她刷洗那纖細的背。雖然不是瘦到病態，但她的肉少到連脊椎都能清楚看見。

洗完澡後，我們登上夕暮步道，去寺院附近的中華料理店吃拉麵和霜淇淋。因為收到稿費，我便說要請客。結果喜和子女士欣然接受了。

「哎呀，好哇。」

一臉開心的她非常可愛，跟喜和子這名字十分相稱。

喜和子女士食量很小，吃沒多少就飽了。記得我倆離開店裡，正準備朝日暮里車站走去時，東方的天空已經高高掛著美麗的滿月了。我原本打算去ＪＲ車站，不過在步道上走著走著，喜和子女士突然想到途中左轉離家更近。她回過頭說：「妳看，月色好美啊。」這時，眼前出現了一位滿臉怒容的老爺爺。

「哎喲，討厭啦。你怎麼在這？」

喜和子女士說。

「你們認識嗎？」

我不假思索地問。

「當然認識。」

老爺爺粗聲回答。

也不曉得是在互瞪還是對望，兩人四目交接了一會，最後是老爺爺忍不住別開了視線。

「難得見面，妳就陪我一會兒吧。不介意的話，那位小姑娘也一塊兒來吧。」

看老爺爺目光閃爍，我還以為他是個軟弱的人，想不到他竟然這麼說。小姑娘這稱呼聽起來真不習慣。雖然我認為三十多歲的人已經不是小姑娘了，但在上了年紀的人看來，或許還算是「小子」或「小ㄚ頭」吧。

「可是我又不餓。」

喜和子女士低聲嘀咕。

「好啦好啦。」

這麼說完，老爺爺推著喜和子女士瘦小的背，並以眼神示意我跟上。老爺爺走進狹窄拱頂下充滿昭和感的巷弄，找了間有小吧台的居酒屋入座。老爺爺、喜和子女士和我並肩坐著。

我不曉得是否該詢問兩人的關係，只好保持沉默。這時，已然放棄掙扎的喜和子女士對我說：

「那我要啤酒。哎，妳也點吧，反正是這個人請客。」

語畢，她砰一聲地打開濕巾包裝。

「以前住在附浴室的房子裡時，我當過這個人的情婦喔。」

「情、情婦？」

由於喜和子女士說得猝不及防，我驚訝得又覆述了一遍，

「妳講話還是一樣沒品呢。好歹也說戀人吧？」

老爺爺說。

喜和子女士低聲對我娓娓道來。據她所說，老爺爺名叫古尾野放哉，是名大學老師。因為喜歡上在上野廣小路的酒館工作的喜和子女士，古尾野老師對家人撒了瞞天大謊，佯稱在大學附近找到工作室，實則租了套房型公寓給喜和子女士住，還轉介她到便當店工作，並經常去找她。

「不是挺好的嗎？就像阿玉一樣。」

「地點不是老師決定的嗎？說什麼阿玉就是要住無緣坂上。」

「我錯了，不該說妳是阿玉。結果我不是岡田，而是末造。不光是角色，全部都是。真令人火大。」

「要談這個的話，我就回去囉。真是的，那件事不是很久以前就結束了嗎？」

「而且對象甚至不是學生。那算什麼啊。真搞不懂妳這個人在幹嘛。」

「我已經說過了，要談這個的話，我就不跟你一起喝酒囉。聽到沒？」

說著，喜和子女士作勢離開。這時，起泡的啤酒剛好送到喜和子女士面前，於是兩人暫時停戰，先乾一杯。

「妳還住在這一帶？」

古尾野老師鼻子底下沾著些許泡沫，略帶恨意地問道。

「對呀。畢竟我只熟這裡，也不打算去其他地方。我只想住在上野山區附近走得到的範圍。不說這個了，老師是來幹嘛的？你早就被大學解僱了吧？」

「別說得那麼難聽。是退休。今天我正好有事來附近的出版社一趟。」

「聽說你轉職去家裡附近、好像是千葉還什麼大學的，後來怎樣了？」

「在那邊也順利被汰換掉了。畢竟在那之後也過很久了。」

明明自己說「解雇很難聽」，他卻用「汰換」來形容退休，可見這位前大學教授並沒有外表看來那麼可怕。跟喜和子女士交往時，古尾野老師正在國立大學任教。由於公立大學的退休年限比私立大學略早，離職後他轉赴私立大學工作五年，也在幾年前退休了。古尾野老師的專長是中國文學。

阿玉那些有的沒的，是在講森鷗外的小說《雁》。有個高利貸老闆末造娶了名叫阿玉的年輕女子為妾，並租房給她住。阿玉家位於無緣坂上，她對時常經過無緣坂的帝大生岡田有點意思。的確，從情節聽來，為喜和子女士租下套房式公寓的古尾野老師怎麼想都不是岡田，而是高利貸老闆末造。喜和子女士住在無緣坂一共約四年時間。由於跟老師感情生變，加上幾乎在同一時間，老師的夫人也差點發現丈夫外遇，喜和子女士便斷然結束關係搬家，老師則成功扮演勤奮的大學教授，向妻子展示了堆滿書籍的套房。

「看好了，就連睡覺的地方都只有這張硬邦邦的沙發。什麼情婦，笑死人了。別太過分了。」

古尾野老師這麼訓斥妻子，順利化險為夷。

至於我，別說喜和子女士曾經當過大學教授的情婦，連她之前在廣小路的酒館工作，後來又在便當店打工，還跟「甚至不是學生」的人談情說愛，這些我都是第一次聽說。記得喜和子女士好像說她結過婚，不過現在我已經搞不懂那到底是什麼時候的事了。

「我也沒料到妳跟那種男人能怎樣。」

或許是打一開始就沒打算談別的事，老師完全不顧喜和子女士的制止，還是舊事重提。

「才沒怎樣呢。是老師自己愛吃醋，大驚小怪。」

「妳就愛沒錢的男人。不過大學教授在金錢這方面也沒那麼自由，所以我把僅有的一點……」

或許是覺得講多了反而難堪，老師聳著肩膀噤口不語。喜和子女士見狀好聲好氣地安撫老師，以意外嬌媚的動作為他斟酒。名為男人的物種就是這樣，受到這般款待，再大的委屈也能釋懷。老師以格外溫柔的眼神望著喜和子女士。

「妳這個人真是。」

他不再多說，安靜地喝酒。

我們陪老師喝到十點左右，然後在日暮里車站目送他千里迢迢地返回那位於千葉還哪裡的家。不知道為什麼，當時我們約好了，下週末會去在湯島聖堂舉辦的活動。聽說老師要聊一本叫《山海經》的中國鬼怪事典。

「妳不是喜歡湯島聖堂嗎？會跟我這種男人交往，也是因為對聖堂感興趣吧？妳也知道我常到那裡講課吧。」

由於老師鍥而不捨地大力邀約，喜和子女士也不好拒絕，便決定帶我一塊兒去了。

那天是第一次在假日特地跟喜和子女士約碰面，之後就很少有這種事了。記得當時正值初春，喜和子女士似乎穿了粉紅色的開襟針織衫。喜和子女士夏天只穿T恤，秋冬就穿那件拼布大衣，春天則常穿粉紅色開襟針織衫。雖然喜和子女士並非巴黎女郎，但她只有大概十套衣服。宛如袈裟袋的裙子也只分厚薄兩件而已。

在御茶水車站會合後，我們越過聖橋，步下相生坂。湯島聖堂腹地內有座非常氣派的老建築。那裡類似文化中心。

入口處貼了一張海報寫著：

「古尾野放哉老師特別講座『山海經的世界』。」

雖然古尾野老師拿出許多鬼怪圖片說了些什麼，但我卻忘得一乾二淨。跟發悶的喜和子女士偷偷筆談的內容倒記得很清楚。

「妳跟老師什麼時候交往的？」

「七、八年前，差不多是十年前的事了。」

寫完這段話後，喜和子女士停頓了一秒，

「那時還很年輕，大概五十幾歲。」

又補了這麼一句。

五十幾歲哪算年輕啊？當時我這麼心想，不過現在想想，五十幾歲的喜和子女士肯定夠年輕、夠有魅力。

「促使妳跟古尾野老師分手的男人是什麼樣的人？」

「他長得很像一個叫山本學的演員。」

「職業是？」

「上野公園的遊民。」

「真的假的？」

「我們是柏拉圖式戀愛，什麼事都沒做。」

「柏拉圖式戀愛！」

「不過他很有學識。」

「喜和子女士抗拒不了知識分子嗎？」

「對。」

「古尾野老師一定覺得自己就是知識分子了，何必去找別人吧。」

「是啊。」

「怪不得他會生氣。」

「人家長得帥。」

「古尾野老師會更生氣喔。」

「人又好。」

「喜和子女士喜歡沒錢的人嗎？」

「沒這回事。」

「可是古尾野老師都這麼說了。」

「我不是因為遊民身分才喜歡上他。」

「不過，妳不在意嗎？」

「在意什麼？」

「對方是遊民這件事。」

「畢竟是上野嘛。」

「？」

「上野從以前開始就是這樣了。」

「什麼意思？」

「就是能夠接納各種人，很有包容力啦。」

上野有容乃大，能夠接納各種人。

這話我聽她說過好多次了。就跟圖書館沒錢一樣，這番言論很有喜和子女士的風格。雖然她聲稱自己不是因為遊民身分才喜歡上對方，但她或許是在那位男性遊民身上感受到某種「上野精神」也不一定。

雖然這幾年已經看不太到了，但當時上野公園有著許多披著藍色防水布的遊民棲所。每當皇族到上野欣賞美術展或音樂會時，還能看見他們一群人把瓦楞紙屋折起來堆到推車上，大舉遷徙躲藏的奇景。某次跟喜和子女士在一起時，我曾碰巧目睹這幕景象，不過她卻氣憤填膺地說：

「該在那兒的東西就在那兒，不管是皇族還是誰來，大方秀出來就是了。那兒是那些人的家，把他們趕走太失禮了。」

當時她也說得很直白。

「這裡是上野，隨時都能接納無家可歸、孤苦伶仃的人。上野就是這麼有包容力。」

男性遊民跟喜和子女士在上野公園相識。儘管每天靠回收雜誌和舊書賣給舊書店領現，只要發現有趣的書，男人就會留給喜和子女士。他出沒的谷中到本鄉一帶有很多老房子，屋主也多為高齡人士，偶爾會一口氣扔掉許多寶貝，這時就有機會大賺一筆。躺在喜和子女士家中精美的《樋口一葉全集》，其實就是他不知從哪兒弄來的。儘管賣掉可以賺不少錢，但礙於喜和子女士說了這麼一句話：

「我從以前就想要一葉全集了。」

男人還是把書讓給了喜和子女士。想必他是真的很迷戀喜和子女士吧。

見喜和子女士家裡舊書和舊雜誌越來越多，敏銳的古尾野老師察覺情況有異。然後某個翹掉教授會的午後，他在上野公園的長椅上發現兩人像舊時認真的國中生一樣熱烈討論舊書。老師勃然大怒，立刻槓上喜和子女士的對象，差點演變成暴力衝突，幸好其他遊民及時從瓦楞紙屋裡衝出來架住了他。從此喜和子女士和老師的感情便澈底出現裂痕。

夢見帝國圖書館・3　孔夫子大顯神通・東京府書籍館時代

東京書籍館成為日本近代史上第一個國家為了籌措戰爭經費而「廢止」文化機構的悲慘案例。

筆輕易地敗給了劍。

在永井久一郎的奔走與職員不懈的努力下，被迫廢止的東京書籍館成了東京府書籍館。

當時職員們打著這樣的口號：

「一天都關不得。」

為了避免影響上圖書館閱覽書籍的民眾，圖書館業務連「一天」都不曾停歇，以某日突然換個招牌為目標從國家移交給東京府。而他們真的辦到了。書籍館於明治十五年五月四日劃下句點，五月五日府書籍館隨即開張，彷彿什麼事情都沒發生過。

只可惜東京府沒錢。

畢竟先前是由國家騰出預算經費，如今卻要靠地方稅維持的東京府出資，這就好比叫老鼠拉馬車。

沒錢。

買不起書。

心情鬱悶。

提不起勁工作。

這年八月，上野公園盛大舉辦了第一屆國內產業博覽會。會場裡搭建了美術本館、農業館、機械館、園藝館及動物館，每日進場人潮絡繹不絕。

熱愛博覽會的大久保利通自是大力支持。殖產興業政策萬歲，日本最了不起了。寬永寺舊本坊正門上方掛了大時鐘，公園入口處搭起了高達十公尺的美式風車，上野東照宮前到公園一路懸吊著數千盞燈籠。

博覽會還是這麼講究排場。

另一方面，歷經明治十年、十一年，府書籍館卻是每況愈下。

府書籍館職員們認為這樣不行。

一定要想辦法振興東京府書籍館。

幸好，頂下東京書籍館後更名的府書籍館依然坐落在湯島聖堂大成殿。湯島聖堂大成殿有間氣派非凡的孔廟。據說最初林羅山將這間孔廟安置於忍岡先聖殿，元祿三年才由第五代將軍德川綱吉遷往湯島，歷史相當悠久。過去這間孔廟不曾對一般民眾開放。

「這可是珍寶呢！」

府書籍館職員們心想。

「若以東京府名義對外開放，肯定能夠提升府書籍館的名聲。」

明治十二年，能幹的府書籍館館員們在三月十五日定期休館日這天特別開放參觀館內，力求提升府書籍館的形象，結果獲得熱烈迴響。

供奉在小廟裡的孔子。

兩側是孟子、曾子、顏子、子思等弟子。

看到在密密麻麻的書架深處展現知性風采的儒學學者們，來訪者個個讚嘆不已。

由於風評極佳，府書籍館職員們士氣大振，一鼓作氣地同樣選在九月十五日的定期休館日再度特別開放參觀，這次甚至加上了雅樂演奏。除了華族名士外，他們還邀請了各方名人和清國公使。眾多參觀者一大早便蜂擁而至，大排長龍。在府書籍館的精心安排下，不但曾在昌平黌學習儒學的老學者們得以親自瞻仰大成殿的孔子像，更讓許多人有機會一睹孔子的尊容。

「明治以來老是喊著歐化歐化，悶死人了，現在總算有種撥雲見日的感覺了。」

參觀者們無不欣喜萬分。

不過猛然一想，許多人來看孔子像跟府民是否使用圖書館一點關係也沒有。職員們心裡或許還遺留著對博覽會的抗爭意識吧。

沒錢，書也沒變多，這對圖書館來說無疑是慘敗。

「要靠東京府維持根本不可能。」

「果然還是該由國家好好經營才對。」

「文部省快想想辦法啊。」

抨擊聲浪十分猛烈。

於是明治十三年七月，東京府書籍館再度將業務移交文部省。府書籍館時代僅僅三年便匆匆落幕。

在湯島聖堂一棟老建築裡的教室上完《山海經》的講座後，古尾野老師催促著喜和子女士跟我離開。

「快點快點，妳們不是想看曾經是圖書館的大成殿嗎？」

老師推著喜和子女士穿過宏偉的大門。眼前是粗壯的楷樹，右邊矗立著巨大的孔子像。

多虧高聳的圍牆隔開幹道與聖堂腹地，這裡的樹木長得鬱鬱蔥蔥，感覺完全不像是身處都心。我們走在林木間的石板路上，來到同樣壯觀的入德門。門後有道石階，另一座叫杏壇門的門靜靜守在階梯上方。這座杏壇門除了門以外，還有左右延伸的迴廊。迴廊圍繞著中庭，通往遠處掛著「大成殿」匾額的建築。

大成殿內沒有孔廟，裡頭十分空曠。

「對了，這個人在寫上野圖書館的報導喔。」

喜和子女士突然想到似地，把我介紹給古尾野老師。

「不是上野圖書館，是國際兒童圖書館的報導。」

雖然我開口更正，古尾野老師卻不怎麼在意地說：

「妳還是老樣子，就只關心那間圖書館啊。」

然後他轉而看向我。

「遷到上野前，這座大成殿曾經是最早的官立圖書館喔。」

語畢，古尾野老師開始訴說湯島聖堂的歷史。

入德門、杏壇門、先聖殿等建築原本位於上野忍岡，德川綱吉時代移建湯島後，先聖殿改名為大聖殿。而湯島聖堂在寬正年間變成「昌平坂學問所」的設施之一。

「朱子學不是被奉為官學嗎？」

古尾野老師說。

「妳知道『寬政異學之禁』*吧？」

他拋出的詞彙令我深感自己的考試知識有多麼不紮實。不過我好歹也在時代劇裡看過「昌平坂學問所」這個名稱。

「是東大的前身吧？」

所以我展露一些小知識附和他，不料此舉反倒自掘墳墓。

「蠢蛋，妳在說什麼啊？才不是呢。」

古尾野老師直截了當的措辭令我受了不小衝擊，身旁的喜和子女士瞪大眼睛，輕撫我的背。

我沒想到自己會被認識後第二次見面的人罵蠢，心裡很是受傷，不過我的回答確實荒唐可笑，被罵也是應該的。

＊註：一七九一年（寬政三年）幕府發布的政令，禁止在官立學校講授除了朱子學之外的學問。

「說穿了，東大的失敗在於沒把昌平坂學問所沿襲下來。為什麼人們就是不願正確理解這點呢？」

古尾野老師突然氣呼呼地痛批日本最有名的大學「失敗」，害我嚇了一大跳。

「雖然現在都混為一談，把昌平坂學問所視為起源之一，實際上關係可遠了呢。東大的起源其實是幕府天文方和種痘所，也就是理學院和醫學院，壓根沒有人文的概念。而且明治時代基本上什麼都奉行西洋學問。不過昌平坂學問所研究的是哲學，是人文學啊。無論東方還是西方世界，大學基本上不都是從人文學開始的嗎？少了哲學，理學和醫學怎會有發展和意義？」

古尾野老師興頭一來，在孔子的殿堂內激動地說個不停。

「反正趕緊向西洋學習就對了。政府抱著這種想法設立官立大學，割捨過往的學問。畢竟得建立起近代國家體制才行。不過還是要重視法學。再來是醫學。然後是有助於富國強兵、殖產興業的工學。結果大學都只重視這些實學。我已經說過好幾次了，學問的基礎是人文學。為了製造對生活有幫助的東西，實學確實也有必要，可是骨子裡絕不能沒有澈底思考人類的哲學素養。妳明白嗎？既然妳也是記者，就把我說的寫進報導裡吧。」

話雖如此，除了兒童圖書館的報導外，當時我在生活資訊雜誌上撰寫都內拉麵店排行地圖等相關主題，實在不太可能納入古尾野老師崇高的人文禮讚。不過想當然，老師肯定對這種事毫無興趣。

接著老師又繼續抱怨，滔滔不絕地說什麼到了明治時代，原本研究儒漢學的學問所變成了重視國學和神道的機構。不過喜和子女士卻將手揹在身後，上下打量著迴廊氣派的黑色柱子，沉浸在參觀聖堂的樂趣中。

「聽說大成殿不但被當作書庫，還在這條走廊上擺出桌椅充當閱覽室喔。如果是夏天倒還好，冬天感覺會很冷呢。」

這麼說完，喜和子女士叩叩地敲了敲柱子。在春風的吹拂下，袈裟袋裙時而鼓起，時而蜷縮。

「以前這座聖堂還是近代日本最早的圖書館時，來過這裡的人大概就屬夏目漱石和幸田露伴最有名吧。」

這位前大學教授再度露出宛如監考老師般的奇妙眼神看著我。就算退休了，在比自己還年輕的人面前，學校老師這種角色還是改不了評判的態度嗎？我有點乖僻地這麼心想，不過他卻不以為意，接著說：

「我喜歡的是在這裡跟年輕的露伴結為好友、告訴他井原西鶴這個人多有意思的淡島寒月。雖然現在幾乎沒人在讀了，但明治時代最棒的就是出了這位雅人韻士。」

於是古尾野老師將話題轉向淡島寒月，說他雖然博學強記、涵養深厚，卻不甩明治時代要出人頭地的觀念，對歐化政策敬而遠之，過著怡然自得的人生。

不愧是當了很久的大學老師，他講話還算有趣，不過我印象更深的是喜和子女士。當時她把耳朵貼在大成殿的黑色柱子上，時不時面露笑容，偶爾雙目圓瞠，抑或閉上眼睛，彷彿柱子正訴說著什麼故事。

喜和子女士究竟對什麼產生了反應呢？

「吃點甜的再回去吧。妳愛吃甜食吧。」

不停講課的古尾野老師似乎講累了，便這麼提議。於是我們走了一小段路，來到位於神田須田町的甜點鋪。歇山式屋頂的老建築和周圍同樣老舊的餐廳共同營造出獨特的氛圍。

我跟喜和子女士點了小米麻糬紅豆泥，老師點了紅豆年糕湯。我們悠閒地欣賞建築物，在雅致的空間裡專心享用甜點。

臨走前古尾野老師還不忘買禮物給我們兩個女人帶回家。儘管他已經是個枯朽的老人了，卻仍舊充滿紳士風度。撇開「知識分子」的身分不說，在五十多歲的喜和子女士看來，想必他還是很有魅力吧。

「好久沒吃炸饅頭了呢。」

喜和子女士笑盈盈地收下禮物。

「雖然不曉得妳怎樣，但這才是真正有幫夫運的女人喔。」*踏出店門口時，老師說了個暴露年齡的冷笑話。剛剛好不容易才對他改觀的，這會兒好感全都蕩然無存了。

老師去秋葉原搭ＪＲ回千葉，不過喜和子女士說想搭千代田線，而我也是往御茶水方向比較順路，我們兩人便悠悠哉哉地慢慢爬上坡道。

「其實啊，我小時候來過湯島聖堂喔。」

喜和子女士說。

「來參拜嗎？」

「不，是跟哥哥順道來的。」

沒記錯的話，喜和子女士是這麼說的。

「戰後御茶水有個很大的臨時聚落呢。」

喜和子女士還突然提起這種事。

「臨時聚落？」

「沒錯。當時戰爭才剛結束，到處都是這種東西。上野也有，淺草的也很大。那是空襲中失去家園的人搭來遮風避雨的。記得好像是御茶水車站一帶吧，那邊更是岌岌可危呢。」

「哇——，現在連個影子都看不到呢。」

「哥哥認識住在那個臨時聚落的人，某天去談工作的事，就順便去湯島聖堂了。」

＊註：炸饅頭（あげまん）讀音與有幫夫運的女人相同。

「那時候的大成殿是怎樣呢？」

「嗯——，是怎樣呢？畢竟周圍被燒得面目全非，化為焦土，應該不像現在這麼漂亮吧。而且當時我還小，總覺得有點害怕。建築物什麼的看起來也都更大。」

「喜和子女士小時候是這種世代啊。」

「對呀，我出生時還在打仗呢。」

「妳在上野出生長大嗎？」

「哎喲，討厭啦。才不是呢。」

喜和子女士詫異地停下腳步望向這邊。

「哎？不是嗎？我還以為一定是呢。」

「那妳可就錯得離譜了。我在九州出生長大喔。」

「九州？出生長大都是？」

「沒錯。我來這裡已經有，」

說到這兒，喜和子女士蹙起眉頭歪著脖子。

「這個嘛，大概有十七、八年了。」

由於剛好走到新御茶水車站，我們便就此道別，不過我總覺得難以釋懷。畢竟之前我一直深信喜和子女士是道道地地的江戶人。

那時應該是我第一次聽喜和子女士提起「哥哥」和「臨時聚落」的事。

對喜和子女士來說，這兩個關鍵字跟「圖書館」一樣重要。雖然後來知道了更多，但當時只是隨意聊到，我並未放在心上。

不過我很意外喜和子女士並非上野出身。我決定以後有機會再稍微探聽看看，這天就先揮別了喜和子女士。

夢見帝國圖書館・4　寒月與露伴・湯島聖堂時代

過去嘗試了許多事情，
死倒是頭一遭。
——淡島椿岳

自明治五年起，十八年來湯島聖堂的圖書館一路從「東京書籍館」更名為「東京府書籍館」、「東京圖書館」。

從明神門踏上石板路，穿過入德門登上石階，便是杏壇門的借閱櫃臺。正面是孔廟所在的大成殿，裡頭擺放著滿滿的書架，圖書館館員在書庫裡進進出出。左右兩側的迴廊延伸出去，一直通往杏壇門。這兩條迴廊變成閱覽室，使用者把書放在閱覽架上，坐在椅子上看借來的書。使用者都是愛書或愛好學問的人。他們埋頭看書，連太陽下山了都沒發現。每當周圍變暗，不曉得還看不看得清楚字時，工友們會默默出現，悄悄將蠟燭擺到桌上。此刻他們才猛然驚覺天色已黑。不過到閉館前還有時間，他們便索性就著燭光繼續看書。

就在「府書籍館」再度回歸文部省管轄，並改名為「東京圖書館」的時候，有個男人開始勤跑圖書館。

男人在馬喰町的煎餅舖出生長大，不過明治十年住家毀於祝融，舉家遷至位於神田明神坂上的新屋後，他才發現日本首屈一指的書庫近得就像自家倉庫，便決定走訪圖書館。受兄長影響本就愛書的他，淡島寒月，在圖書館裡做了件怪事，就是開始拼命抄寫《燕石十種》。《燕石十種》是蒐羅江戶時代風俗與奇聞逸事的隨筆集，成書於安政至文久年間，包含山東京傳與大田南畝的隨筆在內，全套六十冊。年約二十的男人成天認真抄寫這種書，自然格外引人側目。

同一時間，還有另一個男人也是每天跑圖書館。

這位其實還是少年，名叫幸田成行，也就是後來的幸田露伴。

露伴跟寒月相反，什麼書都看。由於家庭因素，露伴不得不從府立一中（現今日比谷高校）和東京英學校（現今青山學院）退學，只得在湯島聖堂的圖書館宣洩無法壓抑的求知慾。

露伴成天往圖書館跑。

他不斷借書，看完就還，還了又借，飽覽群書。可是身旁比自己年長的男人卻固定只借《燕石十種》，而且不是看，是一字不漏地照抄。管理員也已經習慣了，每次寒月來便默默遞出下一本《燕石十種》。寒月也默默接過書，一個勁地不斷抄寫。

年輕的幸田露伴覺得這情況非常有趣，於是給寒月取了個綽號。

燕石十種老師。

「哎，我可以叫你燕石十種老師嗎？」

露伴對寒月問道。

「可以啊。」

寒月答道。兩人就這樣成了朋友。

「為什麼要抄這個？好玩嗎？」

「好玩啊。山東京傳很有意思呢。我正在一一蒐集這類江戶時代的娛樂書，不過《燕石十種》只有這裡才找得到。」

露伴盯著寒月凌亂的頭髮説：

「燕石十種老師家有很多江戶時代的娛樂文學嗎？」

「對啊。」

「我可以去看看嗎？」

「可以啊。」

於是露伴拜訪了寒月家。

看寒月一直抄寫江戶的隨筆，還以為他是個熱愛江戶時代的人，然而。

「要吃嗎？」

燕石十種老師拿出餅乾遞給瞪大眼睛的露伴，還幫他泡了咖啡。

「謝謝。」

露伴少年客氣地接過餅乾。

「我有點想當美國人看看。」

燕石十種老師喀吱喀吱地咬著餅乾說：

「不久前我失心瘋想把頭髮脫色染紅，還想著有沒有辦法讓眼睛變藍。那時我甚至把家裡的柱子削圓漆上白色，在窗戶懸掛窗簾，躺在Bed上睡呢。」

「Bed？」

「是西洋人的床啦。我這個人啊，一旦決定了就會貫徹到底喔。原本我已經打算去那邊了。」

「當美國人嗎？」

「沒錯。不過我突然想到去那邊之後，人家勢必會問起很多關於日本的問題。好比吃什麼、穿什麼、想些什麼之類的，到時我一定得回答才行。可是我不太了解日本。我不是安政年間出生的嗎？等我懂事時，已經是明治歐化的時代了。我學英語都比漢學早呢。」

「你會說英語嗎？」

「會啊。我還滿喜歡的，就跟哈里法基斯老師學了。因為我很想當美國人嘛。」

「所以你是為了當美國人才抄寫《燕石十種》囉？」

「嗯，對啊。應該說一開始是這樣沒錯，不過開始看之後，我覺得江戶文學很有趣。現在我最想看的是井原西鶴的作品。」

「沒聽過。」

「可是沒有一個地方有。江戶的娛樂文學自開國後就不斷受到迫害，早就被扔得一乾二淨，完全找不到了。山東京傳的《骨董集》裡有提到井原西鶴的《好色一代男》，好像非常有意思呢。在讀到那本書之前，當不了美國人也沒關係。」

「那個井、井什麼來著？」

「井原西鶴？」

「井原西鶴。如果弄到手的話，可以借我嗎？」

「好啊。」

「世上所有的書我都想看！」

露伴少年興奮得撐大鼻孔。

之後還要再過一段時間，寒月才能取得井原西鶴的作品來看。隨著「東京圖書館」遷至上野，寒月已經無法再像湯島聖堂時代那樣常跑圖書館了。不過淡島寒月和幸田露伴的友情還是一直持續下去。寒月推薦露伴和他朋友尾崎紅葉讀井原西鶴的作品。

倘若淡島寒月沒發掘出井原西鶴，露伴和尾崎紅葉也不會如此狂熱地閱讀寒月手上的西鶴作品了。沒有了這位煎餅舖的年輕小夥子，日本近代文學史肯定會變得截然不同。

順帶一提，什麼都讀的幸田露伴喜歡取綽號。

除了「燕石十種」老師以外，露伴還幫其他人取綽號。那是個有點神經質的男人，立志向學的時間比常人晚，上大學時比其他學生大了五、六歲。露伴給這個人取了「大器晚成老師」的綽號。

大器晚成老師從位於神田錦町的東京大學走到湯島聖堂，跟淡島寒月和幸田露伴一樣，每日勤於看書。結果看書看得太認真，最後神經衰弱累倒了。

於是他離開東京，轉赴奧州療養，卻在借宿山寺時下起豪雨，只好躲進深山裡的草庵。當時他遭逢怪事，差點在油燈搖曳的光影下被吸進古畫中，不過這又是另一段故事了。

同一時間，跟露伴同年的少年，夏目金之助，也到聖堂的圖書館拼命抄寫荻生徂徠的《蘐園十筆》。不過當時兩人只是擦身而過，還沒認識，所以並未留下露伴幫日後的夏目漱石取名為「蘐園十筆老師」之類的紀錄。

淡島寒月不但擁有大量藏書，還蒐集世界各國的玩具，撰寫關於江戶風俗的文章，時不時就出門旅行。不過他命名為梵雲庵的向島寓所在關東大震災中燒毀，失去了所有收藏。聽說那天他又買了新玩具，完全學不會教訓。之後過了兩年多他就去世了。

開頭愉快的辭世詞出自寒月的父親，同為雅人韻士的畫家椿岳。而兒子也作出了歡快無比的辭世詞。

見過針山的景象，
也想坐上極樂世界的蓮花。
——淡島寒月

當時我在小石川植物園附近租了房子。

那是位於千川路旁的公寓。

由於車流量大，免不了噪音騷擾，加上附近的小印刷公司一早就賣力工作，頻頻傳出喀嚓喀嚓的機械聲，因此這間牆壁很薄的陋舍住起來實在稱不上舒適。不過拐進一條路就能在灰色混凝土圍牆旁窺見植物園的綠意，我也很喜歡小型印刷裝訂業那種工廠般的氛圍。往大塚方向走一會兒可以看到共同印刷前的播磨坂，每逢春天便開滿櫻花。抵達植物園後，周圍更少了高聳的建築，能夠悠閒地享受森林浴，所以我寧願遷就租屋條件也想住在這裡。

「我想去小石川植物園，要一起去嗎？」

某天，喜和子女士這麼說道，從袈裟袋裙的口袋裡掏出一張皺巴巴的紙。那是一張從報上剪下來的報導，而且是影本。

「藍色龍舌蘭，七十年一度的開花。」

上頭這麼寫道。

「這是什麼？」

「不曉得，掉在我家門口。」

「掉在家門口？這張紙？」

「對。雖然不太了解，但感覺是不是很厲害？七十年一度的開花呢。」

「也是啦。」

「妳家是不是離小石川植物園很近？」

「對啊。」

「我沒去過，妳可以幫忙帶路嗎？」

我應了聲好。於是我們倆在平日下午前往植物園，不料小石川植物園竟然沒有藍色龍舌蘭。當時入口還沒有售票機，我們便到植物園對面的販賣部買票。在窗口拿了本附有園區地圖的小冊子後，我們欣賞蘇鐵和銀杏，沿坡道上行。我們到處走走逛逛，看了牛頓的蘋果樹後代、孟德爾的葡萄樹後代等等有來頭的宏偉樹木，也看了小石川養生所的水井，卻不見最重要的藍色龍舌蘭。既然是七十年一度的開花，理當會設個看板什麼的，可是園區裡卻沒有這類東西。我們四下尋找，繞了植物園一圈，最後來到詢問臺窗口。

「請問藍色龍舌蘭在哪兒？」

年輕女性聞言露出疑惑的表情。

「請稍等一下。」

她翻閱手邊的資料，

「這裡沒有。」

然後這麼回答。

喜和子女士不滿地撇了撇嘴，從袈裟袋裙的口袋裡掏出那張紙攤開來。

不過看了一會兒後，那位女性滿懷歉意地說：

「這篇報導好像不是在說小石川植物園。」

「哎？」

我跟喜和子女士一把搶過那張紙認真細看。的確，報導裡沒說哪裡看得到七十年才開花一次的藍色龍舌蘭。

「都是喜和子女士說這裡看得到。」

「我想說既然是花，來這裡就看得到嘛。」

喜和子女士相當失落。

植物園的年輕女性見狀深感同情地安慰著說：

「這裡有巨花魔芋喔。」

「巨花魔芋？」

「那是目前公認世界上最高的花，同樣也很難得開花。」

「現在開了嗎？」

「還沒，要再過幾年。」

「巨花魔芋？」

「那種花有什麼特色嗎？」

「那是世界上最高的花，以散發臭味聞名。」

「臭味啊。」

「因為以屍臭吸引昆蟲，又有屍花之稱。」

喜和子女士低聲沉吟。

有點無力地向女職員道謝後，我們回到日本庭園，坐在長椅上。

就算看不到藍色龍舌蘭，巨花魔芋也還沒開花，植物園依舊是值得一來的地方。記得當時正值賞櫻時期結束，尚未進入梅雨季。印象中杜鵑花全都開了。

「為花兒癡迷，沉醉於明月，偶有風雅之感。」

煞風景的販賣部旁有臺自動販賣機。我打開從那兒買來的罐裝果汁，懶洋洋地呆坐在長椅上。這時，喜和子女士突然以吟唱般的語調背誦著什麼。

「有言道若不吐露心聲，則感腹脹難消。故而我將滿心悲喜記錄下來。哎，接下來是什麼來著？」

「我哪知道啊。那是什麼？」

「也對。通常是不會知道的。」

喜和子女士難為情地搔了搔頭。

「這是樋口一葉的日記，《新葉落影》*的開頭。」

「妳全都記住了！？」

「沒有啦。我本來想讀，卻老是看不下去。開頭倒是讀了好幾次，所以只記得這部分。」

「好厲害，竟然喜歡到這種程度。」

「不過我是拿到全集之後才開始看日記。」

「啊，是古尾野老師的競爭對手，那位遊民男友給妳的嗎？」

「對，就是那位遊民男友。一開始我本來打算從頭認真看起，不過反正看了也不能怎樣，現在只是偶爾拿出來隨便翻一下。然後啊。」

喜和子女士攤開手中「藍色龍舌蘭」的報導。

「今天早上撿到這個之後，我突然想到一葉曾經去過植物園，就想來看看。」

「妳沒來過嗎？」

「對啊。也沒去過一葉住的地方。」

「她住這一帶吧。」

「嗯，她住西片。在那之前還住過菊坂。中島歌子在飯田橋附近的安藤坂開設了和歌私塾萩舍，日記裡說是在小石川供奉著牛天神的地方。」

「我知道牛天神喔。我去過。」

＊　註：書名原文為若葉かげ。

「有這尊神明嗎？」

「有啊。就在我家附近。」

「真好。」

「幹嘛這樣。」

「然後啊，日記裡說她跟萩舍的大家一起穿過傳通院境內，去了植物園。記得好像還講到杜鵑牡丹很美之類的。」

「所以是現在這個季節囉。」

「是啊。」

我們默默看著杜鵑花，想像身穿和服的樋口一葉跟和歌私塾同儕們歡騰喧鬧地在植物園裡散步的身影。

「喜和子女士最喜歡一葉的哪篇小說？」

「嗯——，妳最喜歡哪篇？」

「我嗎？《大年夜》吧。」

「那篇不錯呢。」

喜和子女士瞇起雙眼。

「喜和子女士呢？」

「嗯——，真要說的話，應該是《十三夜》吧。」
「不錯呢。」
「是啊。」
「最早接觸的作品是？」
「《青梅竹馬》。」*
「我也是。」
「不過啊，我不是自己找來看，也不是誰叫我看。我是聽人家講故事。就是很久很久以前，在某個地方之類的。」
「我也類似。」
說到一半，我突然想到生平第一次知道《青梅竹馬》，竟然是透過動畫《魔法使莎莉》。為了喚回讀了名作後困在書中世界的愛女莎莉，魔王爸爸大聲喊道：「瑪哈利克瑪哈利塔青梅竹馬，瑪哈利克瑪哈利塔青梅竹馬！」**這段胡亂拼湊的咒語和誇張的肢體動作也一併自記憶深處浮現，我頓時覺得自己最初的一葉體驗很不像樣，話哽在喉嚨裡說不出口。
「妳是聽誰講呢？」

* 註：該篇名原文為たけくらべ，意指互比身高，目前的中文譯名有青梅竹馬、比肩等等。
** 註：咒語原文為マハリクマハリタたけくらべ、マハリクマハリタたけくらべ，句尾加上たけくらべ，形成沒有特殊意義的一段音韻。

喜和子女士孩子氣地晃著雙腿問道。

「是誰呢？我不太記得了。喜和子女士呢？」

「我記得喔。」

「誰？」

「算朋友嗎？是小時候一起玩的哥哥。這個人很會講故事呢。」

喜和子女士再度露出懷念的眼神笑道。

經過《魔法使莎莉》的啟蒙後，我什麼時候才第一次看《青梅竹馬》呢？兜上一圈便是大門，門外的回望柳枝條長垂於地。三樓燈火倒映在黑齒溝，屋內喧囂不已，猶在耳邊——我想起了這段開頭。我之所以記得這段開頭，理由跟喜和子女士記得日記開頭差不多。雖然想讀一葉的名作，但我完全搞不懂「兜上一圈」是什麼意思。不過因為唸起來很順口，讀著讀著就記住了。後來我才知道，故事背景大音寺前到大門的回望柳之間，距離長到可以「兜上一圈」。

「那時候大概幾歲呢？畢竟故事裡出現了很多小孩子不懂的地方呢。像是大門的回望柳。」

「是幾歲呢？可能是上小學前吧。印象中最刺激的部分被略過了，不過後來看書發現竟然一模一樣，真是太有趣了。」

「哥哥說的故事跟書的內容嗎？」

「對啊。因為他講到了福神竹耙，還說那裡是吉原一帶。首先出場的是龍華寺的信如吧？再來是田中屋的正太郎，雙方大打出手，誰也不讓誰。哥哥說慶典是打架的日子，打輸就沒意思了，一邊還扮演正太、長吉和美登利，真是太好笑了。」

想起往事，喜和子女士興沖沖地盡力如實重現「哥哥的《青梅竹馬》」。這個版本把孩子們的爭吵和對話演繹得栩栩如生，確實表達出一葉作品靈動的精髓。相較於我那貧乏的《青梅竹馬》體驗，喜和子女士的似乎豐富得多。

這天我們順著話題，自然而然地去看了一葉的故居遺址。

喜和子女士身為忠實的一葉愛好者，在東京也住了十七、八年，卻從未造訪過菊坂的故居遺址和龍泉的一葉紀念館。記得搬來植物園一帶時，我就已經去過菊坂的故居遺址了。

從小石川植物園到一葉的故居遺址大概要走二、三十分鐘。

途中經過寬廣的幹道時，路旁有塊一葉臨終之地的石碑。喜和子女士感慨萬千地佇立在那兒。一葉人生最後的階段住在這裡，寫了《青梅竹馬》和《濁流》，度過了奇蹟般的十四個月。雖然她住過的鰻魚餐廳別屋已不復存，但那依然是喜和子女士心目中的聖地。

彎過西片的十字路口登上菊坂，走一小段路便是一葉常去的伊勢屋當舖老宅。我憑藉著模糊的記憶，在菊坂右轉下了階梯，嘴裡唸著「記得應該是這裡」之類的話，在這附近晃了一陣子。在毫無信心的情況下，我走進只容得下兩人側身經過的窄巷，來到一處宛如時光倒流般、木造住宅櫛比鱗次的地方。這些房子就像喜和子女士的住處一樣密集。下了陡峭的階梯，左邊可以看到幫浦式水井。

「好像是那邊。」

我出聲叫喚時，喜和子女士正出神地站在巷口。

「喜和子女士。」

顧慮到周圍居民，我輕聲呼喚喜和子女士的名字。於是她露出猛然驚醒般的表情，像平常那樣蹦蹦跳跳地走來，抓著我的手緩緩步下陡峭的階梯。

「原來她住在這兒啊。」

看著旁邊的水井，走到稍微大條一點的馬路後，喜和子女士再度回望巷子，百感交集地嘆了口氣。

話雖如此，這裡只剩下據說一葉曾使用過的水井，她住過的房子和庭院早就不在了。不過這些倖存到二十一世紀的木造住宅還是令人懷念。當時附近還有家老舊的大眾澡堂。

我們登上菊坂，來到本鄉三丁目，接著又繼續走到湯島一帶。喜和子女士個頭雖小，步伐卻矯健有力。走這點路算不了什麼。

「哎，我說過帝國圖書館的故事吧？」

走著走著，喜和子女士開口說道。她時不時就把帝國圖書館掛在嘴邊，重新提起這事反而顯得奇怪，不過至今我仍時常回想起那一刻。記憶中的景象早已模糊，我只是隱約有個喜和子女士站在那條巷口講話的印象。不過我也記得我們不敢在狹窄的巷子裡大聲說話，所以當時肯定是到路面寬闊、車流量多的春日大道聊。

「我不是說過我想寫小說嗎？」

「是啊。」

「其實啊，已經有人寫了。」

「哎？」

「已經有人寫了名為《夢見帝國圖書館》的故事。」

「喜和子女士以外的人嗎？」

「沒錯。就是講《青梅竹馬》給我聽的人。」

「住在附近的哥哥？」

「嗯，對啊。」

「原來那個人是作家啊。」

「天曉得，他又不有名。」

「所以是立志當作家囉？」

「或許吧。那個人說樋口一葉每天都會去上野圖書館，是日記裡寫的。」

這時我才知道，喜和子女士對圖書館與一葉的熱愛裡頭，存在著這層關聯。

「那位哥哥也喜歡一葉吧。」

「是啊。他好像也喜歡圖書館。然後他說，如果上野圖書館有心，肯定會愛上樋口一葉。」

「不是相反嗎？」

「相反？」

「不是樋口一葉愛上圖書館嗎？」

「不，是圖書館愛上樋口一葉。他還說圖書館肯定很忌妒半井桃水。」

「圖書館嗎？」

「沒錯，就是圖書館。」

「那棟現在已經是國際兒童圖書館的莊嚴建築啊。」

「啊，不過好像不是那棟喔。一葉去的時候，那棟建築物還沒蓋呢。」

「所以是湯島大成殿？」

「也不是。兩者中間還有另一座圖書館的建築。」

夢見帝國圖書館・5　被火災逼至上野　圖書館意外再度合併

回歸文部省管轄後，明治十八年圖書館遷到了上野。理由主要是書庫不足。

圖書館就像食欲旺盛的男生一樣，無時無刻都想要書庫。

湯島大成殿原本就是暫時安置的地方。那位荷風之父永井久一郎也早已發函文部省：

「這裡終究是暫時的，必須效法歐美各國，盡快整頓好圖書館的體制才行。新建計畫一事請多多幫忙，在東京府上野御用地內正式規劃出一萬坪圖書館建地。此事十分緊迫。前些時候不是批准在上野御用地內新建博物館嗎？哎？總不會只獨厚博物館吧？請務必做好區域規畫，同樣建造一棟新的圖書館。隨信附上藍圖，日後再向您問候。」

那是明治九年的事。公文始終得不到回應，時間就這樣不斷流逝。

不過理由不光是書變多了。圖書館很怕發生火災。

江戶的特色是火災和鬥毆。

當時江戶才改名為東京十幾年，雖然無意搶這個鋒頭，但附近就是很常發生火災。

可喜的是，在文部省的管轄下，預算不但比東京府管轄時期多，藏書也持續穩定增加，使用者也連帶變多了。這時，附近發生了火災。

一想到紙做的書籍有多脆弱，圖書館行政人員們幾乎快瘋了。

「搭建防火牆。」

「增加書庫。」

「在書庫搭建防火牆。」

「把書庫弄得更完善。」

他們每年不厭其煩地提出治標不治本的要求。

「真希望趕快興建一座更好的圖書館。大成殿根本就不適合當圖書館。這種毫無防護的措施，發生火災時該怎麼辦啊！？」

就在種種不滿宛如氣體般迅速膨脹時，隔壁東京師範學校的校舍終於失火了。師範學校建築物燃起的大火延燒過來，將昌平館澈底燒毀，甚至波及大成殿。圖書館館員們死命傳接水桶滅火，同時盡可能把書堆上大板車，在煙霧中來來回回，以保護他們心愛的書籍。

「風！風向變了！！！！」

火勢轉往大成殿的反方向，直到沒東西可燒後才平息下來。圖書館館員們見狀個個痛哭流涕。

東京師範學校發生大火後過了兩年，長久以來的夙願終於實現，圖書館決定遷至上野重建。館員們興高采烈地著手準備。

唉，可是結果怎麼了？

隔年明治十八年六月二日，文部省竟宣布圖書館與東京教育博物館合併，同時遷入已經蓋好的博物館館內。理由同樣是節省經費。

另外更停止發放先前允諾的兩萬五千日圓，僅撥付減為一萬兩千日圓的新建計畫款項。

不過圖書館館員們還是抱有希望。

「雖然規模不如預期，但至少建書庫了。」

「還有新的閱覽室。」

「對啊。」

「對啊。」

然而結果又是出乎意料。

雖然開始蓋新圖書館，但錢卻不知為何不夠，導致工程停擺。

而且原本應該用於工程費的錢，還在不知不覺間被挪用為博物館蓋新展示場兼講堂的費用。

於是東京圖書館雖然遷至上野，卻仍舊一直借用教育博物館的空間。

記得好像是這年吧，因為住喜和子女士家二樓的古永雄之助說了句「來啊」，我便跟喜和子女士一起去了藝大的校慶。這是我第一次參加藝大校慶，也是第一次欣賞精心製作的神轎競演。追著在上野公園遊行的巨大神轎一路跑到藝大校地內，或許也是生平頭一遭吧。

至少喜和子女士是如此。

藝大的兩個校區鬧哄哄的，戶外舞臺傳來現場演唱的巨大聲響。我完全不曉得說「來啊」的雄之助人在哪裡。

喜和子女士被主題是八岐大蛇與美女互相交纏的神轎吸引了目光。當然，其他的也氣勢十足，值得一看。可是不知道為什麼，喜和子女士很喜歡那個美女。

「好大啊。」

個頭嬌小的喜和子女士喜孜孜地站在那座神轎前，比出勝利手勢要我拍照，然後她果斷地穿過人潮遊覽校園，開心地吃著攤販賣的巧克力香蕉。

從美術系過一條路來到音樂系後，喜和子女士停下了腳步。

「這個。」

嗯？哪個？我好奇地沿著她指示的方向望去，只見那裡矗立著兩棟可愛的紅磚建築。

「那座氣派的圖書館建好之前，這個就是上野圖書館的書庫啊。」

那些紅磚洋房並不大，給人一種紅髮安妮或湯姆・索亞在這裡上小學的印象。建築物裡好像會出現穿著高腰長蓬裙的女老師，以及穿著短褲配吊帶的活潑男孩。

「所以樋口一葉常來這邊嗎？」

「這我就不太清楚了。雖然很多文章提到這裡曾是書庫，但閱覽室好像是另外建造的。日記裡說圖書館位於上野忍岡西邊。」

「忍岡是？」

「以前的地名，基本上好像是指整個上野的森林。日記裡說忍岡西邊的正面是音樂學校，後面是美術學校。這樣的話。」

喜和子女士稍稍遠離磚造建築，指向斜前方。

「那裡是北邊吧。」

「嗯。」

「所以西角是這兒。」

喜和子女士身體轉了四十五度，並挺出雙手。

「這樣的話，這建築物就很可疑了。」

她稱做西角的地方矗立著水泥校舍。

「這話是什麼意思？」

「我猜啊，閱覽室的建築以前可能在這邊。不過我是依據自己的調查結果推測出來的，沒問過這方面的專家。一葉常去的閱覽室可能已經不在了吧。」

「多虧妳能查到這種事呢。」

還好啦。這麼說完，喜和子女士搔了搔鼻頭。

這時，我腦海裡突然浮現奇妙的念頭。

喜和子女士對圖書館的愛與對一葉的愛密不可分，不過我猜將兩者結合起來的可能是其他因素。

「喜和子女士。」

喜和子女士依舊轉著身體苦苦思索，嘴裡唸著那邊是北邊，這邊是西邊。我一出聲叫喚，她頓時宛如森林裡被人發現的小動物般茫然地回過頭來。

「喜和子女士，講《青梅竹馬》給妳聽的哥哥是什麼樣的人？」

「什麼樣的人？」

「妳喜歡那個人吧？」

「哎呀，喜歡是喜歡啦，不過那時候我還小。」

就是個小學生嘛。

自言自語這麼說完，喜和子女士再度轉身眺望紅磚建築。

我想像著明治時代的女性把頭髮盤得很高，身穿樸素的棉布和服，抱著包袱還什麼從裡頭走出來的樣子。雖然不比紅髮安妮，但也不至於突兀。

「以前我跟那個人一起生活過呢。」

聽喜和子女士這麼說，當下我沒能馬上意會過來。因為她的語氣非常嬌媚，無法跟「那時候我還小」的天真無邪串聯起來。

「妳說的那個人是哥哥嗎？」

「對。」

「不是住在附近，而是住同一個屋簷下？」

「當時戰爭才剛結束，大家都失去了家園，跟親戚以外的人一起生活是常有的事。」

「妳小時候嗎？」

「是啊。不然妳以為是什麼？」

「因為妳說得好像在同居一樣，我還以為是長大後的事呢。」

「哎喲，討厭啦。聽起來像嗎？」

畢竟喜和子女士的過去非常精彩，不但曾和古尾野老師交往，還跟神似山本學的遊民有過一段情嘛。聽我打趣著這麼說，喜和子女士笑得花枝亂顫。

然後她好像想換個話題，突然露出淘氣的表情神祕兮兮地說：

「妳知道除了圖書館以外，樋口一葉還經常去哪裡嗎？」

「當舖？」

我胡亂瞎猜。

喜和子女士聞言左右搖了搖食指，笑道：

「是去針灸。她肩頸痠痛很嚴重。」

當時喜和子女士只是稍微聊到那位寫圖書館小說的哥哥。現在回想起來，早知道多打探一些就好了。

隔年，我寫的小說出版了。

得知我出了小說，喜和子女士非常開心，而我也在自己的首部著作上簽了不熟練的簽名送她。

由於光靠一本小說難以維持生計，之後好一段時間我還是持續當個寫手，不過好在開始慢慢接到案子，我便辭去記者一職。雖然國際兒童圖書館的介紹報導更早之前就已經結束連載，不是因為這個緣故不寫了，但少了定期前往上野一帶的工作後，我跟喜和子女士見面的次數也大幅減少。

由於她家沒有電話，想見她時只能突然登門造訪，或是像樋口一葉那時代的人一樣寫明信片，不過特意寄明信片也很麻煩，所以我常常隨興地晃過去看看，卻不巧撲了個空。反正彼此都住在同一個城鎮裡，想見面隨時都能見面，加上換工作後人際關係也隨之變動，處在一個有點慌亂的狀態。在這種情況下，雖然新年還是會互寄賀年卡問候，但我後來卻一直沒去她家。

如果繼續維持常去喜和子女士家玩的關係，是不是還能再多做點什麼呢？想到這裡，我常氣自己薄情寡義。

不過現在，先把話題拉回既熱鬧又開心的藝大校慶。

當我們站在紅磚建築前交談時，一群裝扮得像是參加里約狂歡節的人剛好從旁邊經過。有人肩上掛著樂器，有人穿著舞者衣飾。其中有個人個頭很高，揹著格外華麗的羽飾，身穿裸露肌膚的服裝，十分引人注目。那個人吃著霜淇淋望向這邊。

那股中性氣質令我移不開視線，默默地看了好一會兒。突然間，對方舉起了沒拿霜淇淋的手。

「啊，是雄之助。」

一旁的喜和子女士呢喃著。

雖然跟平常的樣子完全不像，但穿著森巴舞衣的高個兒舞者確實是谷永雄之助。他身上僅穿戴著類似兩件式泳衣的服裝和羽飾，看起來非常性感。

雄之助不顧一身華麗衣著，大剌剌地邁步走來，問我們玩得開不開心，還介紹了各區域舉辦的活動，建議我們可以去看看。我問能不能看到雄之助的作品時，他也告訴我在哪裡展出。

喜和子女士跟我決定看完再回去，便來到裡頭人比較少的教室看雄之助的大型繪畫。

Trans / Tolerance

雖然完全不懂這幅巨大油畫意味著什麼，但站在運用大量粉嫩色彩的畫前，意外地心情還不錯。

後來我又在意想不到的地方再次見到畫了這幅畫、穿著神氣的舞衣遊走校園的谷永雄之助。

夢見帝國圖書館・6　與樋口一葉相戀的圖書館　上野紅磚書庫時代

如果圖書館有心，肯定會愛上樋口夏子。

那位年輕女性從某個時期開始頻繁造訪圖書館。

近視很深卻堅持不戴眼鏡的她，眼裡或許只看得見模糊的建築，不過如果圖書館有眼睛，那雙眼睛肯定會緊盯著她不放。

遷至上野的森林後，雖然一開始圖書館借用了教育博物館的空間，但最終還是蓋了附帶閱覽室的新館，整頓成應有的樣子。這是明治十九年十一月的事。

之後不到幾年，年輕的樋口夏子便出現在圖書館。明治十九年，夏子十五歲時開始去安藤坂的萩舍上課。她跟萩舍的朋友時常相偕前往上野的圖書館。至少明治二十四年的日記裡提到她跑得很勤。

夏子，二十歲。

夏子又來了。

幾天後，她又來了。

有時候是每天都來。每次來都借三、四本書，用那雙近視眼貼在書上看。所以一旦她埋首閱讀，除非發生特殊情況，不然絕對看不見她的臉，只看得見那顆盤髮的後腦勺一直擱在桌上。她讀了多少書呢？看到這位未來的絕世女作家在自己懷中宛如飲水般看完一本又一本的書，圖書館肯定覺得她十分可愛。

而且明治五年圖書館誕生於東京，命名為「書籍館」的同時，樋口夏子剛好也在這年出生。這點或許也是圖書館偏愛夏子的理由之一。

不僅如此，圖書館還深知她一生為錢所苦。如果圖書館有心的話。在短暫的一生當中，樋口夏子無時無刻都在煩惱錢的事情。沒錢。今天沒錢，明天也沒錢。她不曉得想過多少次，要是有錢就好了。

圖書館也知道，夏子曾經想要去上野公園舉辦的國內產業博覽會當個叫賣小販，結果卻因為母親和哥哥反對而未能如願。

錢和書。

這是她人生的兩大主題。圖書館亦然。上野圖書館的歷史就是不斷為資金來源發愁的歷史。

而夏子的第三個主題是戀愛。圖書館也愛上了夏子。

那年夏天，當夏子走進建築裡躲避酷熱的陽光時，是圖書館努力讓舒適的微風從高高的窗戶灌進來消除她的暑氣。

有一次，夏子以纖細的字體在隨附的閱覽證上寫下書名和分類編號，戰戰兢兢地交給圖書館管理員，卻被管理員故意刁難，說她寫錯了，叫她重寫。管理員的態度激怒了圖書館，便讓他在走廊上滑倒，重重地摔疼了腰。而這位管理員之所以不時遺失重要文件，在肅穆的館內莫名其妙地咳嗽不止，招來眾人白眼，全是圖書館為了報復他沒善待夏子。

由於考試將近，不少人來圖書館複習法律，不過凡是死命盯著夏子的臉看，或者背地裡偷偷講她閒話的人，最後全都落榜了。這也是圖書館搞的鬼。

當未來的女醫生在夏子身旁翻開醫學書，泰然自若地看著裸男解剖圖時，圖書館特別心神不寧，後悔將這種書納入自己懷中，還偷偷臉紅起來。

不過圖書館最大的勁敵，是夏子的老師半井桃水。

明明來這裡才能學到最多啊。

每次夏子該出現卻沒出現時，圖書館總是忍不住懷疑她去了半井桃水家。

有時候來了也不看書，只是楞楞地發呆。看到她這個樣子，圖書館很不甘心。

那種人有什麼好？

「桃水跟夏子形同已經在一起了」、「小說是老子寫的」，聽到這些甚囂塵上的傳聞，圖書館非常難過。它覺得老大不小還在玩人偶的男人配不上夏子。

所以得知夏子不再見桃水時，圖書館鬆了口氣。不過它知道，夏子心裡還割捨不下對桃水的依戀。

圖書館非常喜歡夏子寫的小說。它特別偏愛刊登夏子作品的雜誌，甚至不想借給任何人。

圖書館知道夏子當了所有和服，已經完全沒衣服可穿，便請妹妹邦子用布料拼湊出類似和服的衣物，每次外出都會披上外褂遮住那件奇妙的縫綴品。

而它也知道夏子跟許多人借錢。

夏子的小說蔚為風潮，文壇寵兒們開始頻繁造訪她家。雖然很為她感到驕傲，但她不再像以前那樣常來了。儘管明白這是莫可奈何的事，圖書館還是難免心生落寞。

圖書館百感交集地懷抱著夏子生前唯一出版的著作，指導如何寫信的《通俗書簡文》。

她葬禮那天，森鷗外本想騎馬加入送葬行列，卻未能如願。如果能走動的話，圖書館也想出席弔唁。

明治二十九年十一月二十三日，夏子嚥下最後一口氣。樋口一葉死後接連出版的書，無論是小說、和歌、日記，還是書信集，圖書館全部都愛。

鷗外、漱石和露伴都來過圖書館。德富蘆花和島崎藤村也常來。田山花袋更是天天造訪。凡是明治的文學家，人人都去過上野圖書館。

不過無論別人怎麼說，圖書館最愛的肯定還是這位肩頸痠痛又有近視，總是為錢所苦的薄命女作家。

我跟喜和子女士曾一起去過國際兒童圖書館一次。

那是她唯一一次踏進那棟煥然一新的建築。

當然，她也未必不會自己一個人跑去。不過看她去之前那麼抗拒，去了之後也沒說要再去，那極有可能是第一次也是最後一次。

雖然跟喜和子女士已經沒那麼常碰面了，但我剛好要去上野美術館看展，想著許久未見又難得有這個機會，便特意寄了明信片給她。由於時值盛夏，每天都熱到有可能中暑，我避開喜和子女士家和烈日下的公園，選在建築裡碰面。

「那就上野圖書館裡見。」

回信上這麼寫著。

那年夏天國立西洋美術館舉辦柯洛展，從羅浮宮美術館借來〈摩特楓丹的回憶〉、〈藍衣女子〉、〈珍珠女郎〉等名作，並大肆宣傳。記得我在第一封明信片上寫著機會難得，一定要一起去看，不過喜和子女士八成不感興趣吧。

我離開展場穿過藝大校園，正準備拐往圖書館的方向時，只見喜和子女士雙手交疊身後，一動也不動地站在十字路口旁的水泥建築前。

「喜和子女士。」

我出聲叫喚的瞬間，喜和子女士嚇了一跳，嘴裡唸著「哎喲，討厭啦」，一邊回過頭來。

「既然妳提早到了，在室內等不是更涼快嗎？」

聽我這麼一說，她稍微撇了撇嘴表示不滿。

「可是這邊讓人覺得很懷念嘛。」

「這邊？」

「這個啦。」

那是座類似倉庫的建築，屋頂呈四角錐狀，有點像國會議事堂的縮小版。這麼說起來，雖然每次經過時都很好奇，但我卻從未細想過那是什麼。

「這是什麼？」

「哎呀，妳不知道嗎？是車站啦。京城電鐵的博物館動物園站，位於上野和日暮里之間。前陣子還在用呢，大約十年前才停用吧。」

一查之下才發現那站最終在舉辦柯洛展的約莫四年前廢止了。當然，再往前回推七年就已經沒在用了，不過站體本身並未拆除，至今依然保存在原址地底下。聽說在日暮里搭乘京城線時，可以透過車窗看到站體內部。

「那個車站的月台很短，所以不小心搭到頭尾車廂會下不了車喔。」

喜和子女士開心地解釋。

或許是想討兒童歡心，牆上畫著企鵝和大象的壁畫，不過車站本身很舊，又遷到陰暗的地方，導致壁畫有些泛黃，看起來十分悲涼。後來人們越來越排斥這裡，甚至出現晚上企鵝和大象會從牆上跑出來四處遊蕩的傳聞，結果在違背初衷的情況下，讓附近孩童們心中留下難以抹滅的印象。

「妳常來這個車站搭車嗎？」

「在廣小路工作時搭過好幾次。當時我住日暮里對面，差不多是二十年前的事了。」

說著說著，我們穿越馬路，前往兒童圖書館。

位於上野公園外的文藝復興式三層樓建築以法式砌法疊砌米色面磚，石棉瓦屋頂綴有美麗的草綠色銅板脊飾，大大的窗戶頂端呈現平緩的弧度。這座洋風建築前有個看起來像玻璃箱的設計，實際上卻是新設置的入口。

站在入口前，她下定決心似地稍做深呼吸。然後我們一同穿過自動門，迎著櫃臺小姐的招呼踏入這座修繕得非常漂亮，看起來甚至像全新落成的老建築內。

進了室內，喜和子女士隨即走向空無一人的階梯。

然後她露出一副果不其然的表情說：

「地下室不見了。」

「地下室？」

「不曉得地下室變怎樣了。至少看起來沒有一般人可以進出的地下室。之前地下室有間餐廳，好像叫御喜家吧。是賣咖哩飯和親子丼之類的，很好吃喔。還有理髮廳呢。」

「理髮廳？圖書館有理髮廳？」

「圖書館的人好像會去喔。結果去了都被剪成同樣的髮型，所以在圖書館工作的男人非常好認。」

我催促喜和子女士上電梯來到三樓。

三樓走廊展示著明治時代拍攝的圖書館館內照片，好讓人了解這座建築的歷史。

外面裝設一整片玻璃的開放式走廊空間，是改建時新增的，兼具了保護老建築外牆的用意。過去若是沒有懸空飄浮的能力，根本無法靠近老建築的三樓外牆，如今使用者卻能直接在旁邊觀看走廊上的展覽。

「以前這邊是閱覽室。哎呀，變得這麼漂亮，感覺不太一樣了呢。雖然我應該是有在報紙上看過，但真的變漂亮了啊。」

喜和子女士反覆說道。

我擔心她可能因為寶貴的回憶毀了而生氣，便追上先行離開房間的她，卻發現她站在一扇大門前，不斷摩娑著門上的銅板。

「這個倒是沒變呢。」

那塊板子上寫著「推開」。

「推開？是字面上的意思嗎？這什麼啊？」

「以前就這樣了。真的從很久以前就是這樣了。建築物落成以來一直都是。明治時代的人不習慣推開的門，所以才要標示清楚，以免錯當成側開的拉門。」

這麼說完，喜和子女士心滿意足地閉上眼睛，如同以前跟古尾野老師一起去湯島聖堂大成殿時，她耳朵貼著黑色柱子闔起雙眼那樣。

「老實說，我不太記得小時候的事了。」

過了一會兒，喜和子女士睜開眼睛說。

「所以每次想到的都是上來東京住在這裡以後來過的圖書館。不過這圖書館很舊了，又是國會圖書館的分館。感覺來的人也多半都是官員，而且全是男的。所以去地下室的餐廳時，總覺得好像鬆了口氣。」

「御喜家嗎？」

「那家的咖啡用圓滾滾的杯子裝，滋味特別好呢。所以地下室沒了真的好可惜啊。」

之後喜和子女士依序逛了整個房間。摸到老舊的外牆時，她再度感慨萬千地輕撫著面磚。

「雖然這麼說不太好，但這建築老是給人一種很恐怖的感覺呢。」

喜和子女士帶著淘氣的表情說。

「不過啊，以前它也曾經是新的喔。明治三十九年剛建好時，這棟建築物一定很氣派吧。」

不過就我所知是很舊啦，喜和子女士又補充了一句。之後我們在圖書館內晃了一會兒。每次來兒童圖書館我都很開心，而喜和子女士似乎也調適好心情，不再興沖沖地說以前怎樣又怎樣，開始津津有味地欣賞新建築。

夢見帝國圖書館・7　上野出現帝國圖書館　再度為戰爭經費發愁

樋口夏子年輕的生命消逝於明治二十九年，之後還要花上十年的時間，有紅磚書庫的圖書館才總算遷至面磚砌成的新建築，改名「帝國圖書館」重新開張。

期間圖書館相關人員持續不懈地努力，其辛酸血淚著實無法想像。

其實，帝國圖書館設立運動的萌芽可追溯至明治十餘年左右。之後東京教育博物館館長手島精一找了時任文部大臣森有禮商量，決定送日後成為首任帝國圖書館館長的田中稻城去英美留學。這是明治二十一年八月的事，田中於後年歸國。

當東京圖書館從湯島遷至上野、擁有紅磚倉庫的東京圖書館愛上近視眼的樋口夏子時，文部官僚正奮力推動帝國圖書館的建設。

明治二十三年受命擔任圖書館館長後，田中稻城彷彿被永井荷風之父久一郎的靈魂附身。為了設立帝國圖書館，他拼了命不斷請願。

田中稻城的焦躁其來有自。他彷彿澈底承襲了福澤諭吉誓言建立「Bibliothèque」的志向，以及永井久一郎苦惱於預算接連被刪減的現實課題。

擴建。

那一直是經營圖書館的人心中的夙願。

然而隨著政府與清國開戰，經費不斷刪減，要擴建簡直癡人說夢。

日清兩國在下關簽訂和約那天，田中館長握緊雙拳說：

「休想再拿需要戰爭經費當藉口了。這次一定要興建圖書館！」

於是在他各方面的積極推動下終於成功喚起輿論，明治二十九年二月十日推出了〈帝國圖書館設立建議案〉。此時離樋口夏子去世已經不到十個月了。提案人貴族院議員外山正一說：

「國外經費高達二十萬、三十萬、四十萬，我國東京圖書館的經費卻只有八千左右。是人家的五十分之一，才百分之二喔。」

他感嘆雙方花在圖書館上的金額差距，滔滔不絕地說起了國外的圖書館事業多麼發達，英國有兩百四十間公立圖書館，美國更有六百七十間，這些地方都挹注了鉅額公費，還有慈善家貢獻龐大的捐款。

「看了那間窮酸的東京圖書館，誰也想不到國外的圖書館有多發達！」

他繼續吼道。

貴族院議員聞言大受打擊。

「竟然才百分之二！」

再怎麼樣也該有個帝國圖書館，不然就稱不上像樣的國家了。眾人將此事銘刻於心。

於是〈帝國圖書館設立建議案〉在貴族院眾議院兩院順利通過，明治三十年四月頒布〈帝國圖書館官制〉，由田中稻城擔任首任帝國圖書館館長。

帝國圖書館建地定於上野後，明治三十二年完成了可收藏一百二十萬冊書籍、設有七百三十個閱覽席、總面積達兩萬平方公尺的傑出設計圖。文部省技師真水英夫實地考察過芝加哥紐貝里圖書館，設計出這座氣勢非凡的古典主義式西洋建築。結構為地下一層、地上三層，還具備了圍繞中庭的枡形平面。

目標是東洋第一，不，是世界第一的圖書館建築！

明治三十三年三月，第一期工程盛大展開，東側區塊開始動工。

東側區塊動工。

東側區塊持續興建。

東側區塊完成。

東側區塊已經建好了。

就只建好了東側區塊。

僅此而已。

這是明治三十八年的事。不知道為什麼，東洋第一，不，世界第一的圖書館突然停工了。

不，理由很明確。明治三十七年爆發了日俄戰爭。

明治十年西南戰爭當時，永井久一郎陷入了困境，而帝國圖書館首任館長田中稻城也遇到了同樣的狀況。

「物價水漲船高，軍費支出越來越多，怎麼想都不可能再繼續建設下去了。現有的就夠氣派了吧？別奢求了，就這樣開始吧。不是世界第一也無所謂，以東洋來說已經算不錯了。這麼好的建築，你還有什麼不滿意的？」

田中稻城就這樣被說服了。隔年明治三十九年舉辦竣工典禮，帝國圖書館正式開張。

的確，建築是很優美莊嚴沒錯，不過當初設計成枡形的結構卻僅有一邊完成，變成了一字形。

東洋第一、世界第一的圖書館建築就這樣化為泡影。

我清楚記得那天的晚餐。

喜和子女士第一次踏進國際兒童圖書館那天，參觀完館內離開時，她邀請我去吃晚餐。

喜和子女士做了冷湯。她說這是老家當地的特色料理，我這才知道她出身宮崎。這種事或許應該更早確認清楚才對，不過在某段時期之前，我一直誤以為她在東京出生長大，所以從未問過她故鄉的事。

喜和子女士家的那條巷尾白天非常熱，好在牆面不是水泥材質，到了傍晚會稍微涼快一些。往巷子的鋪石灑水，開著玄關拉門點上蚊香，再打開小電風扇，暑氣就散得差不多了。

喜和子女士把鍋子放在雙口爐的其中一邊，煮著摻了小麥的白飯，另一邊則擺上烤網烤梭子魚乾。由於廚房很小，我接過小砧板和菜刀坐在矮桌前，按照喜和子女士的吩咐把胡瓜切成一口大小，並將青紫蘇和茗荷切絲。

待表皮烙上烤痕，魚身烤得蜷曲後，喜和子女士細心地去頭去骨，將撥散的肉放入老舊的擂缽內，跟打碎的芝麻和味噌一起磨至沾附缽壁。接著她將擂缽翻面放在剛才擺著烤網的爐口上，直火烘烤出味噌香氣，然後把擂缽端到矮桌上。

「等一下喔。」

喜和子女士道了聲打擾後，隨即一手扶牆、一手撐著膝蓋爬上陡峭的階梯到二樓，然後帶著裝了水的水壺躡手躡腳地下來。長時間待在大學的谷永雄之助好像出門了，不過喜和子女士這天本來就打算找我來谷中的家，不但特地買了魚乾跟蔬菜，還把水壺的水先放在二樓冰箱裡冰好。

「等一下喔，我還弄了冰塊。」

這麼說完，喜和子女士轉身準備再次上樓。我見狀便起身說要幫她拿。由於二樓才有冰箱，我經常像這樣入侵雄之助的房間，如今早已習以為常。我跟喜和子女士借了水藍色的塑膠碗來到二樓，打開雙門圓角小冰箱的製冰櫃，把製冰盒的冰塊倒入碗中。

「喜和子女士，要再做新的冰塊嗎？」

我扯開嗓子從二樓大喊，喜和子女士也從樓下大聲回道：

「不用不用。妳直接帶著冰塊下來吧。」

回到一樓時，喜和子女士正把水壺裡的冰水倒進擂鉢裡。

「冰塊化了味道會變淡，就加這些吧。夏天最適合喝冷湯了。這是我少數引以為傲的家鄉特產，幾乎可以說是唯一了。」

做好略濃的湯汁後，喜和子女士滿意地笑了笑。

接著她將切好的蔬菜、冰塊和瀝乾水分絞碎的豆腐放入湯汁裡。我們在剛煮好的小麥飯上淋了滿滿的冷湯。浮著冰塊的湯汁透出胡瓜、青紫蘇和茗荷的色澤，確實是很適合在夏天當作晚餐的清涼料理。

這時，玄關突然傳來聲音。

「喂，我來囉。」

彷彿算準時間一般，滿頭白髮的古尾野老師拉開拉門探出頭來。

「哎呀，歡迎啊。」

這麼招呼完，喜和子女士隨即拿了新的碗盛小麥飯。想必除了我之外，這頓佳餚也是為了招待古尾野老師而準備的吧。儘管已經分手了，這兩人還是維持著細水長流的交情。雖然喜和子女士說是茶友，但實際上關係可能不止於此。

喜和子女士精心製作的宮崎鄉土料理十分美味。

「好久沒進圖書館了呢。」

吃飽飯後，喜和子女士攤直雙腿說。

「以前妳不是很常去，就像把圖書館當成自己家一樣嗎？」

聽我這麼一問，喜和子女士稍微楞住了。

「我有說過這種話嗎？」

「嗯，說過喔。」

「哎喲，討厭啦。是喔？哎呀，這麼說是有點誇張啦。」

「不，妳從以前就很常說些誇張的話。」

古尾野老師插嘴說。

「所以妳每天都去地下室的餐廳囉？」

「餐廳？哇——，討厭啦。才沒有呢。」

否認之餘，喜和子女士啪地一聲甕了穿越蚊香煙霧勇敢飛來的蚊子，包進面紙裡揉成團丟掉。

「雖然沒住過那兒，但我更早之前就把那兒當自己家了。」

「更早之前？」

「是我小時候。也不曉得開始上學了沒。」

「那麼小？所以那時候妳已經離開宮崎來東京啦？」

「嗯，對啊。」

肚子填得飽飽的，老電風扇的微風吹起來非常舒服。某處傳來煙火的聲音，可能是孩子們已經放暑假了吧。

為避免吸引飛蟲，喜和子女士關掉房裡電燈，點燃圓筒狀紙罩裡的蠟燭。朦朧的燭光照著四張半榻榻米大小的房間，彷彿連時代地點都變得模糊不明。置身在這樣的空間中，感覺並不壞。

「那棟建築裡面很涼快呢。」

喜和子女士說。

應該不是在說地下室的餐廳吧，我這麼心想。

夢見帝國圖書館・8　面磚砌成的帝國圖書館，令一高學生們為之傾倒

這個月月底，剛從姬路中學畢業的和辻哲郎來到東京，準備進入第一高等學校就讀。

第一次來東京，哲郎深深被當時故鄉姬路還看不到的大型西洋建築所吸引。看了尼古拉堂的圓形屋頂，哲郎不禁讚嘆，心想這種建築究竟是在什麼文化背景下建造的。

以前還在姬路時，哲郎曾在報上看過上野帝國圖書館開館的報導。而實際來到帝國圖書館，他也深深著迷於那座剛落成的美麗建築。最令他感動的是除了瞻仰建築之外，還能在其中占據一席之地，靜下心來慢慢看書。

哲郎特別喜歡閱覽室挑高的天花板和水晶吊燈。

自己正坐在水晶吊燈底下看書。

想到這裡，哲郎心中就充滿了難以言喻的幸福感。他開始勤跑圖書館。

「鄉下地方郵購買得到的英文書有限，這裡卻有一大堆，好像在作夢啊。而且郵購的書都是廉價的平裝本，字又小到不容易讀。可是這裡的書不一樣，全是厚厚的精裝本。最重要的是紙不一樣。」

悄聲對鄰座的一高學弟這麼說完，哲郎把鼻子湊到華滋華斯的詩集上嗅聞起來。

「真香，好像香水似的。是英國奢華的氣味嗎？」

哲郎靜靜地閉上雙眼。

聽他這麼一說，隔壁的一高學生也稍微聞了聞書。

「哎，潤一。東京真是個好地方呢。」

和辻哲郎這麼說完，生於日本橋蠣殼町的谷崎潤一郎不置可否地笑了笑。

高松中學畢業後就立刻上東京的菊池寬，也在抵達東京隔天去了這座文藝復興風格的美麗圖書館。那已經是圖書館開館之際、哲郎對英國詩集用紙的馨香萌生興趣的兩年後了。寬喜歡歷史小說。在高松中學時期只找得到春廼舍朧的《女武者》上冊，因此發現全套時，他欣喜萬分地借來一讀，卻不怎麼喜歡。

不過他還是很喜歡圖書館，成天往這兒跑。

輾轉讀過幾所學校後，寬進了一高，成了和辻與谷崎的學弟，不過跟他交情最好的是佐野文夫。後來因為佐野企圖把偷來的披風當掉，寬替他揹了黑鍋而退學。寬常常拿佐野沒轍。某次一起去圖書館時，佐野本想帶墨水罐進去，卻被喝斥。佐野怒上心頭，當場把墨水罐砸在圖書館玄關的地板上，引發軒然大波。

寬也不是不知道佐野有點難相處，但披風事件時還是挺身保護他。可見在寬的心目中，佐野必然是個充滿魅力的男人，連難搞的部分都十分迷人。

不過說到寬一高時期的友人，芥川龍之介肯定比佐野文夫出名得多。

龍之介出生於京橋，在本所長大。他從府立三中（現今都立兩國高校）時期就經常去帝國圖書館，不過自詡飽覽群書、博學強記的氣概，卻留給了這位來自高松的方臉友人。

當書蟲寬挺著肩膀走出圖書館時，龍之介叫住了他：

「我說寬啊，要不要吃團子？」

「團子？」

「附近的東照宮鳥居前有家叫鶯團子的小攤子，你不知道嗎？」

「不知道。」

方臉的菊池寬一副團子跟圖書館有啥關係的態度。

「比起言問團子那家，鶯團子更好吃喔。」

寬睜開細瞇瞇的眼睛說：

「你居然知道這種事。」

理了理稍微敞開的白點花紋衣領，芥川龍之介捏著下巴，擺出習慣動作愉快地說：

「跟女孩子聊天可以學到很多喔。」

「那座建築物裡面很涼快呢。」

用美味的鄉土料理冷湯填飽肚子後，喜和子女士閉上雙眼，如同在湯島大成殿或在上野公園要我想像上野戰爭前的寬永寺那樣。喜和子女士探尋著眼皮底下的景象，開始娓娓道來。

「現在想想，那邊有那麼多看起來像官員的人，當初我是怎麼進去的？小孩子不是會被趕出來嗎？不過我確實進去了。像這樣閉上眼睛時，我彷彿又回到了走廊上。周圍好暗，感覺有點可怕。畢竟圖書館很安靜嘛。白色牆壁阻絕了外面溫度，即便夏天也很涼快。左右兩側堆滿了裝著書或文件的瓦楞紙箱，空間變得好窄。天花板好高，門很厚，彷彿置身在另一個世界。真的就像開啟了另一個世界的大門呢。」

喜和子女士一臉陶醉。

她第一次進上野圖書館的建築物，是戰後的事。

「妳說戰後，真的是戰爭剛結束的時候嗎？」

「嗯——，這個嘛，可能再過一段時間後吧。」

「那時圖書館有開嗎？」

喜和子女士接連點了兩下頭。

「當時我跟家人分開，就我自己一個被託付給這邊的人。」

「真稀奇。我倒是常聽說當時東京的人會讓孩子疏散到外縣市去呢。」

「哎，其中有些難言之隱啦。不過這種事也不是那麼罕見。畢竟當時大家只能肩並著肩，互相幫助地活下去。」

古尾野老師點了點頭。他已經自行打開帶來的芋頭燒酒，摻著水壺裡的水喝了起來。

「我們一家從大陸撤離，但到了博多港後卻沒有旅費投靠大阪的親戚。於是老爸、老媽、年長三歲的姊姊和我四個人就靠著擦皮鞋賺取旅費。」

「古尾野老師嗎？」

「是啊。我跟姊姊招攬客人，老爸老媽擦皮鞋。」

「老師也很辛苦呢。」

「比不上喜和子啦。」

「當時你們住在哪裡？」

「住在類似木賃宿*的地方。不過肚子總會餓，所以必須吃東西，又得存交通費。我想應該也睡過車站吧。」

為了拉回被古尾野老師岔開的話題，我繼續問道：

「不過當時喜和子女士很小吧？妳一個人有辦法進去嗎？」

「建築物裡面很涼快喔。」

「嗯，或許吧。」

「有個代替父母照顧我的人說裡面很涼快，去看看吧，然後就帶我進去了。我想應該是把我放在背包裡帶進去的。」

「妳那時候那麼小啊？」

「畢竟也不能丟下我不管吧？我猜館方肯定也是因為這樣，才睜一隻眼閉一隻眼。」

開場前喜和子女士表示那時自己還沒上小學，很多事情都記不太清楚了，然後才接著說下去。

當時喜和子女士住在巷裡一間連長屋都稱不上的粗陋木板房（因為那時候房屋都被燒光了，沒地方可住嘛。喜和子女士這麼解釋完，一旁的古尾野老師重重地點了點頭），常去圖書館的是復員兵。住在這裡的另一人是復員兵的朋友。這男人從事特種行業，晚上不在，一大清早才回來，白天幾乎都在睡覺。總之，喜和子女士被寄放在這些人生活的家，白天的時候幾乎每天都跟復員兵哥哥一起去圖書館。

「那位哥哥是喜歡樋口一葉的哥哥嗎？」

「嗯，對啊。奇怪，妳怎麼知道？」

「還問我呢，之前妳不是說過嗎？」

「有這回事喔？」

＊註：僅收柴火費的廉價旅社。

「所以是那個人寫了《夢見帝國圖書館》嗎？」

「對對對。他可能是在圖書館裡構思出來的吧。因為年紀還小，我不太清楚他在幹嘛。不過他常說想寫圖書館喜歡樋口一葉的故事，或圖書館為錢所苦的故事。純粹寫圖書館的歷史太沒意思了，所以要多費點心思才行，他老是把這些話掛在嘴邊。」

「其實啊，那時我走丟了。」

年幼的喜和子女士跟那些哥哥們生活了三、四年，之後便回到父母親在的宮崎。

「走丟了？」

「那時八成是因為爸媽有事才來東京。不過上野人滿為患，到處都是撤僑或流浪兒童，結果我就在那裡走丟了。」

「嗚哇，那可不得了。」

「是啊。我想爸媽應該也找過我，一時間卻沒找著，只好死了這條心回宮崎去。仔細一想，我真的很好運呢。多虧那些哥哥們收留我，我才沒遇到可怕的事。」

「所以幾年後妳就被送回找妳的父母親身邊嗎？」

「嗯，對。」

「好驚人的故事啊。」

「嗯。」

喜和子女士點點頭，神情肅穆不發一語。沉默了一會兒後，她緩緩開口：

「哎，妳自己小時候的事還記得多少？」

「什麼意思？」

「妳記得上小學前的事嗎？」

「多少有印象，但不是記得非常清楚。有些記憶應該是後來聽爸媽和兄弟姊妹說的吧。」

「也是啦。因為在東京生活過後就一直待在宮崎，又跟哥哥們斷了聯繫，我總覺得那段時間很奇妙。」

「奇妙？」

「我分不清到底是真是假。」

喜和子女士倏然起身，拿水壺裝水放到瓦斯爐上。回過神來已經很晚了，她大概覺得不好讓遠從千葉而來的古尾野老師喝太多吧。

「我猜那兩人可能是一對。」

喜和子女士輕描淡寫地說。

「嗯，既然妳都這麼說了，大概就是吧。」

相對安靜傾聽的古尾野老師應道。看來他似乎不是第一次聽喜和子女士這麼說。

「所以喜和子女士跟父母親走散後，被同志情侶收留了好幾年？」

因為第一次聽說這件事，我嚇了一大跳，反應有點誇張。喜和子女士稍稍蹙起眉頭，似乎後悔說了這件事。

「不過當時我真的很小，只是現在回想起來才這麼覺得，實際上也可能不是。」

「嗯，很難說呢。不管喜不喜歡，那時代的生活都是一團亂。」

古尾野老師開始說些語意不明的話。

「茶泡好了。」說著，喜和子女士收掉擂缽和碗，把茶壺和茶杯擺到矮桌上。

關於喜和子女士的幼年時期，記得當時就只聽到這些。

一方面也是因為老師不知不覺地換了話題，發揮前大學教授的本色強勢主導對話，讓我對他說的內容留下更深刻的印象。

不過當時老師說的是圖書館跟兩個男人的故事。那肯定跟喜和子女士的話題有某種關聯。

「妳們讀過《銀河鐵道之夜》吧？」

古尾野老師以茶代芋頭燒酒說。

「本來想一直跟對方走下去，喬凡尼卻跟卡帕涅拉分開了。有人說這故事反映了現實。宮澤賢治是喬凡尼，卡帕涅拉不是去世的妹妹，而是他朋友。」

「那位朋友死了嗎？」

喜和子女士問道。古尾野老師搖了搖頭。

「沒死，是分開了。賢治想跟那位朋友一直走下去，那位朋友卻拒絕了。」

「一直走下去，是要走去哪？」

「嗯。當時賢治熱衷日蓮宗，他想跟朋友一起攜手邁向信仰之路。那位朋友不知道這樣做對不對，幾經思量，最後決定踏上另一條路，回到故鄉務農，與土地共存。」

「宮澤賢治不也在務農嗎？」

「嗯，是沒錯。不過兩人絕交是在賢治成立羅須地人協會更早之前。他們在盛岡高等農林學校時期認識，曾一起創辦同人誌。之後成了好友，不過賢治沉迷國柱會，還逼朋友信教，於是兩人就此決裂。那是妹妹過世前的事。」

「國柱會是什麼？」

「是日蓮宗衍生出來的右派入世佛教團體。」

「不過《銀河鐵道之夜》是他晚年的作品吧？」

「所以說啊，賢治一輩子都懷抱著二十幾歲時失去知心好友的傷痛。接下來這點就跟喜和子感興趣的事有關了。」

「什麼什麼？」

「兩人決定性的絕交，發生在那座上野圖書館。」

「真的嗎？」

「我是覺得這推論很有說服力啦。」
「什麼時候的事？」
「大正十年。」
「所以那兩人是情侶嗎？」
「也有人這麼說，但應該是精神層面上的關係。妳也知道，賢治是日本近代文學史上知名的童貞詩人。不過這份情感之強烈，連賢治本人都意識到那是『戀愛』。」
「喬凡尼。」
「愛上了卡帕涅拉。」

夢見帝國圖書館・9　圖書館幻想　宮澤賢治的戀愛

我與自稱達爾克的人，
做了無情的訣別。
我彷彿踏著萬里白砂，
從閱覽室三樓，
一路來到地下室，
喝了熱水與冷水作為紀念。
瓦斯燈罩驟然迸裂，
火焰化為蔥花，
大半視野頓時陷入幽暗，
令人神智錯亂。

謹以此文，
永別自稱達爾克的哲人。

——出自宮澤賢治〈東京筆記〉

倘若圖書館有心，它會怎麼看待這位年輕詩人呢？

大正十年年初，他離開故鄉，搭著夜班列車來到東京。

他直接前往鶯谷的國柱會，表明一生虔信法華經的決心，希望可以留在這裡，哪怕當個管鞋的也好。然而，對方並未立刻接納這位形同離家出走般突然登門造訪的青年，叫他考慮清楚再來。

不久前上東京照顧住在東京帝國大學醫院小石川分院的妹妹阿敏時，詩人經常走訪上野圖書館。這次他在赤門附近的印刷所找到了一份小工作。決定在菊坂租屋後，他前去鶯谷的國柱會之餘，也非常勤跑帝國圖書館。

詩人跟那位近視的樋口夏子一樣勤於借書來讀，同時也常露出夏子愛上半井桃水時的眼神，看向三樓閱覽室的大窗外頭，陷入沉思。

達爾克，吾友卡帕涅拉。

不管到哪裡，我們都一起走下去吧。

詩人與他的畢生摯友是高等農林學校的室友，不過自從友人因某起事件遭到退學回山梨後，兩人已經有三年沒見面了。他們之間書信往來十分頻繁。

不久前友人志願從軍，進了東京騎場的軍營。役期一年，年底便期滿退伍，不過兩人又錯過了。如今詩人在東京，那位友人又回到了山梨。

好想他。

這年夏天，年輕詩人更是心神不寧。

因為友人終於要來東京了。這代表友人將以見習士官的身分參加甲種勤務演習，再度在騎場連隊待上一個月。

怎麼辦？要不要找機會去日比谷一帶，還是植物園或博物館等他呢？——能見到他了。

詩人非常雀躍，卻也十分慌亂。

（在這般靜好的時刻，為什麼我不能更開心？為什麼要這樣獨自憂傷呢？啊啊，難道他不是那個跟我一起走下去的人嗎？）

詩人見到了友人。放假的見習士官換下了軍服，來到圖書館。

詩人遲了一會兒才穿過圖書館昏暗的大廳，一步步踏上階梯。爬到三樓時，他擦了擦汗水。

天花板高得不得了。此刻詩人有些恍神，甚至以為牆壁和天花板是由灰色陰影構成，認不出原本灰泥的材質。

（沒錯，他就在這巨大的房間裡。這次總算能見面了。）

想到這兒，胸中彷彿有什麼熱得化開了。

兩丈高的大門半開著。詩人迅速鑽進門內。

兩人多次通信，彼此都知道要說什麼。為了當面一聊，詩人和友人選擇在東京碰面。

室內空蕩冷清，矮個兒友人手靠在額頭上，隔著巨大的窗戶眺望西邊的天空。

此番相見宛如幻夢一場。

在遠比三年時光及來往書信數量還少的時間及言談中，兩人明白，彼此走上了不一樣的路。

「有機會再見了。」

友人說。

「我看一會兒書再走。」

詩人說。

靠在巨大的拱窗木框上，詩人回憶著與友人在盛岡度過的時光。從窗外望去，看得見友人遠去的身影。

太陽逐漸西沉，天色暗了下來。

這時，某處傳來奇妙的聲音喊著：銀河車站、銀河車站。眼前突然一亮，天空中彷彿鑲嵌著無數螢烏賊的螢光。

「只要媽媽能夠真正獲得幸福，我什麼都願意做。不過，究竟什麼才是媽媽最大的幸福呢？」

卡帕涅拉拼命忍住想哭的衝動。

「繼續朝這目標邁進吧。」

喬凡尼這麼告訴卡帕涅拉。

「可以了。南十字星車站將於下一個第三刻左右抵達。」

列車長將紙片遞給喬凡尼，往另一頭走去。

唉，喬凡尼深深嘆了口氣。

「卡帕涅拉，又只剩我們兩個了。不管到哪裡，我們都一起走下去吧。只要大家能夠真正獲得幸福，哪怕像那蠍子一樣被烈火灼燒百遍，我也甘之如飴。」

「嗯，我也是。」

卡帕涅拉眼裡泛著美麗的淚光。

「不過，大家的幸福究竟是什麼呢？」

喬凡尼說。

「我的車票是灰色的。」

語畢，卡帕涅拉又說：

「你的車票是綠色的呢。照理來說，不完美的幻想四次元銀河列車，應該去得了任何地方才對。」

「我不知道。」

喬凡尼呢喃著說。

「嗯，我也是。」

卡帕涅拉眼裡泛著美麗的淚光。

「卡帕涅拉，我們一起走下去吧。」

說著，喬凡尼回頭望去，卻只看見散發光澤的黑色天鵝絨座椅，先前還在那兒的卡帕涅拉早已不見蹤影。

好不容易爬到十樓後，我擦了擦汗水。

天花板高得不得了。我看不出構成牆壁和天花板的究竟是灰色陰影還是灰泥。

（沒錯，達爾克就在這巨大的房間裡。這次總算能見面了。）想到這兒，胸中方寸間彷彿有什麼熱得化開了。

——出自宮澤賢治〈圖書館幻想〉

後來之所以跟喜和子女士漸行漸遠，全都要怪我薄情寡義。喜和子女士每年都寫賀年卡，夏天還會捎來可愛的明信片問好。而我總拖到年假過後才回，有時甚至沒回。暑期問候的明信片也多半置之不理。

因為寄明信片約見面很麻煩，一直以來我都偏好隨性拜訪，遇到就遇到，沒遇到就算了。不過曾幾何時，我養成了沒事裝忙的壞習慣，即便去上野圖書館或演奏廳參加活動，結束後我也總想趕快回家，或另外跟其他人約。剛認識喜和子女士時我還是單身，沒有深交的對象，不過如今已經跟穩定的伴侶一起生活了。這或許也是跟喜和子女士疏遠的原因之一。當時我曾在國外住了幾個月，而這段時期寫的小說也獲得較大的獎項，我便趁這個機會搬家了。雖然我有寄信通知搬家一事，但最主要當然還是生活環境改變後交到了新朋友。

喜和子女士是種特別的人，我總是希望可以不顧時間、悠悠哉哉地跟她碰面。其實，疏遠前我曾利用行程間近一小時的空檔見過她一、兩次，不過當時我卻心神不寧地頻頻望向時鐘。總覺得喜和子女士看到我這般態度後顯得有些落寞，心裡不由得產生一種受到責難般的被害妄想。

喜和子女士八成沒怪過我。

是我對自己心生厭惡。

於是我開始盡想些道貌岸然的事，好比要見面就像以前那樣先寄明信片再說，或者偶爾也可以約去哪裡吃飯，如果要吃飯就預約不貴又好吃的餐廳之類的。就這樣，我成天唸著「好忙」這句噁心的咒語，日子眨眼間便匆匆過去。

我跟喜和子女士大概有兩年完全沒見面，再次動念去谷中的家拜訪，是東日本大震災之後了。而且老實說，我那天不是專程去見喜和子女士，而是看完上野動物園的貓熊才順道過去。

由於那已經是六年前的事，我記不太清楚那天怎樣了。不過每當看到那場海嘯的影像，大多數人都會變得有點敏感，同時深深憶起剛開始一個月左右的感受。

三月十一日過後依然餘震不斷，人們關注著核電廠事故的發展。超市的瓶裝水全數售罄，不時可以聽到豐洲一帶土壤嚴重液化、誰家的書櫃全倒了、高樓大廈的電梯故障等等消息。由於東京災情遠不及東北沿岸，感覺沒那麼嚴重，加上毀損的發電廠所產生的電力並非用於當地，而是供東京使用，罪惡感總是如影隨形。

電視上不必要地一再撥放著呼籲接受乳癌檢查，或是出現卡通版動物唱著「砰砰砰砰——」，交疊雙手雙腳跳舞的公共廣告。

住在其他縣市或國外的朋友主動關心時，雖然我嘴巴上一直說沒事沒事，但彷彿還在搖的奇妙感覺依然揮之不去，好一陣子我都很難從事寫作。

在這種情況下，上野動物園的貓熊公開亮相，成了久違的好消息。名為真真和力力的兩隻貓熊是在那年二月從四川省來到日本。不幸的是，二〇〇八年牠們曾經歷過四川大地震，結束漫長旅途、開始在上野生活沒多久，卻又遇到新地震。體驗過兩次足以顛覆人生觀（可以這麼說嗎？）的大震災後，想必大貓熊們有好一陣子都安不下心吧。

總之，決定開放參觀是在四月一日，印象中我是四月初去的。那天天氣和煦晴朗，充滿春天的氣息。上野公園裡的櫻花樹枝繁葉茂。

動物園裡十分熱鬧，到處都是帶著孩子的家庭。來看貓熊的遊客已經在排隊了，不過可能因為是平日白天，記得等沒多久就輪到我了。

在當時那種情況下，真真和力力充分理解深受國民喜愛的動物園明星該做些什麼，牠們穩坐在多數遊客都能看清楚的位置慢悠悠地啃著竹子。那適合坐更甚於四處走動的體型、胖嘟嘟的背、大刺刺攤直的後腳、恰好嵌合頭部的圓潤肩膀、專心地接連抓起竹子往嘴裡送的前腳，這一切彷彿在對我說：「什麼都不用想，沒什麼好擔心的，盡情悠閒享受動物園的休假時光吧。」

我在貓熊展示區前恍神了多久呢？

記得現場參觀人潮仍持續，在霸占了貓熊正前方一會兒後，大家都有默契讓給後面的遊客，所以我不可能長時間盯著那大型黑白動物看。

不過春光明媚，又難得為工作以外的事特地外出。看到貓熊慢悠悠地吃著竹子時，感覺特別輕鬆愉快，我不禁心想天氣這麼好，好想去見見誰啊。於是腦海裡自然而然地浮現出喜和子女士的笑容。

這麼說來，我們第一次見面也是在這座上野公園的長椅上呢。想到這裡，我突然想來趟睽違兩年的「隨興拜訪」。一來我很好奇她是如何克服震災，二來那天真的完全沒約，跟以前一樣時間多得是。

於是我離開動物園、穿越公園，看著右手邊的兒童圖書館，一路經過藝大前，穿過小徑來到上野櫻木，朝喜和子女士家前進。

我在路上轉了好幾次。因為擔心走錯路，我特地走到三崎坂確認知道的建築物，一邊尋找著喜和子女士家所在的窄巷。雖然知道奇特的公寓是幾年前不顧居民反對興建的，但不曉得為什麼，其他地方好像變得比記憶中更加泛白。明明很像，卻又有點不同。我彷彿置身在找出哪裡不一樣的遊戲立體版中，始終無法冷靜。這或許很像卡夫卡的小說，不管怎麼走都到不了。

倉皇失措了一陣子後，我總算發現。

喜和子女士的家不見了。

那條窄巷旁的家家戶戶全數消失，變成了空地。

我茫然站在原地好一會兒，直到看見有隻狗抽著鼻子在外面大馬路上散步，這才折回那裡。有位頭髮花白、貌似從事自由業的中年男性正拉著綁在狗脖子上的牽繩。我上前攀談。

「這裡之前有住家吧？」

中年男性拉住牽繩停下腳步，歪頭思索了一下。

「可能吧。」

他說。

「有吧？」

「哎，應該有吧。」

「是被地震震垮還是怎樣嗎？」

「我想不是。」

「什麼意思？」

「地震發生當時，這裡就已經是這樣了。」

「所以是地震前變成空地嗎？」

「可能吧。」

既然住在這一帶，好歹也記得更清楚一點吧。雖然有種想發火遷怒的衝動，但中年男性不可能明白我的心情。他似乎覺得對話已經結束，輕輕點頭後便帶著狗離開了。

我之所以轉了好久都沒發現，可能是因為那塊變成空地的土地比想像中還小的關係。

那塊小小的土地上開著藍色的天人唐草花。

夢見帝國圖書館・10〈飛黃騰達〉、〈魔術〉、〈哈桑・甘的妖術〉

大正年間出入帝國圖書館的人物當中，特別值得一提的是印度人瑪提拉姆・米斯拉。

米斯拉是真實存在的人物。證據是谷崎潤一郎和芥川龍之介兩位知名文豪都曾在作品中寫到「實際遇過此人」。

不只一個人寫就算了，兩人還是文學史教科書上特別強調的大作家。有鑑於世人往往都很重視所謂的權威，因此大可以將他們「實際遇到」當時住在大森的米斯拉列入帝國圖書館重要人物名冊之中。

米斯拉和谷崎潤一郎在帝國圖書館認識應是大正四年的事。

當時谷崎正在撰寫以三藏法師作為主角的短篇〈玄奘三藏〉。為了參考印度傳說，他來到上野的帝國圖書館。

查詢「Ｉ」一項索引的時候，谷崎開始跟這位鼻側皺紋很深的印度人交談，進而成為朋友。兩人交情好到甚至可以一起去上野的鰻魚餐廳伊豆榮聚餐。

由於正在撰寫印度背景的小說，谷崎千方百計跟米斯拉打好關係，想從他身上探聽關於印度魔術的事。然而米斯拉彷彿患有躁鬱症，性格陰晴不定、喜怒無常。有時會突然冷冷地板起面孔，在圖書館遇到了也不理人，有時卻特別多話，硬拉著谷崎去鰻魚餐廳，甚至邀他上聲色場所。

谷崎不但在短篇中充分展露印度近代史與佛教知識，更以米斯拉當面露一手拜師習得的「哈桑・甘的妖術」帶領讀者進入高潮。

芥川龍之介這位後輩也有可能是在帝國圖書館認識米斯拉。谷崎於大正六年發表〈哈桑・甘的妖術〉，三年後芥川在短篇〈魔術〉中提及與瑪提拉姆・米斯拉的交情，不過所謂「一個月前」將芥川引介給米斯拉的「某位友人」大概也是谷崎吧。

以下引述芥川龍之介對米斯拉的介紹。

「米斯拉生於加爾各答，是個長年致力於印度獨立的愛國者。過去還曾追隨知名婆羅門哈桑・甘學習祕術，年紀輕輕便成了魔術大師。」

向哈桑・甘學過妖術的米斯拉發揮神通力，帶領谷崎前往古印度世界觀中聳立於世界中心的聖山須彌山，見到化為一隻美麗鴿子的亡母。另一方面，米斯拉並未讓芥川看見須彌山或輪迴的世界，而是施展了有點像戲法的魔術。不過芥川卻深受吸引，懇求米斯拉教他魔術。

對文豪和米斯拉的友誼感興趣者，請務必比對看看這兩部短篇。不過帝國圖書館也不能忽略另一位知名作家菊池寬的存在。米斯拉每天上午去圖書館的那段期間裡，菊池寬同樣也是天天報到。

當時大學剛畢業的他沒有工作，生活十分窮苦。鄉下的父母親以為大學畢業就能賺錢，不斷催他寄錢回家，令他感到心煩意亂。於是他抱持著有得賺就好的心態，接下「西洋美術叢書」其中一冊的翻譯工作。那本書叫《希臘雕刻手記》，是名為迦納德的人寫的。雖然這份工作真的賺不了什麼錢，但他居然把原書忘在電車上了。

他體驗到把東西忘在電車上的人普遍會有的焦慮，跑遍了三田車庫、春日町車庫、巢鴨車庫及電力局，甚至去了警視廳的失物招領處，卻還是找不到。而且丸善書店又沒賣，神田和本鄉的舊書店也沒有，於是最終他來到了帝國圖書館。

不愧是帝國圖書館。在這裡他總算找到 Gardener 的《The Manuscript of Greek Sculpture》，放下心中一顆大石頭。

之後他每天都來。少了上野圖書館，他就沒辦法工作了。

雖然帝國圖書館是他學生時期常來的地方，卻也因此留下不愉快的回憶。高等學校時代管鞋人的態度重創他的自尊，令他耿耿於懷。

當時他是個窮學生，草鞋都穿到破掉了，所以管鞋人不讓他放鞋。見那雙鞋比圖書館任何一雙室內草鞋都要破舊，對方似乎覺得它配不上帝國圖書館的鞋櫃，堅持不肯發給他寄鞋牌，讓他既火大又難堪。因為這個緣故，他覺得大學畢業後還得成天跑圖書館的自己尤顯落魄，那張方臉也繃得更加稜角分明。

他暗自瞧不起在地下室裡日復一日摸著別人穿的鞋勉強餬口的管鞋人，慶幸自己的人生不及管鞋人悽慘，也為終生不見天日的管鞋人感到同情。短篇〈飛黃騰達〉描述這種有點複雜的情感，以及他跟管鞋人的後續。主角讓吉無疑是作家菊池寬的分身。順帶一提，這部作品跟〈魔術〉同樣於大正九年問世，而兩年前他將原書忘在電車上，所以從早到晚在圖書館裡翻譯《希臘雕刻手記》是大正七年的事。

如此一來，菊池寬會不會已經見過每天固定上午到圖書館，廣泛涉獵包含政治、經濟到哲學等等各類書籍的瑪提拉姆．米斯拉呢？

菊池寬數量龐大的著作裡從未提及他跟米斯拉相識。這不僅是日本文學史上的謎團，也令人期待是否還有尚未被發掘出來的作品。

無論如何，有件事只有圖書館知道。

那就是米斯拉常跟管鞋人碰面！

身為圖書館的常客，米斯拉勢必得將鞋子交給在地下室工作的粗眉壯漢和禿頭矮個兒保管，不然就進不了閱覽室。而兩位管鞋人只因草鞋穿舊便記住使用者的長相，當然不可能認不出外國人米斯拉的臉。

其實魔術大師瑪提拉姆．米斯拉對那位壯漢很感興趣，這點還沒有多少人知道。

雖然米斯拉不太知道該拿哈桑．甘親授的魔術怎麼辦，但畢竟難得學會祕術，來到遙遠的日本後，他還是壓抑不了想要傳給誰的心情。所以他想過答應芥川龍之介的要求，先將祕術傳授這位文壇貴公子。不過哈桑．甘的魔術嚴格限制僅可傳給無欲無求的人。芥川的《魔術》即是描寫凡人芥川敗給這條規定的那一晚。

米斯拉經常找看上的日本人去伊豆榮，請他們吃愛吃的蒲燒鰻，順便審視對方是不是無欲無求的人，卻始終沒有半個日本人獲得他的認可。

從某個時候開始，米斯拉注意到帝國圖書館的管鞋人。在地下寄鞋室裡默默工作，從未想過離開，也不奢求地位與財富，澈底超脫世俗慾望的人。如同菊池寬作品裡的詩歌所說，

想必圖書館的管鞋老爹，
此生都將與木屐為伍。

他就是這般無欲無求。

禿頭矮個兒曾幾何時離開職場後，他依然獨自一人默默地看顧別人的鞋。這男人不正是最適合傳授哈桑．甘的魔術的人選嗎？

莫非圖書館的管鞋老爹，
乃哈桑．甘徒弟之才？

除了老愛常把「嘿呦」掛在嘴邊之外，米斯拉也同樣喜歡日本的五七五調，於是他模仿菊池寬吟詠了一首管鞋人之詩。

那天晚上米斯拉懷著不亞於力邀谷崎潤一郎去伊豆榮時的熱情，打算等管鞋壯漢下班後帶他去吃飯。

「管鞋人先生，管鞋人先生。」

聽到米斯拉出聲叫喚，壯漢慢慢轉過身來注視著他的腳邊。

「哎，您總是穿著亮晶晶的皮鞋，所以是印度人先生！」

管鞋人竟然不是靠著米斯拉的異國相貌，而是透過搭配深藍色西裝的黑色皮鞋認識他。米斯拉非常欣賞這種拋開世俗專注於工作的熱忱。

「我跟印度妖術師哈桑．甘學過魔術，想把它傳授給你。嘿呦，我突然這麼說，你一定嚇到了吧。要不要找個地方一塊兒吃鰻魚呢？」

米斯拉以流利的日語說道，不過管鞋人卻一動也不動地盯著米斯拉的嘴瞧。

「嘿呦，我請你去那家店吃鰻魚好嗎？」

管鞋壯漢頻頻眨著雙眼。

「那個啊，我來日本也很久了，卻從未見過像你這樣無欲無求的人。我想請教你是如何培養出這種美德。」

管鞋人默默站了一會兒，然後下定決心開口說：

「抱歉啊，先生。我完全不懂印度語，聽不懂您在說啥。請您去問圖書館管理員吧。那我先告辭了。」

然後他深深地低頭鞠躬，不慌不忙地走進上野的森林之中。

注視著遠處不斷閃爍的動物園弧光燈時，園內鬱鬱蒼蒼的樹林暗處響起丹頂鶴尖銳的啼叫聲，宛如空谷迴音般傳遍了整個山頭。

米斯拉目送管鞋人的背影離去，內心無可自拔地深受超脫私慾的管鞋人吸引。連一、兩串鰻魚都不貪求，甘願一輩子在地下室裡當個管鞋人。男人高潔的情操感動了米斯拉。米斯拉心想，儘管不能如願將哈桑·甘的祕術傳授男人，至少也要將心中這份微薄的好感與敬愛之情以某種形式致贈給他。

於是米斯拉偷偷吟唱咒語，施了某個魔法。

菊池寬在〈飛黃騰達〉裡描述了帝國圖書館管鞋人的未來，那正是此刻瑪提拉姆·米斯拉施展的小魔術所造就的結果。

喜和子女士的家不見了。這個事實令我深受打擊。

我有氣無力地走過谷中的墓地，到ＪＲ日暮里車站搭乘山手線，在車上茫然看著窗外。心裡亂得不得了。突然間，我發現自己繞了遠路回家。這件事也令我懊惱。明明趕著回家也不能挽回什麼。

到家後，我把裝了賀年卡的箱子倒過來，尋找著喜和子女士圓滾滾的字。

「新年快樂，今年也請多多指教。

時常在哪裡看到妳活躍的表現呢。我會為妳加油的。

我也稍微受到刺激，試著寫了點東西。

不過可能登不了大雅之堂就是了，哈哈哈。　喜和子」

那年的賀年卡上這麼寫著，我彷彿看見喜和子女士害臊的笑容。我連忙翻過明信片，然而背面卻沒有地址，只有名字。圓滾滾的字跡寫著「喜和子」。

如果當初有回這張賀年卡的話，至少明信片因為地址有誤退回時，我會更快發現她搬家了。依喜和子女士的個性，只要人還安康，到了夏天一定會來信問候。說不定最近就會收到寫著「我搬家了」的明信片。不過，她真的搬家了嗎？

雖然心中充滿掛念，但我也想不到有什麼方法可以確認喜和子女士的消息，就這樣懷著不上不下的心情過了一段時間。

即便擔心，日子依然匆匆過去。入秋後，我發現區公所外的公布欄上貼出一張海報寫著「市民講座・讀《聊齋誌異》——××大學名譽教授・古尾野放哉」。我心想或許能夠探聽到關於喜和子女士的消息，便去參加講座。

會場是區公所所在的市民中心大樓講堂。古尾野老師擅長演講，常逗得聽眾發笑，不過他假借三月的震災，花了很多時間在聊「大地震」這種不怎麼有趣的話題。而且內容只有大地震發生時大家都沒穿衣服，赤身裸體逃了出來。相較於許多引人入勝的奇聞軼事，這故事顯然毫無意義，擺明是古尾野老師為了講低級笑話刻意穿插進來的，實在令人掃興。

總之，講座結束後，我便上前攀談。或許是年紀的關係，老師似乎老了很多，一開始還認不太出來我是誰。不過提到喜和子女士的名字時，他的表情稍微產生變化。

「啊啊，對喔。是妳啊。我們在喜和子家見過嘛！哎呀，妳怎麼不早說呢？」

「是，好久不見。」

「妳去探望過喜和子了嗎？」

「不，還沒。其實前陣子我去谷中時，原本的家已經變成空地了。」

「啊，對喔。應該是土地被徵收了吧。」

「喜和子女士住院了嗎？」

「沒記錯的話，她已經出院囉。不過她好像沒回那兒，而是住進設施了。」

「設施？」

「老人安養院啦。」

「可是喜和子女士還不到那麼老吧？」

「哎呀，算老了啦。大概是她本人決定的吧。況且她又是孤家寡人。所以說，妳不知道她的聯絡方式嗎？」

「如果老師知道的話，還請告訴我。」

「嗯，那我就告訴妳吧。」

我往包包裡一陣摸索，從錢包裡抽出一張名片遞給古尾野老師。

「嗯。」

因為印刷字體太小，古尾野老師低頭瞥了一眼便立刻放棄，將名片收進內袋裡。然後他以若有所思的語氣說：

「好像不太好。」

我抬頭，正要問他是什麼意思時，古尾野老師扭曲著皺巴巴的嘴角說：

「雖然我也想去，但我老婆手術還在住院，所以對我來說也不太好。」

這麼說完，他將講義筆記和幾本書收進皮製公事包，一臉為難地低下了頭。

喜和子女士住在位於東京都與埼玉縣交界的住宅型付費老人安養院，從日暮里搭電車過去大約二十分鐘車程。

聽到古尾野老師說「不太好」，我隱約想到了臥床不起的狀態，不過實際上完全不是這麼一回事。喜和子女士好端端地，獨自生活在相對乾淨漂亮的房間內。

我在那年年底去拜訪她。因為不好驚擾人家，這次我認真地寄了明信片說自己跟古尾野老師問了住址，想去喜和子女士家玩，還打算買她喜歡的鯛魚燒當伴手禮。結果她回信熱情地歡迎我去，還任性地說什麼鯛魚燒冷掉不好吃，買 Inamura Shozo 的西點好了，我看完覺得稍微放了心。

穿越車站圓環，經過一排加油站和大型連鎖速食店，沿著景色略嫌單調的幹道前進，便來到一處看似新興住宅區的地方。喜和子女士住的設施就在好幾棟一模一樣的毗連式住宅後方。雖然設施本身很新，構造卻十分簡單，感覺不怎麼堅固。

而且房間雖然漂亮，空間卻非常小，擺張床就幾乎沒位置了。不過房裡還是硬塞了一座書架，上頭擺著熟悉的《樋口一葉全集》。

「其他書都賣掉了。」

喜和子女士嘔著氣說。

「不過沒關係，我會去圖書館。考慮到老年生活，帶著這麼多東西也沒用。」

這房間太小了，我們出去吧，喜和子女士說。

於是跟設施的人知會一聲後，我們便外出散步。

荒川就在附近，還有一座空地很大的公園可以讓小孩踢足球。我們像以往那樣坐在長椅上，一手拿著在設施入口買的瓶裝茶，吃著帶來當禮物的 Inamura Shozo 西點。

我開口關心喜和子女士的病情時，她稍微撇了撇嘴：

「不曉得耶。好像是去年春天或者更早之前吧，我的腳突然腫到沒辦法走路，最後甚至連在家裡也幾乎站不起來，還驚動鄰居叫了救護車。去了醫院後，醫生說要立刻住院。」

「結果是什麼病啊？」

「說是蜂窩性組織炎，打了抗生素點滴。不過這種病就算好了也會復發，到時候還要再住院吧。而且谷中那片土地的持有人說要賣地，叫我搬走，還說什麼既然都要住院了，就快點滾吧，反正說了很多啦。我想說算了，就讓以前的朋友把家具用品全部帶走，自己住進了這裡。」

「以前的朋友，難道是。」

「我有說過嗎？」

「是在上野公園當遊民的男友嗎？」

「對。他現在搬到多摩川了。」

「你們怎麼聯絡上的？」

「他常去賣書的舊書店還在上野。雖然很破了，但店名很可愛喔。是叫什麼來著呢？總之，我去那家店問，不知怎地就聯絡上了。」

「怎麼不跟我說一聲，我可以幫忙啊。而且賀年卡上也沒寫住址。不過跟我比起來，還是前男友更好吧。」

「哎喲，討厭啦。妳是不是吃醋啦？總覺得有點開心呢。」

喜和子女士笑著說。雖然已經恢復到可以散步了，但可能是一段時間沒見，又或者是生病的影響，不能否認她看起來老了些。

「地震當時還好嗎？」

我們聊起了當時誰都會聊的話題。

「那時我已經在這兒了。這棟便宜的房子晃呀晃的，嚇死人了，不過因為沒有東西，倒還不至於危險。幸好當時沒住院。要是地震來時剛好手上插著不曉得有沒有效的點滴，躺在那間破醫院的四人房裡，我肯定會非常恐慌吧。」

許久未見，喜和子女士還是那麼豁達。

不過接下來她開始說起奇怪的話。

「我說啊，妳已經在寫上野圖書館的故事了嗎？」

「哎？」

「妳不是說要幫我寫嗎？」

當下我慌得不知所措，不過喜和子女士說我曾答應過她，等自己出書當上作家之後，我一定會寫關於上野圖書館的事。

雖然很想否認，但喜和子女士態度非常認真。

「妳已經成為職業作家了吧？」

大病初癒的老婦人提起眼簾瞪了過來。總覺得現在硬要說自己沒承諾過那種事也太不識趣了，我終究還是陪笑蒙混過去。

「我打算把圖書館當主角的小說交給妳寫，自己來寫小時候的事。」

「小時候的事？」

「嗯，就是住在上野車站附近的鐵皮屋頂木板房的那時候。」

「跟哥哥們一起住的時候嗎？」

「對。我慢慢回想起當時的情況，現在已經在寫了。」

「讓我看看嘛。」

「還沒寫好呢。」

「那寫好了給我看喔。」

嗯——，喜和子女士害臊地低頭不語。沉默了一會兒後，她又說了奇怪的話。

「哎，如果我死了，可以幫我把骨灰灑進海裡嗎？」

「怎麼突然說這種話？不要胡說八道了，很嚇人耶。」
「可是我討厭就這樣死掉嘛。所以我想趁現在先拜託妳。如果我死了，幫我處理骨灰好嗎？」
「妳在說什麼啊？這也太突然了吧。」
「可是。」
她拼命懇求，甚至到了讓人感到不快的程度，我不知該如何是好。不過接下來發生的事足以摧毀所有令人費解的謎團。
遠處傳來女性歇斯底里的叫聲。
「原來在這兒啊！」
身旁的喜和子女士揪著臉低聲說：
「所以我才討厭啊。」
「妳怎麼跑來這兒了！我早就跟設施的人說過今天要來了，妳什麼意思啊！？」
女人從公園另一頭大步走來，態度十分囂張。我氣得起身想反擊，不過傳進耳裡的話卻讓我腦袋一片空白。女人這麼說：
「別太過分了，媽！」

夢見帝國圖書館・11　關東大震災、圖書館與小說之鬼

一直為缺乏預算所苦的帝國圖書館首任館長田中稻城，於大正十年十一月主動辭去職位。包含兼任東京圖書館職務的二十四年，其實他的任職期間長達三十一年之久。

繼任者為東京高等師範學校教授松本一喜。他先兼任帝國圖書館司書官，奉命處理帝國圖書館館長事務，大正十二年一月才正式就任館長一職。

那場大災害就是在那年秋天侵襲帝都。

晃動發生在九月一日上午十一點五十八分。或許是因為正值準備午餐的時間，震災也導致許多地方失火。

關於書籍的命運，最值得一提的是日本橋丸善書店澈底燒毀。另外，東京帝國大學圖書館也付之一炬，損失了五十萬冊書籍。松廼舍文庫火勢延燒，神田神保町的舊書店街也陷入火海，化為灰燼的書頁不計其數。

這場火災令寄居書本的衣魚們十分痛心。內田魯庵《蠹魚自傳》的敘事者衣魚便為死於震災的同伴們哀悼：「除了大學圖書館之外，還有松廼舍文庫、黑川文庫、天笥居等等，咱們眷屬的殖民地許多都在去年的地震中燒毀了。無數同伴慘死，令人不忍卒睹。」

這場地震後，各種流言甚囂塵上，甚至謠傳上野公園內的帝室博物館和帝國圖書館全部燒毀，擔心動物園的猛獸逃走會有危險而悉數射殺。

想當然，地震也撼搖了照常執行圖書館業務的帝國圖書館。不過這座宏偉的鋼筋磚造建築經過水泥補強，耐得住這波劇烈晃動，頂多就屋頂牆壁略為受損和書架倒塌，並無大礙。燒毀的和漢洋書總計九百二十二冊，破損圖書僅八千五百冊，以帝都的圖書館來說，災情輕得出奇。同樣位於上野公園、由康德設計的帝室博物館則是嚴重毀損。相較之下，依然健在的帝國圖書館可說是相當了不起。

不過這時，圖書館周邊發生了不得了的大事。

日活公司、帝國博品館和松坂屋一夕之間燒得面目全非。在堪稱帝都末日的地震與隨後的火災中，人們推著堆放少量家當的推車，或是雙手空空地四處逃竄，一窩蜂聚集到上野車站前的廣場。群眾就這樣來到未遭祝融之災的上野公園，約五十萬人湧入上野的這座山林裡。

當時上野公園的西鄉塑像變成留言板，無論身體還是台座都貼滿了尋人啟事，留下一段有名的逸聞。

由於情況緊急，帝國圖書館立即開放收留災民，作為臨時避難所，積極提供援助。

不過帝國圖書館不可能容得下五十萬災民，進不了館內的人們被迫露宿在上野公園的森林裡。入夜了，眼前的東京籠罩在明亮的火光中，人們害怕得不住哆嗦。

第二天下雨了。從此刻起，流言蜚語開始在矗立著圖書館的上野山頭散播開來。
朝鮮人在水井裡下毒。
朝鮮人帶著炸彈到處放火。
是朝鮮人燒毀了上野松坂屋。
三千名朝鮮人帶著炸彈往帝都來了。
發現朝鮮人要馬上抓起來。
然後叫他們唸「アイウエオ」。
不，是「ザジズゼゾ」。
不，是「十五元五十錢（じゅうごえんごじっせん）」。*
唸不出來的就是朝鮮人，應該立即處決。
發現朝鮮人請當場殺掉。
小說家宇野浩二在上野櫻木町遭遇震災。九月二日，宇野也不例外地被自警團動員，在自家附近巡邏。不過由於那一帶警備人力很多，有人說應該也要去巡視人少的上野森林深處。
那裡人煙稀少，誰都不想去。

* 註：因朝鮮人不擅於發濁音，當時自警團想出了發音較難的詞彙作為判別朝鮮人的依據。

不過，正是這種地方才不曉得暗藏著什麼啊。被這番說詞說服後，小說之鬼宇野浩二畏畏縮縮地隨町內的六、七人來到上野美術學校與帝國圖書館交界處的入口一帶。

圖書館前的樹叢與美術學校石牆的交界處前方，可以看到露宿的災民們以鐵皮和帳篷草草搭出遮雨的地方。

突然間，一位退伍軍人打扮的男人從黑暗中跑來，叫道：

「三名身穿黑衣的××進了廟裡！」

緊接著一位巡查衝過來說：

「小心穿郵差制服的人！」

到底是黑衣，還是郵差制服呢？

小說之鬼等自警團成員非常害怕，便熄了燈籠的火就地蹲下。他們決定改採保守路線，一旦朝鮮人出現，便偷偷尾隨其後，再向警官或軍人報告。

小說之鬼蹲在帝國圖書館入口旁的草地，恨不得趕快結束這趟可怕的巡邏，就這樣瞪著星空過了近一個小時。

「是誰！」

耳邊傳來響亮的聲音。

同時刺槍的刀口抵在小說之鬼的鼻頭。

倘若此時宇野嚇得舌頭不聽使喚，沒能好好回答軍人逼他講的字句，或是上野櫻木町居委會的同伴們沒出面制止，小說之鬼恐怕早就被當作朝鮮人，遭刺刀貫穿喉嚨或心臟而死了。

這幾天以來，帝國圖書館的上野森林裡隨處可見被棄置的屍體。那些都是被深信無稽之談的人給打死的。

那位女性個頭嬌小，肌膚細緻，身穿印花連身洋裝，搭配香奈兒風的斜紋軟呢外套。踩著地的腳下踩著鞋跟約五公分高的包頭淑女鞋。這身打扮看起來完全不像喜和子女士的朋友，或是不曉得有沒有血緣關係的女兒。

而且垂肩的頭髮仔細地染成褐色，還帶有完美的捲度，感覺就不是燙的。除非每天親自用離子夾整理，不然肯定沒辦法弄得那麼漂亮。腦海裡頓時浮現出「名古屋貴婦風」這個形容詞，不過我也不確定名古屋貴婦是不是真的留這種髮型。

「我早就跟設施的人說過今天要來了，為什麼妳會跑來這？」

女性打一開始便充滿攻擊性，眼神也十分不善。

我火大起來，等著喜和子女士狠狠嗆回去，想不到她卻一臉又像尷尬又像害怕的表情，一語不發地低下了頭。

「不是要跟設施的人一起談嗎？時間到了，請回去吧。」

女性的語氣雖然客氣，態度卻一點都不友善，而且只顧著自己說話，從頭到尾都沒看過旁邊的我一眼，令我感到相當不快。我認為應該稍微表示抗議，便小聲說：

「請問。」

「什麼事？雖然不曉得妳是哪位，但我和家母跟設施的人有事要談，先告辭了。」

這麼說完，穿著香奈兒風斜紋軟呢外套的女性便催促著喜和子女士往設施的建築走去。喜和子女士露出宛如小動物被抓住般的表情轉過頭來。

「抱歉，改天見。」

不過她只是無聲地以嘴型留下這句話，完全沒對我解釋什麼。我在原地楞了好一會兒。

不能就這樣回去。畢竟我們闊別許久才又見面，還冒出一位明顯敵視喜和子女士的女性，我不能拋下她逕自離開。

況且我壓根子沒聽說過喜和子女士有孩子。我不禁猜想，喜和子女士可能連那位女性是不是親戚都不曉得。畢竟一陣子沒見她就住進了設施。說不定是失智症惡化，被那位女性給騙了。

「妳不記得了嗎？是我啊，媽。」

對方有可能像這樣說些有的沒的，騙取微薄的年金。那連聲喊媽的口吻有種公事化的疏離感，完全沒有任何愛意。喜和子女士露出從未見過的無助表情，硬生生被拖走了。為什麼喜和子女士不反抗呢？瞧喜和子女士安分得像著了魔似的，猜她生病了也很合理吧。

想著想著，我真的擔心起來，於是我快步走向設施。

不曉得算不算意料之中，設施裡傳來那位女性尖銳的聲音。

「不是這個問題吧。我可是被人盜用名字耶。」

「哎，您別這麼激動。」

安撫女性的似乎是設施的人。

「你們不也被這個人給騙了嗎？這人真的好可怕啊。」

「以我們的立場來說，如果您願意幫忙重新簽約，這件事情就……」

「這種先斬後奏的事我辦不到。而且我還得跟外子商量才行。我來之前什麼都沒對外子說，要是被他知道就麻煩了。」

「不過這樣的話，本人……」

「明明之前都好像當沒我這個女兒一樣，現在才突然找上門來。這人到底有多自私啊。」

喜和子女士靜靜地低著頭，似乎打算全程保持沉默。突然間，她抬頭朝我望了過來。我笑著揮了揮手。喜和子女士臉上也稍微恢復笑容。

「妳在笑什麼？現在是笑的時候嗎？」

女性氣得衝著喜和子女士發火，然後順著她的視線橫眉豎目地轉頭看向我。

這時我正好穿過設施入口處的自動門走進室內。

喜和子女士瞬間斂起微笑，表情變得非常平靜，彷彿已經知道接下來即將發生的事，早早死了這條心。

那逆來順受的態度一直讓我覺得很不可思議。從當初在上野公園認識到剛才，喜和子女士總是給人一種無拘無束的感覺，如今那種暢快自在的氣質卻消失得無影無蹤。我從未見過有誰對喜和子女士講話這麼不客氣，也沒見過喜和子女士如此拘謹，不吭一聲地乖乖被唸。這一點都不像她。

「請問。」

我下定決心再度開口。

設施的人、身穿香奈兒風外套的女性，以及喜和子女士同時看了過來。至少設施的人和喜和子女士眼裡透出一絲希望，彷彿指望我能解決這個場面。

不過，我完全不覺得自己貢獻了什麼。

最後在沒有定論的狀況下，那位氣呼呼的女性就這樣回去了。

為了喜和子女士，我在設施稍微多待了一會兒。

喜和子女士陷入前所未有的消沉，整個人看起來又小了一圈。我猜原因可能是意外讓我看見了她不想讓人知道的一面，便打算先行告辭，不過。

「留下吧。」

喜和子女士以有氣無力的嗓音說。

「我知道那孩子會來，所以才挑了這天。」

所以說，她找我來是為了讓我目睹那個場面，或者是希望藉由我這位外人的介入，暫時拖延某種無法解決的問題。

本以為喜和子女士可能是被那位女性給騙了，結果我完全想錯了。其實欺騙，應該說利用人的是喜和子女士，那位女性才是受害者。不過這樣算是找人麻煩嗎？

「她是妳媳婦嗎？」

稍微冷靜一點後，我開口問道。喜和子女士聞言露出奇妙的表情說：

「不，她是我女兒。親生女兒。」

「這樣啊！長得不太像呢。」

「是啊。」

「而且講話方式，該怎麼說呢？」

「很見外？」

「嗯，對。非常。」

「她很討厭我吧。」

喜和子女士彷彿陳述事實般淡淡地說。

親生女兒！我一口氣接收太多資訊，腦袋一片混亂。

「抱歉啊，讓妳看到奇怪的場面。」

喜和子女士說。雖然還有點生硬，但她正逐漸恢復原本應有的表情。我們回到她的小房間，打開空調。喜和子女士鑽進床上，我則是坐旁邊小得像是兒童用的會客椅。雖然小桌好歹附了兩張椅子，但若兩人都坐那兒，彼此距離有點太近，不方便講話，其中一人在床上反倒剛好。為了獲得這個狹小的房間，喜和子女士不得已借用了女兒的名字。

要搬離谷中的木造住宅就得另尋住處，考慮到身體狀況和往後的人生，喜和子女士決定住進這間老人安養院。她的年金和其他手頭上的錢付得起入住費和月費，所以入住時的問題就是要找誰當保證人了。

「這些我都不太懂。設施的人說親屬才能當保證人，沒有保證人就不能入住。就算我表明不想讓女兒處理後事，他們也說這樣可以先立好遺囑，反正入住只是一紙文件的事。我真的沒辦法了，才擅自用了那孩子的名字。我不是有意給她添麻煩。錢我自己有嘛。總之，當時我一心想先住進來。唉，不過這麼做當然不對。」

說到這兒，床上的喜和子女士臉皺成了一團。

雖然不清楚為什麼會進行得這麼順利，但她似乎隨便弄顆便章在文件上蓋完章交出去，偽造的文件就通過審核了。由於剛好有房間空出來，入住費也早早匯清，設施方面可能也願意讓她事後補交保證人的印鑑證明。喜和子女士不擅於處理行政手續，入住後就忘了還有什麼事沒做，而設施方面也疏忽了，完全沒催過她，時間就這樣過去。

機緣巧合之下，細審文件的負責人發現缺了部分文件，不知為何竟跳過喜和子女士，直接聯絡她女兒。喜和子女士不知道女兒的電話號碼，所以當初是隨便亂填的，不過住址卻寫曾經住過的地方，只改了一個數字，而這點正是她的敗因。

「早知道就隨便亂寫了。」

喜和子女士說。雖然覺得問題不在這裡，但如果對方沒接到通知的話，或許還有其他處理方式也不一定。

「那時我滿腦子都在想錢的事。沒錢就完了。我把自己有的都掏出來東湊西湊，好不容易才搞定。保證人什麼的是其次。設施的人也說錢才是最重要的。」

我跟喜和子女士每次見面只會聊圖書館和舊書，還有古尾野老師和遊民男友的事。明明我們都認識近十年了。把陸續聽到的零星經歷依時序拼湊起來的話，搬到谷中之前她是古尾野老師的情婦，當時也認識了遊民男友，更早之前住日暮里，在上野廣小路的酒館工作。

喜和子女士大概是八〇年代中期來到東京，在那之前她似乎在宮崎有段婚姻。

仔細一想，喜和子女士人生當中頂多在東京待了二十幾年，之前的時間要長得多了，可是我卻沒聽她提過那段時間的事。當然也是因為她不怎麼主動說。喜和子女士結了婚，生了女兒，後來想離婚，便拿出離婚協議書，可是對方卻不肯蓋章，於是她拋下丈夫女兒離家出走。我只知道她留下家人來到東京後的事，以及省略所有細節、變得有點模糊的少女時期的上野回憶。

「錢還是最重要。」

聽喜和子女士這麼一說，我想起了圖書館的事。

「沒錢。拿不到錢。買不起書架。藏書沒得擺。」

我低聲呢喃。喜和子女士聞言好奇地抬頭仰望著我。

「嗯？妳在說什麼啊？」

「錢很重要。沒錢就買不起書架，藏書沒得擺。圖書館的歷史就是缺錢的歷史。」

說到這兒，喜和子女士終於恢復笑容。

是我熟知的那個笑容。

夢見帝國圖書館・12　夢寐以求的擴建——然後再度開戰・昭和篇

關東大震災對帝都的讀書人造成震撼性的影響。

因為許多該讀的書都在地震中燒毀了。

受災書店和各地圖書館需要花時間修復。

幸好在這種情況下，堅固的鋼筋磚造帝國圖書館損害輕微，於是讀書人紛紛來到這裡，昏暗的上野森林裡大排長龍，使用者人數是震災前的好幾倍。

進不了圖書館的人如猴子般掛在茂密的樹上，或像烏龜一樣趴在石頭上等了一整天，最後卻失望而歸，明治以來夢寐以求的擴建已是刻不容緩。

到了昭和時期，第二期擴建工程總算開始動工，不過圖書館館員們似乎打從心裡懷疑這次會不會又半途而廢。

「說要建造 Bibliothèque 以來，圖書館已經創辦五十四年了。從明治三十年制定帝國圖書館設立案算起，也超過四分之一世紀的時間。可是到頭來，卻弄不出像歐美各國那樣氣派的圖書館。我們幾乎已經澈底死心，安於現狀了，但這樣不行。來完成主館建築吧。這不是在建別館喔，請記得主館才建了四分之一。除了第二期擴建工程外，我們殷切期盼未來還能持續擴建！」

年報上刊登了大意如上的文章。總之，擴建工程於昭和二年動工。之後花了兩年時間，新館終於落成（不用說，當然是主館的一部分）。這棟鋼筋水泥建築承襲了文藝復興風格，共有地上三層及地下室。地下室裡有餐廳及機械室，一樓有館長室、接待室、辦公室及升降機室，二、三樓是盼望許久的閱覽室，還有婦女室、貴重書室和特別室。

這樣總沒話說了吧。

雖然不曉得文部省是不是這麼想，但明治時期構想的帝國圖書館建築其實還完成不到三分之一。

「別以為這樣就能蒙混過去！」

有識之士們大為不滿，於昭和十年向帝國議會提出建議。

「這算什麼？不就只多了一部分的閱覽室和辦公室嗎？閱覽者越來越多，這樣下去可不行啊。尤其順應時代需求改良增設書庫，更是社會教育振興上勢在必行之事。請容我們提出本案！」

議會通過該議案，承認圖書館進一步擴建的必要性。

然而之後帝國圖書館並未擴建。

東洋最大圖書館的夢想就此破滅。

昭和十二年七月，盧溝橋事件爆發，日本再度進入戰時體制。昭和十六年十二月，日本與英美兩國開戰。

永井荷風之父久一郎的亡靈肯定曾出現在圖書館裡，喟嘆著：

「圖書館的錢又被軍費給吃掉了嗎？」

在那件事之後，我經常去設施拜訪喜和子女士。

除了擔心喜和子女士之外，我自己也為好幾年沒見面感到愧疚。

那位感覺很差的女兒最終同意當保證人了。喜和子女士從設施的某人那兒得知法人可以代理保證人，便說要去拜託那邊，可不知道為什麼，這回女兒反倒叫她不准自作主張。

家人的關係好難。

我跟喜和子女士的女兒年齡相仿。不曉得第幾次去設施的時候，喜和子女士告訴我她在女兒十八歲上了福岡的大學時離家出走，那是大概八〇年代中期的事。

喜和子女士在上次東京奧運的兩年後結婚，也就是昭和四十一年，隔年生下女兒祐子。結婚對象創立了經營塗裝事業的公司，似乎是當地名人。

「不過那不是樁好姻緣。」

喜和子女士說。

「妳懂吧？既然過得不幸福，那還是離婚好。」

雖然喜和子女士沒多解釋婚姻是怎樣不幸福，但從言談間聽來，想必曾為丈夫的人非常壓抑喜和子女士的精神自由。

「那時的生活真的非常不自由，現在的人肯定無法想像。跟江戶時代差不了多少。哎，老是這樣。我的人生一直都是這樣。六、七〇年代在東京或許會遇到很多事情，不過鄉下地方還是一直維持著形同江戶時代的文化。至少我成長的家是這樣，結婚對象家也是。連看個書都會被當作是在偷懶。」

喜和子女士長吁了口氣。

「嫁過去的家裡沒有我的棉被。夫妻都會行房嘛，結果完事後對方說想舒舒服服地睡覺，叫我走開。離開丈夫的棉被，我就沒地方可睡了。可是那個家的人都不覺得怎樣。所以我只好把舊坐墊拆開來縫在一起。」

「縫成被子嗎？」

「父親或丈夫返家時，要跪在地上叩首迎接。以前大家都這麼做。」

「喜和子女士嗎？」

「嗯，沒錯。」

「妳做不到吧。」

聽我這麼一說，喜和子女士哈哈大笑，顯得非常開心。

「幾十年前我就已經不這麼做了，現在肯定做不到啦。」

「不過以前妳縫過一件奇怪的大衣吧。」

「啊啊，隨便亂縫倒還行。現在我也會喔。離家之後，我曾想過這樣活下去。」

喜和子女士稍微挺出下巴，裝模作樣地擺出逗趣的表情。

「總之，我來到東京，然後改名為喜和子。雖然戶籍上的名字是貴族的貴，但我覺得歡喜的喜加上和平的和更適合自己。而且歡喜的喜加上和平的和啊，是小時候某人幫我取的。那時候我還不會用漢字寫自己的名字。每次有人問起我的名字，聽到我說喜和子時，人家都說這名字取得真好，是為和平歡喜的意思吧，真是個好名字。我聽了覺得好開心啊。」

「小時候？」

「對。孩提時期住在上野木板房的那時候。」

為和平歡喜的孩子，這名字很符合戰後的思維。

之後我在老人安養院見過喜和子女士的女兒祐子一次。說巧遇或許更貼切。想必是為了避免再度發生母女倆獨處的情況，這才找我過去當緩衝劑吧。

兩人坐在設施餐廳冰冷的椅子上大眼瞪小眼。

「既然妳不幫忙，我就不拜託妳了。」

喜和子女士斬釘截鐵地對祐子說。她的語氣沉著冷靜，卻十分堅決。另一方面，女兒祐子則是激動得失去理智。

「我辦不到。反正一直以來媽都隨心所欲地過日子，後事什麼的根本不重要吧。看媽好像不明白的樣子，妳還是吉田家的人喔。」

「結婚對象掛了，婚姻關係就解除了吧。」

「什麼掛了，妳可真有臉當著女兒的面說這種話呢。」

「那我換個說法，妳父親過世了。」

「總之，別以為妳能繼續任性下去。我要回去了，再見。」

最後那聲再見，似乎也是對呆立在餐廳入口處的我說的。祐子甩著依然打理得很漂亮的及肩中長髮，氣勢洶洶地快步離開。

「我對女兒很壞嗎？」

喜和子女士面有難色地看著我。

我在餐廳的飲水機用紙杯泡茶，然後拿出谷中土產福丸饅頭擺到桌上。

「妳們聊了什麼呢？」

「沒聊什麼啦。我只是問她我死後能不能幫忙把骨灰灑了，她卻堅持不肯。雖然不想求她，但現在我也只能拜託那孩子了。哎，妳覺得我對女兒很壞嗎？」

喜和子女士又問了同樣的問題。

「單就幫忙灑骨灰這個要求來看，沒有所謂壞不壞的問題，不過，」

「不過？」

「妳女兒一定很氣媽媽跑了吧。」

「我啊。」

「嗯？」

「雖然照理來說應該要感到愧疚，但我不覺得自己做了多過分的事。那孩子就是氣這個吧。明明希望母親能哭著道歉，我卻沒這麼做。」

然後喜和子女士突然聊起了吉屋信子。

「哎，妳讀過吉屋信子的作品嗎？」

我說讀過。以戰前和戰爭時期當背景的小說當中，有些會引用吉屋信子的作品作為劇情關鍵的逸聞。我不是迷她作品的世代，沒辦法講出個名堂，不過記得有好幾部作品讓我深受衝擊。

「那位作家是蕾絲邊喔。」

喜和子女士突然這麼說。

「她收養了女性戀人，等於是實質上的同婚吧。」

「對。我曾經在哪裡看過吉屋信子變成蕾絲邊的原因。那本書好像從成長背景之類的開始說起。然後啊，書裡提到吉屋信子的母親，簡直跟我父母一模一樣。」

「吉屋信子的媽媽嗎？」

「對。信子的母親只偏愛兒子，把女兒當成兒子的下人看待。雖然信子從小就展現出作家的才華，卻沒受到重視，老是被逼著做家事和針線活。偏偏信子又沒這方面的天賦，母親也因此更討厭女兒。不過啊，母親之所以會變成這種人，是因為她也受到了丈夫和婆婆的苛待。」

「所以她把壓力發洩在女兒身上。」

「婆婆也很不講理。說什麼只是口頭道歉學不會教訓，每次媳婦做錯事就叫人家寫悔過書，甚至還要按上血印。想必一有什麼事，婆婆就會拿出悔過書叨唸個沒完吧。」

「光想就覺得可怕。」

「信子在這種文化中成長，被迫接受荒謬的男尊女卑觀念，也難怪她會打從心底厭惡男人，變成蕾絲邊。當然，她或許是天生的同性戀者，不過從當時女性的處境來看，就算她真的被逼得受不了了，對男女關係再也不抱任何希望，那也是非常合情合理的事。」

喜和子女士難得聊到這類話題。

她一直是大剌剌的個性，不像是會表達強烈意見，或大力反對什麼的人。而且看她跟古尾野老師和遊民男友的關係也知道，雖然她對感情很大方，卻是個徹頭徹尾的異性戀者，我完全想不到會從她口中聽到什麼信念主張。

不過仔細一想，喜和子女士活過的時代，尤其青春期盛行學生運動和婦女解放運動，加上她本人在壓抑的氛圍中忍氣吞聲長大，自然會認為「對男女關係不抱希望是天經地義的事」。

「喜和子女士是婦女解放運動的世代嗎？」

我天真地問道。喜和子女士聞言瞪大眼睛，轉了轉眼珠子說：

「或許吧，不過鄉下地方可沒那種東西喔。」

喜和子女士努力撐到女兒祐子離家，之後再也受不了跟丈夫生活，才選擇不告而別。

「妳覺得我對女兒很壞嗎？」

喜和子女士重複問了相同的問題。我明白她希望聽到否定的答案，不過我也感覺得到她不想要半吊子的安慰。

「換作我是十八歲會怎樣呢？我想我可以理解。畢竟是那個年紀。不過我可能會希望跟我講吧。人就這樣默默消失，心裡一定很不好受。」

喜和子女士將福丸饅頭一口塞進嘴裡，默默咀嚼了一會兒，然後咕嚕一聲地嚥下那小小的甜點，啜飲著涼透的茶。我說要重新泡茶，拿著兩個紙杯走到餐廳的飲水機旁，泡了一點都不好喝的黃色熱茶回來。

「雖然辯解也改變不了什麼，但我好幾次都試著想談。可是那孩子卻聽不進去。」

「喜和子女士離家之後嗎？」

「對，是在她生氣之後。不過那孩子個性更像她爸，我沒辦法好好表達自己的想法。我們一講話就吵架，互相惹對方生氣。所以我後來就不說了，漸漸也對她沒了感情。那孩子一定也很氣這個吧，可是我不知道該怎樣跟她好好相處。不見面也不說話，或許才是最好的。」

喜和子女士就這樣安靜下來。

餐廳的日光燈忽明忽滅。雖然開了暖氣，但待在鋪著油氈地板的寬敞房間裡，腳下難免竄起寒意。我說有點冷，要不要回房去。於是喜和子女士應聲點頭，起身邁開腳步。

喜和子女士原本就很嬌小，住進設施後看起來又更小了。以往她的白髮顯得柔軟光澤，散發充滿意志的風采，如今卻像那瘦小身軀一樣缺乏生氣，想必質和量都發生了變化吧。

喜和子女士想在房裡休息一下，所以這天我就先離開了，不過喜和子女士那宛若病房的小房間再度震撼了我。

以前她住在谷中的破房子裡。雖然那裡確實很小，但隨處可見人生活了幾十年的痕跡。有不易關緊的玄關拉門、小得嚇人的增建廁所、陡峭樓梯下方的小空間、冬天有點冷的廚房，還擺著許多動不動就有可能嘩啦嘩啦傾倒的舊書，這些就好像喜和子女士的記號一樣。

喜和子女士新的小房間裡什麼都很新，新得發白。好像白得太過火了。

我說下次再來，正準備回去時，喜和子女士以孩童央求般的語氣說：

「妳在寫了嗎？」

當下我以為她在問我平常工作順不順利。

「啊啊，有在寫喔。」

聽我這麼一說，她的臉一下子亮了起來。

「所以有進展囉。」

她接著問道。這會兒我才明白她在說什麼。

「帝國圖書館。」

為了確認，我提到這個專有名詞。喜和子女士聞言滿意地點了點頭。

「快拿給我看啊。」

以豪邁的口吻這麼說完，盤腿坐在床上的喜和子女士雙手交握胸前，哈哈大笑起來。雖然身高縮水了，但這怪人無疑是在上野公園跟我攀談時那個充滿活力的喜和子女士。

「雖然進展不多，但我在寫了。哎，我會寫啦。」

這時我第一次斬釘截鐵地告訴喜和子女士。

我會寫帝國圖書館的小說。

夢見帝國圖書館・13　摩登女郎的帝國圖書館

雖然不知道確切的時間點，但刊登「圖書館的事」一文的《處女讀本》於昭和十一年出版，所以肯定是更早之前了。

大正四年，吉屋信子辭去日光小學的代課老師一職前往東京，立志走文學這條路，並在隔年開始連載《花物語》，所以可能是那個時候吧。總之，此時信子還是個穿織布單衣需要折縫肩口的年輕女孩。

聽說她最先去的是日比谷圖書館。

婦女室內安靜舒適。信子在那裡遇到一位年約二十二、三歲，長得非常美麗的人。她盡可能找個可以獨處的位置待著，一直盯著那位美麗的女性瞧。

每當那個人不在，她總是特別失望……。

唯獨看書時，那位美麗的女性才會從紅棕色天鵝絨布套裡取出無框眼鏡戴上。細金鏡腳擦過白皙優雅的鬢邊，頭髮隨意綁成低髮髻，未能收攏的雜毛稍微糾結在一塊兒……信子總是癡癡地望著這位看似少婦的美麗女性，不曉得有多喜歡人家。

上野圖書館令信子非常失望。

她原本打算花一個夏天看完紅葉全集，便帶著便當勤跑上野，可是才過一、兩天她就對那裡深惡痛絕，再也不去了。

不但出入口暗得宛如沉悶的地下室，雜工又個個心高氣傲，連查個書籍目錄都很麻煩，加上取書處設得很高，彷彿裡頭的人是法院的法官或檢察官，自己則是等候判決的人民……而且婦女室又破又舊，裡頭空曠得讓人靜不下心，桌子更像是從鬼屋搬來的……一切都給人一種既隨便又陰森的感覺。儘管如此，信子還是忍下來了。當她讀著紅葉全集時，對面一位上了年紀的女人不知何時趴在攤開的書上，累得呼呼大睡。

哎，怎麼跟日比谷圖書館差這麼多呢？

日比谷是美麗的少婦，上野卻是上了年紀的女人，還會打呼。

信子不經意地瞥了女人壓在臉下的書一眼。那好像是什麼產婆考試的書，書頁上畫著小嬰兒宛如老鼠寶寶般在胎中縮成一團——信子突然有感世間悲涼……最後悵然若失地離開圖書館。塵土飛揚的夏日傍晚，信子流著淚，無力地在竹台踽踽而行。

＊＊＊

有位天才少女小吉屋信子三歲，卻搶先一步在文壇出道。

那就是中條百合子，日後的宮本百合子。

其實百合子也比信子更早上圖書館。她第一次去上野的帝國圖書館應是大正二年左右，就讀東京女子師範學校附屬高等女校（現今御茶水女子大學附屬中學暨高等學校）二年級的時候。這位穿著元祿袖和服、藍紫色褲裙和皮鞋的少女逃出無聊的教室，站在這張高桌前高舉雙手遞出借閱申請單。

「妳還未滿十六歲吧？」

身穿黑色皮絨工作服的圖書館管理員從高處問道。

百合子早讀，所以連十五歲都不到。她默不吭聲，不知該如何回答。

「這裡要滿十六歲才能借書喔。」

穿黑色罩衫的男性稍微繃緊下巴說。那張溫和的面孔缺乏血色，看起來一點都不起眼。不過儘管成天與書本為伍，臉上總是掛著溫和而固執的一號表情，男性管理員還是把書借給了十四歲的百合子。

從這天起，百合子便不斷往上野圖書館跑。

信子喜歡日比谷圖書館，但資優生百合子卻把所有心思放在書本上，不曾抱怨婦女室如何又如何。畢竟是看書的地方，即便覺得上野圖書館官架子很重，她也只能無奈接受。

＊＊＊

差不多就在林芙美子頻頻往上野圖書館跑的時候，她也怒吼著：「地球啊，炸成兩半吧！」

在長谷川時雨主持的《女人藝術》上連載了一年的〈放浪記〉後，芙美子便擱筆不寫，開始流連圖書館。那是昭和四年左右的事。當時新館可能建好了，也可能只有舊館，又或者是兩者交接之際，反正就是那個時期。

我對男人非常寬容。

說這種話的芙美子每天勤跑圖書館，瘋狂閱讀各類書籍。對芙美子而言，那段時光著實相當愉快。

芙美子有個怪癖，每當傷心難過時，腳底就會發癢。因為沒錢，男人運又差，芙美子時不時就腳底癢，不過她對讀書確實真有熱情，大約持續跑了一年的帝國圖書館。

貧困的芙美子做過當時年輕女性能做的所有職業，不過生活卻依舊艱難，時常得把自己的藏書拿出來賣。

寫一、兩篇童話填不飽肚子，可是在咖啡廳工作又讓人心亂如麻，靠男人養更是可悲。

所以賣書的時候，芙美子覺得好像成了「每個當下的自己」。

寂寞。

無聊。

想要錢。

她總覺得心慌意亂。

契訶夫是她的心靈依歸。契訶夫的呼吸和身影全都如此生動鮮明，不斷對她日薄西山的心靈訴說著什麼。

芙美子始終像這樣傾心文學。

除了西洋文學翻譯，她還讀了岡蒼天心的茶之書、唐詩選、安倍能成的康德宗教哲學等珍本。

＊＊＊

大正到昭和初年出現了所謂的摩登女郎。她們將長髮剪短，穿著洋裝在都市裡闊步而行。

活在這種時代的三位知名女作家分別寫下了上野圖書館的回憶。晚一葉兩個世代的女孩們跟樋口夏子一樣勤奮向學，時常往圖書館跑。想必帝國圖書館也會默默看顧著這群光彩耀目的女孩吧。

寫接下來的事有些不好受。

設施的人通知我喜和子女士得了肺炎住院。從震災那年算起，大概已過了兩年。聽說喜和子女士狀況不太好，我當然不能不去探望她。

雖然做好了病情嚴重的心理準備，但喜和子女士並非住在加護病房，而是吊著點滴睡在四人房。醫生說她患有腎盂炎和心肌梗塞。我輕輕撫觸過喜和子女士細瘦的手腳就回去了。

我拜託設施那邊有事通知我一聲，結果兩週後便收到了消息。

喜和子女士過世了。

「根據遺族的意願。」

設施的人說。

「家人們已經私下舉辦過葬禮，並未對外訃告。」

過了一會兒，我才明白這句話的意思。

「不對外訃告？」

「聽說之後遺族不打算正式舉辦葬禮。」

電話另一頭的人長嘆了口氣。

「不過，總覺得有點……」

他說。

雖然對方並未繼續說下去，但從旁參與過喜和子女士的入住過程和之後的種種，這個人可能也有些想法吧。照理來說，設施的人根本沒義務通知我，卻還是特地打了電話過來。這不僅僅是為了履行承諾，或許也是想跟誰分享那聲嘆息與難以言喻的心情。

「總覺得有點那個呢。」

我也只能含糊地回些有點、那個之類的話。

「是啊。」

這麼說完，或許是覺得不該繼續談論這個了，電話另一頭的人稍微恢復職業性的口吻說：

「總之，我已經確實通知過您了。」

之後好一段時間，我都無法接受喜和子女士已經不在了。

我們不是經常相處，也不是每天通電話，所以我無法好好消化她過世的事實。像是守靈和葬禮等等，這些儀式也是為了讓被留下的人明白逝者真的不在了吧。儘管把事情仔細地跟古尾野老師說了，心底某處還是接受不了喜和子女士離開的事實。

深秋時分，人在宮崎的祐子寄來了明信片，上頭寫著「適逢服喪期間，年末年初不便問候」。以往年末年初不曾收過祐子捎來的問候，不知道為什麼，我覺得非常火大。她大概從喜和子女士遺留下來的書信裡找到住址和姓名，打算發給生前友人訃聞吧。雖然這麼做好像很慎重客氣，但我不是祐子的朋友，沒道理收她以本人名義寄來的明信片。與其這樣，不如在喜和子女士過世後第一時間以某種形式通知我。寄信告知逢喪顯得有點按部就班，給人一種公事化又傲慢的感覺，令我更加惱火。而且喜和子女士不是想把骨灰灑進大海嗎？她的遺願後來怎樣了？我一瞬間想過回信表示憤怒，不過這樣太幼稚了，最終還是作罷。

這股無處宣洩的煩悶一直盤據心底。

在喜和子女士去世不曉得有沒有一年的時候，我來御徒町一帶辦事。經過某條巷子時，我偶然發現一間小小的舊書店。玻璃窗上貼著「橡實書房」。因為職業關係，我看到舊書店就忍不住想走進去。

雙窗格玻璃門其中一邊堆滿了舊書，沒辦法開，另一邊拉起來會發出卡住的嘎吱聲響。店裡遠遠稱不上整齊，書擺得亂七八糟，以歷史小說和史實解說書居多。兩座書架貼牆而放，店中央還有兩座，不過這兩座書架上的書綁著繩子或包著報紙，顯然是沒整理過就直接擱著。

我在離入口較遠的那面靠牆的書架下方發現了《樋口一葉全集》。

當然，全世界不是只有一套全集，舊書店裡有舊書也是天經地義的事，不過這時腦海裡突然想到「雖然很破了，但店名很可愛喔」這句話，讓我有了十足的把握。

「橡實書房」，這裡就是喜和子女士提過的「上野舊書店」，而這套正是喜和子女士的《樋口一葉全集》。

在舊書的包圍下，老闆宛如佛祖般鎮座店內。這個人就是喜和子女士口中「上野舊書店」的老闆。當我看著他這麼心想時，對方也從眼鏡底下投來銳利的視線。

我內心大受震撼。喜和子女士的那個小房間、她深愛的空間與故事、我們共度的每段時間與片刻，一切瞬間從這套老舊的全集中湧現出來，我不禁感到頭暈目眩。

我竭力壓抑湧上心頭的情感，對端坐店內的老闆說：

「我認識這套全集的主人。」

店長隔著掛在鼻梁上的眼鏡鏡框注視著我，揚起語尾說：

「什麼？」

「請問，那套書是直接被賣過來的嗎？還是有遵照本人的遺言或什麼的。」

「妳想要嗎？」

「不，這個。」

我支支吾吾了起來。因為我開口前根本沒想過想不想要的問題。

「要買？還是不買？買嗎？」

「哎？」

「妳打算怎麼辦？要買嗎？」

「可是。」

「這套書的主人跟妳有關吧？」

「是啊。」

「所以是要買囉。」

「呃，嗯，對，我買！」

「成交！」

「全套四部，共六冊，昭和四十九年至平成六年發行，筑摩書房出版，血本價只要兩萬五千元。其他地方可給不出這個價錢喔。」

我被一股奇妙的氣勢給震懾住，買下六本一葉全集，並拜託老闆寄到我家。辦完所有手續後，老闆笑咪咪地說：

「所以妳跟麴町的老師是什麼關係？」

「麴町的老師？」

「全集原本的主人。」

「麴町的老師？」

「他好像買了首刷，而且非常愛惜這套書。那個家出了不少好書呢。可惜人突然過世了。」

我大失所望地看著窄桌上貼好寄送單擺在舊收銀臺旁的貨物。

畢竟以寫作為業的人家中收藏整套一葉全集是合情合理的事。而且如同老闆說的，花兩萬五千元就能買到完好如新的六本書實屬幸運，所以我也認為這是樁不錯的買賣。不過我原本以為這套全集是喜和子女士的，結果卻錯得離譜。

「怎麼了？」

老闆不改笑容，開心地說。

無奈之下，我只好告訴老闆自己不認識麴町的老師，還有住在谷中的朋友過世，以及她生前非常珍惜同一套一葉全集的事。

途中老闆掏出糖果含在嘴裡，也順便給了我一顆。我頓時聯想到剛認識時喜和子女士請我吃金太郎糖的情景，心情稍稍放鬆下來。不過老闆給的不是金太郎糖，而是薄荷喉糖之類的。老闆說他愛抽菸，但擔心燒掉寶貴的商品，所以店內禁菸，接著又問我那位老太太怎麼了。他意外聽得相當認真，還不時像這樣附和幾句。我大致說完之後，老闆伸手探向擺著收銀機的桌子後方，一把抓下掛在牆面釘子上的不求人，以宛如標準使用範本般的動作插進襯衫後領，唰唰唰地搔抓著背。

「所以說，那個人沒找到東西就死了嗎？」

從背後抽出不求人重新掛回釘子上後，老闆百感交集地說。

我再度陷入混亂，抬頭看著老闆的臉。

「找東西？」

「嗯。那個人以前來這裡的時候，說她正在找一本繪本。身為專業人士，我當然是能找就盡量找，不過她講得含糊不清、狗屁不通，所以我也不怎麼認真當一回事。」

「那個人？」

「就喜和子啊。」

「喜和子女士？」

「妳不是在說她的事嗎？」

「您認識喜和子女士嗎？」

「認識啊。」

「那這裡果然是喜和子女士的舊書店囉！」

「不，舊書店是我的啦。」

「既然如此，您一開始就先講清楚嘛。」

「一開始？」

「您說那套全集不是喜和子女士的啊。」

「還不是因為妳說什麼認識的人，害我誤會了。」

老闆與我之間發生的誤會並不重要，這裡姑且略而不談。總之，證實「橡實書房」就是喜和子女士的「上野舊書店」後，我也一掃先前的陰霾，對自己的敏銳直覺感到相當滿意。不過更令我好奇的是喜和子女士「要找的東西」。

她沒能找到的東西究竟是什麼呢？

「關於這個啊，不久前我好像找到那本書了。原本想通知那個人，她卻不曉得搬到哪裡去了，結果就這樣不了了之。」

「店裡有那本書嗎？」

「沒有喔。」

「沒有？」

「對。我問過很多同行，全都沒有現貨。市場上根本找不到，只找到國家收藏的。」

這麼說完，老闆把手伸到宛如駕駛座艙般被書包圍的桌子下方，拖出一臺在這間穿越平成回到昭和的店鋪中顯得格格不入的全新 MacBook，隨即馬上打開國立國會圖書館的搜尋網頁。

「我猜可能是這本。」

我順著老闆的手指看向螢幕。

「としょかんのこじ。」*

上頭顯示著這幾個字。

「圖書館！」

我忍不住叫道。

這時我完全不曉得為何她要找這本書，而這又是本什麼樣的書，以及老闆從喜和子女士口中聽說過哪些消息，不過對我而言，「圖書館」是直接連結喜和子女士的關鍵字。

「這是什麼樣的故事？」

「不知道，我又沒看過。」

「喜和子女士為什麼要找這本書呢？」

「嗯——，其實我也不太懂啦。」

老闆再往嘴裡丟一顆糖，開始娓娓道來。

橡實書房的老闆與喜和子女士經由常來店裡的遊民男友介紹而認識。那時我還沒遇見喜和子女士，不過喜和子女士說要找東西似乎是沒多久之前的事。因為要搬離谷中，她來店裡想把書清掉，閒聊時順便提到了小時候看過的一本書。

她從小就愛書，每次學校圖書館進新書時總是第一個借來看。某天，她一如往常地隨手抓起管理員老師剛貼好標籤的新書來看。這時，她發現其中有好幾本薄薄的粉色封面小冊子。翻開來一看，只見觸感粗糙的紙面上印著藍色墨水印刷的圖文。老闆解釋說，那幾本書格式相同，卻有不同書名，可能是一系列的叢書。

其中一本特別打動她。內容講述一位高個兒「叔叔（おいちゃん）」經常揹著自稱「我（あたし）」的女孩上「圖書館」的故事。

＊ 註：としょかん為圖書館的發音。

「聽喜和子說，『圖書館』裡不但住著動物，那些動物還會說話。一到晚上，叔叔和我就會在那裡過夜。故事情節異想天開，大概是給小孩子看的童話吧。」

喜和子女士深深迷上那本書，立刻把它借回家。

「不過母親發現那本書時非常生氣，還把書給丟了。學校的書不能丟吧，而且還是全新的。不過也不曉得說了什麼，母親跑到學校痛罵老師一頓後，不管喜和子拜託多少次，學校就是沒再進過那本書。」

喜和子女士呢喃自語地說不知在哪兒還能看到那本書。要找嗎？聽老闆這麼一問，喜和子女士露出奇怪的表情。

「那個人跑來舊書店，卻忘了最重要的事。我可是舊書專家呢。可是她卻驚訝地說什麼找得到嗎？哪裡真的還有這本書嗎？看到她這種反應，我才嚇一跳呢。」

老闆發揮專業精神，向喜和子女士詢問了那本書的書名、出版商、作者及出版年份等資訊，不過畢竟是幾十年前只留在身邊一天的書，她完全不記得了。問她記不記得其他系列叢書的書名，她也都沒印象。

「資訊這麼模糊，找起書來也很困難，所以當初真的費了好大的功夫呢。那個人小時候大概是四〇年代到五〇年代初，然後是一系列的叢書。我就從這點開始著手。」

我又仔細看了看 MacBook 的畫面。

標記成黃色的書名「としょかんのこじ」底下寫著「きうちりょうへい著　すみやじろう繪　小粒書房　１９５３（長靴文庫；第３集１２）」。

「這位角谷治郎當了很久的繪本畫家。不過已經過世了。」

老闆指著同一個畫面的正下方。那裡寫著「城內亮平 1914-1959, 角谷治郎 1923-1989」。*

「其他地方找不到這個叫城內的人。考慮到他四十多歲就去世了，可能沒留下多少作品吧。」

這個叫城內亮平的人會是帶喜和子女士去圖書館的哥哥嗎？如果是這樣的話，喜和子女士會連名字都不記得嗎？

「小粒書房好像是位於本鄉的小出版社。當時正值出版潮，戰前兒童讀物真的做得非常講究，所以戰爭告一段落的那段時期，以粗紙重新推出系列兒童讀物也是必然的趨勢吧。這點讓人感受到時代的變遷呢。」

老闆啪嗒一聲闔上Macbook，重重地嘆了口氣。

「是嗎？已經過世了啊。那傢伙知道嗎？」

他自言自語地說。

「那傢伙？」

---

* 註：きうちりょうへい即城內亮平，すみやじろう即角谷治郎。

「喜和子的朋友，搬到多摩川的那個。」

「啊啊，您說遊民男友嗎？」

「他以前有這個綽號嗎？」

「不，是我取的。」

「要通知他嗎？」

我向舊書店老闆傾訴心中無處宣洩的不滿，跟他說了關於喜和子女士的女兒，以及私下舉辦葬禮的事。

「九州也不方便去上香呢。」

老闆表示同情。

「而且我不太想去那位女兒那邊。」

聽了我的抱怨，老闆附和著沉吟一聲，然後說：

「來辦場追思會吧。」

夢見帝國圖書館・14　上野圖書館，全館罷工！

帝國圖書館首任館長田中稻城彷彿被永井荷風之父的亡靈附身，一心一意增加藏書量，為了收納藏書持續要求擴建，同時不斷為資金短缺所苦，最終於大正十年辭職。不過沒什麼人知道當時發生了一些小騷動。帝國圖書館那些認真的職員們被逼得走投無路，決定罷工向文部省抗議，連報紙都刊出了「上野圖書館的紛爭」。

「聽說田中館長辭職後，將由松本喜一接任館長一職。」

「誰？」

「松本喜一。」

「不認識。」

「我也不認識。」

「好像是哪間師範學校的教授。」

「這不是很奇怪嗎？根據明治三十三年第338號敕令，任職帝國圖書館司書長或司書官滿一年以上者，才有資格擔任館長啊。」

「好奇怪啊。」
「而且文部省也沒向肩負我們帝國圖書館事業的傑出人士徵詢合適人選，直接強行決定人事安排，感覺好差啊～～」
「以往從未有過這種先例。」
「再說，田中館長有必要辭職嗎？」
「那形同是被逼走的。」
「什麼意思？」
「文部省要在帝國圖書館內設立圖書館員培訓所。」
「在帝國圖書館？館內哪裡？書都多到把走廊堵住了耶？」
「所以囉。」
「所以？」
「田中館長反對，說沒地方可以擺書了。」
「所以？」
「實際上田中館長是被換掉。因為不聽文部省的話。」
「這不是很奇怪嗎？館長過去為了維持帝國圖書館盡心盡力，卻因為實話實說被換掉，然後突然空降一個連圖書館的圖字都不認得的門外漢？那個叫什麼松本的師範學校教授？」

「這樣不行。」

「這樣不行。」

「絕不能容許這種事情發生，罷工吧！」

「不然我們三十名職員全體提出辭呈！」

「堅決反對松本喜一！」

靜謐的上野圖書館上演了一場前所未聞的糾紛。

松本喜一就任帝國圖書館館長是在兩年後的大正十二年。

由於圖書館全體職員仗著第338號敕令堅決反對，為了避免罷工，也為了追求合理性，文部省先任命松本為帝國圖書館司書官兼帝國圖書館代理館長，滿足不違背敕令的條件後，大正十二年才讓松本就任館長。

如同前述，松本喜一不但在關東大震災時下令開館收容災民，他上任後首先做的更是田中心心念念的「擴建」。而且設立培育優秀圖書館職員的培訓所也有其必要。客觀來看，松本喜一並非無能的圖書館館長。熟知松本的人事後回想，都認為他人品十分敦厚。

不過，自從永井久一郎在東京圖書館的藏書票上公然印上「筆勝於劍」以來，圖書館承擔了文明開化的責任，滿足廣大百姓的求知慾，與宣揚國威的國策保持距離，並持續扶植人文教育長達五十年之久，卻在經歷松本險惡的上任戲碼後開始逐漸變質。

首任館長田中稻城辭職時，東京帝國大學圖書館館長和田萬吉寫了這麼一封信給日比谷圖書館館長今澤慈海。

「我仔細想了想文部省那個叫乘杉（嘉壽，當時的文部省普通學務局第四課課長）的渾球說的話，那傢伙根本是把帝國圖書館館長當成手下官吏，才會幹出這次的荒唐事。這下慘了，連帝國圖書館都被那傢伙的橫行霸道搞成這樣，咱們帝大圖書館肯定更甭提啦。文部省原本要我擔任圖書館員培訓所的講師，現在老子也幹不下去了。我決定遞辭呈辭職，這邊先知會你一聲。」（和田萬吉出身美濃國大垣，不會這樣講話。因顧及氛圍，故採用粗魯的語氣。）

松本喜一的任期從大正十二年一直到昭和二十年，也就是關東大震災到戰爭結束。這是日本近代史當中言論箝制最嚴重的時代，書籍也深受其害。

震災後日中戰爭爆發，緊接著是亞洲及太平洋戰爭。

想當然，軍事支出耗掉了原本可能撥給圖書館的經費。

然而帝國圖書館不但對此毫無異議，

甚至採取積極配合國家政策的行事方針。

在那之後，我心裡一直惦記著喜和子女士尋覓的那本《としょかんのこじ》。不過，因為沒空專程為了一本書跑一趟國會圖書館，之後去找，已經是跟舊書店老闆聊完後隔一段時間的事了。有時書店和附近圖書館找不到工作上不可或缺的資料，我就會去某個大學圖書館或國會圖書館。這天也是因為有些狀況，必須盡快找到某篇舊雜誌上的報導，我便搭乘地下鐵去了平常不會去的永田町。

該圖書館直屬於國會這個最高國家權力機關，氛圍跟分館的國際兒童圖書館非常不一樣。周圍淨是省廳的建築和國會議事堂，行人也給人一種低調嚴肅的印象。我從未見過這裡有小孩。雖然看得到學生打扮的人，但除了貌似來找工作資料的人以外，其他一派悠閒待在館內的高齡男性八成都已經退休了。

據說這座圖書館是昭和三十六年依據前川國男建築設計事務所的設計而興建的，建築主體呈簡單俐落的方形，不像上野的文藝復興風格建築那樣雕梁畫棟。進來後可以發現裡面確實相當老舊，不過入口處有類似車站驗票閘門的新機器，必須感應藍色的註冊使用者卡片才能入館。中央設有借閱櫃臺，周圍是擺著好幾臺液晶螢幕的查詢區和供閱覽者使用的桌位。

辦理好工作所需資料的閱覽申請後，我便趁著空檔到三樓咖啡廳吃霜淇淋，等待資料備妥。國立國會圖書館的霜淇淋是內行人盛讚的甜點。

我用湯匙舀起一口濃厚的北海道牛奶霜淇淋。舔著舔著，我想起了愛吃甜食的喜和子女士。

「としょかんのこじ」是什麼呢？

雖然有可能是圖書館的故事，但我想到的漢字反而是圖書館的居士。*感覺這名字更貼近兒童取向。

圖書館居士是個身穿和服的大鬍子男，成天往圖書館跑。如同拜一刀與大五郎、鞍馬天狗與杉作、黑傑克醫生與皮諾可，圖書館居士身邊總是帶著一位小孩。雖然完全不懂為什麼圖書館居士會在圖書館裡跟動物交談，但從兒童奇幻故事的角度來看，倒也不是不能成立。

吃完霜淇淋的甜筒餅乾後，我回到二樓查詢區透過電腦螢幕確認，不過我申請的資料還是無法閱覽的狀態。於是我開啟搜尋畫面，打下平假名。

「としょかんのこじ」

幾秒鐘後，螢幕顯示舊書店老闆給我看過的畫面。

◆としょかんのこじ◆きうちりょうへい著　すみやじろう繪　小粒書房　1953（長靴文庫；第3集　12）　城內亮平 1914-1959，角谷治郎 1923-1989

不曉得是已經沒有實物收藏，還是書況無法閱覽，那本書已經電子化，點擊一下即可開啟。的確，以前封面可能是粉紅色的沒錯，不過現在卻變得有點像灰色。書名、作者和畫家的名字都寫成平假名，另外還看得到「長靴文庫」幾個字。

書中僅以「叔叔（おいちゃん）」稱呼我擅自認定為圖書館居士的人，女性第一人稱的「我（あたし）」則是寫做「あたち」。

「我是孤兒。」

那本書的開頭畫著一位西瓜皮髮型的小女孩坐在樹下。我完全猜錯了。

「としょかんのこじ」是「孤兒」。

「我是孤兒。

不過，為什麼要感到寂寞呢？

我有叔叔在。

叔叔個子很高，

做著特別的工作。

他經常去上野的圖書館，

把圖書館的事寫進書裡。」

＊註：故事和居士皆與こじ同音。

「我鑽進叔叔的背包，
跟著一塊兒去圖書館。
到了晚上，
圖書館的人都回家了。
不過我跟叔叔不一樣。
我們晚上睡在圖書館。」

「晚上的圖書館來了很多動物。
有熊，
有黑豹，
還有長頸鹿、斑馬和猴子。
大家都從隔壁的動物園來看書。」

「最有趣的是，
從書裡跑出來的人。
有魔女，

有國王，
還有武士和地藏菩薩。
大家跟我一起看書，
哈哈大笑。」

「看著看著，
我覺得睏了，
就跟猴子、武士和魔女一塊兒睡。
這次夢裡出現了地藏菩薩、長頸鹿和國王。
我跟叔叔一起迎接早晨。
因為想洗個澡，
我們打著呵欠來到外頭。」

「としょかんのこじ」內容就這麼短，不過那本不知道算不算書的小冊子裡還收錄了其他幾篇童話。每一篇都是城內亮平所寫，由角谷治郎添上插圖。「としょかんのこじ」最後一頁畫著女孩開開心心洗澡的圖。寬敞的浴室裡還有好幾個人在，大概是大眾澡堂吧。

我從機器上移開目光，稍微轉了轉肩膀。

然後我辦理了複印「としょかんのこじ」的手續，坐在國立國會圖書館的沙發上沉思了一會兒。

這到底是怎麼一回事？

記得喜和子女士說過她鑽到哥哥的背包裡混進圖書館。當時我還懷疑怎麼可能把小孩子放在背包裡揹進去，難道那件事是真的？這個叫城內亮平的人會是喜和子女士的「哥哥」嗎？不過故事裡出現的熊和長頸鹿都是杜撰的，叔叔和背包也未必不是虛構的。

喜和子女士該不會受讀過的繪本影響，以為背包的事是真的？如果是這樣的話，這繪本的作者可能跟「哥哥」沒有直接相關。況且喜和子女士應該不是「孤兒」，把童話跟喜和子本人放在一塊兒想可能也很奇怪。

不過可以想見，喜和子女士在學校圖書館看了這本書後有多麼感同身受。畢竟她到七十多歲都還記得故事情節，甚至跟自身經驗融為一體。我不太清楚為什麼喜和子女士念小學時從學校借了這本書之後，她的母親會氣得把書扔掉。是氣女兒妄想「自己是孤兒」嗎？

拿到工作資料和「としょかんのこじ」影本後，正準備離開國會圖書館時，我的智慧型手機收到了ＬＩＮＥ訊息。

「喜和子追思會」

是這個群組傳來的。

舊書店老闆不像幹那行的人，非常熱愛新事物，不知為何堅持要用ＬＩＮＥ聯絡，所以我也把幾乎沒在用的帳號告訴他。可是明明就兩個人而已，卻硬要創群組互傳訊息，感覺也很奇怪。不過既然他想這麼做，加上沒理由反對，我也就隨他去了。

我們各自聯絡認識喜和子女士的人，打算在上野附近找個地方開追思會。雖然我說自己頂多只聯繫得到古尾野老師，而且他還曾經差點跟熟識舊書店老闆的遊民男友打起來，

「來不來隨便他。就找他嘛。這不是挺有趣的嗎？」

於是「追思會」計畫就這樣默默開始了。不過八十多歲的古尾野老師肯定沒在用ＬＩＮＥ，而遊民男友應該也沒有智慧型手機。

好久沒收到舊書店老闆的聯絡了。來到國立國會圖書館的出口時，震動的手機螢幕上跳出這則訊息。過了一會兒，

「雄之助已加入群組。」

「請多指教！」

群組裡傳來一張附上這段文字的精美貼圖。

帳號名稱為「ＹＯＵ」。

是雄之助。

以前住在喜和子女士位於谷中的破房子二樓的那個雄之助。

「谷永雄之助？」

我不太熟練地輸入訊息後，

「好久不見！」

對方傳了這張貼圖。

夢見帝國圖書館・15　昭和八年的Unglücklich，《女人的一生》山本有三

文學作品裡有好幾部知名的《女人的一生》，其中最有名的應屬居伊・德・莫泊桑（Guy de Maupassant）的小說。而在日本第二有名的大概是出自森本薰筆下，文學座劇團的杉村春子演了一輩子的話劇劇本。

以《路旁之石》聞名的山本有三也出了本暢銷小說《女人的一生》。雖然如今被上述兩部作品埋沒而屈居第三，但過去有很多人看他的小說。

這部小說於昭和七年至昭和八年在東京・大阪朝日新聞上連載，並於昭和八年由中央公論社出版。

故事描述允子對青梅竹馬昌二郎懷有淡淡情愫，同學弓子卻搶走了昌二郎，令她火冒三丈，頓時厭棄婚姻，拒絕靠丈夫養的人生。她把相親對象踢到一邊，進入醫學院立志當個女醫生。在那裡她遇見了德語代課老師公荘。允子一心想學會德語，平常跟醫學院同學對話時也開始講德語。一群人經常私下談論「為Liebe（愛）遭遇Unglücklich（不幸）的公荘老師」是怎樣有魅力。為Liebe（愛）遭遇Unglücklich（不幸），多麼知性又浪漫啊。光是這樣就深深抓住了

女學生的心。
允子一想到公莊就覺得Glücklich（開心）。而她來上野的帝國圖書館就是要找公莊提過的海涅（Heinrich Heine）詩選。無巧不巧，當允子翻閱德語H開頭的目錄時，公莊輕輕拍了拍她的肩膀。
「哎呀，老師。」
允子作夢也想不到會在圖書館遇到公莊，她稍微楞住，說不出話來。
「上次很抱歉。」
公莊輕輕低下了頭。
「不，我才是……那時候真的……」
「妳在找什麼？」
「我想找海涅的書。」
「真不像妳會看的書呢。」
「是啊。不過老是看學校的書很無聊嘛。之前老師上課時不是說過有空可以讀歌之卷（Buch der Lieder）嗎？我想到那件事，就想找來看看。」
「我說過那種話嗎？」
「是，您說過。——老師，單行本都被借光了，如果要讀全集的話，該選哪一本好呢？這裡有好幾本全集……」

「我看看，這裡有哪些全集呢？」

公荘親切地幫忙查閱目錄，挑選了收錄「歌之卷」的邁耶版全集。

啊啊，兩人的Liebe（愛）就這樣越陷越深，可最後卻不知為何走向Unglücklich（不幸）！

允子的《女人的一生》宛如現在的午間連續劇，之後的劇情發展高潮迭起——她與公荘相戀私會，共度春宵後有了身孕，卻發現公荘已婚，被他逼迫墮胎，最終成為單親媽媽。

後半段是允子為人母之後的故事，同樣非常精彩。允子產下私生子後不為社會所接納，即便有醫生執照也沒地方願意雇用她。這時，一名類似密醫的老頭雇用了允子，不過他卻是非法幫人墮胎的醫生。而且當初從自己身邊搶走昌二郎的弓子竟然也偷偷來到這裡。一問之下才知道那是她背著昌二郎搞外遇懷上的孩子。由於密醫老頭在手術途中慌得六神無主，允子便親自為弓子動墮胎手術。

允子不但產下私生子，甚至非法動了墮胎手術，也因此在拘留所待上好幾天。以女主角來說，這設定實在是太殘酷了。不過正所謂絕地逢生。公荘悔改後變得很喜歡小孩。他現身拘留所將允子保釋出來，兩人就此和解。等到公荘失去病弱的妻子恢復單身，兩人總算結為連理。

本以為故事就這樣結束了，想不到以「一生」為題的小說還長得很。經歷過育兒的辛苦與夫妻衝突，最後《女人的一生》聚焦在允子與公莊的兒子允男身上。允子澈底被長大後的允男牽著鼻子走。

允子最後的Unglücklich（不幸）是Liebe（愛）的故事，也是Rot（紅色）的故事。

允男受共產主義（紅色思想）影響成為地下活動分子，跟母親允子斷了聯繫。丈夫公莊病逝後，允子打起精神開了間小診所，《女人的一生》就此落幕。

考慮到小說寫於昭和七、八年，允子的晚年時期應是昭和八年左右。如此一來，允子和公莊在帝國圖書館談情說愛，至少是從那時算起二十年前的事，大概是大正初年吧。摩登女郎宮本百合子和吉屋信子也在那個時期造訪帝國圖書館，令人深深感受到時代的氛圍。

雖然這個讓人聯想到午間連續劇的故事對於關東大震災和滿州事變幾乎未有著墨，卻提到了從一個時代進入另一個時代的關鍵變化。

在允男逐漸熱衷於紅色思想的橋段中，同樣引用了海因里希．海涅的詩「阿塔．特羅爾（Atta Troll）」。該長篇詩以熊作為主角，與戀愛詩人的形象相去甚遠。正因為曾在巴黎與年輕時的卡爾．馬克思交好，海涅才寫得出這般獨特的諷刺詩。

「一隻熊像我一樣心想，
如果所有動物都能像我一樣思考，

大家就能齊心協力，
擊敗那個暴君。」

「無論什麼毛色的熊或狼，
抑或是山羊、猴子和兔子，
只要大家暫時攜手合作，
勢必贏得勝利。」

「團結，現代最需要的正是團結。
我們畏畏縮縮，宛如一盤散沙，才會淪為奴隸。
只要團結，
就能打倒那些暴君。」

（岩波文庫版／井上正藏譯）

由於與一位叫青島的左翼學生過從甚密，允男也被懷疑是左翼學生而遭到逮捕，後來甚至真的投身於運動中，從允子身邊消失。《女人的一生》最後的高潮是母親殷切希望他「千萬別變成紅色分子」。

昭和八年的Unglücklich（不幸），至少跟帝國圖書館有關的不幸，或許是思想壓迫和言論箝制吧。無產階級作家小林多喜二在築地警署遭拷打致死，就是這年二月的事。

如果允男那本海涅詩選是在帝國圖書館架上找到的，當時的情景可能會是這樣。

「喔喔，青島。」

允男作夢也想不到會在圖書館遇到青島，他稍微楞住，說不出話來。

「上次很抱歉。」

青島輕輕低下了頭。

「不，我才是……那時候真的……」

「你在找什麼？」

「我想找海涅的書。」

「真不像你會看的書呢。」

「是啊。不過老是看學校的書很無聊嘛。之前你不是在教室裡偷偷跟我說有空可以讀阿塔．特羅爾嗎？我想到那件事，就想找來看看。」

「我說過那種話嗎？」

「啊啊，你說過喔。——青島，單行本都被借光了，如果要讀全集的話，該選哪一本好呢？

這裡有好幾本全集……」

「我看看，這裡有哪些全集呢？」

青島親切地幫忙查閱目錄，挑選了收錄「阿塔．特羅爾」的邁耶版全集。

兩人聽著背後的閉館鈴聲，相偕離開圖書館。高大的圖書館建築物另一頭看得到人影。

「青島——就這樣繼續直走。特高刑警跟上來了。」

「啊啊，是嗎？」

兩人經過昏暗的動物園前方，來到公園的出口。

「你要往哪兒走？」

青島停下腳步問道。

「——是嗎？我們不同方向呢。那我們就在這邊分手吧。」

小心啊。

簡單道別後，他匆匆走向上野停車場。

那天的與會成員很妙。

有橡實書房的老闆和他老婆、我、古尾野老師、遊民男友。谷永雄之助晚一點才到。老闆的老婆負責下廚，我幫忙布置餐桌和上菜。會場在建築物的頂樓平臺。橡實書房名下擁有這棟建坪約十坪的三層樓房，老闆夫妻也住在這裡。

這棟靠近御徒町的樓房視野不算遼闊，空氣可能也不怎麼好，不過有私人頂樓空間，還是挺愜意的。聽說老闆夫妻時常找人來開宴會，經驗相當老到，前一天備妥的兌水芋頭燒酒和稍微煮過頭的毛豆感覺非常美味。還有跟附近點心批發商拿過了賞味期限的乾貨、「清冰箱」燉菜、咖哩、炒香腸、馬鈴薯沙拉、炒麵等等，菜色雖然簡單，卻分量十足。我帶了海鮮沙拉，以及用來祭奠喜和子女士的根津鯛魚燒。

雖然名為「追思會」，卻沒有人主持，也沒有人致詞，只是一群人聚在一塊兒喝酒。不過這場合倒也適合追悼喜和子女士。想必喜和子女士本人也不喜歡搞得很誇張吧。

一開始遊民男友（這綽號還是不太禮貌。既然都知道名字了，我就叫他五十森先生吧）和古尾野老師分別緊跟在老闆和我身邊，怎麼樣都不肯跟對方說話。

古尾野老師曾說過妻子身體狀況不好，不過目前病情稍有好轉，已經出院送進設施照顧，這才能夠出席。他小心翼翼從手提包裡取出文庫本大小的相框。是喜和子女士的照片。照片裡的她略微仰頭，臉上帶著微笑，年紀比我們認識時年輕一點，那頭白色短髮還夾雜著些許黑髮。

「真好。這張是什麼時候拍的啊？」

聽我這麼一問，老師瞇起眼睛說：

「什麼時候來著？那個啦，大家都在用拋棄式相機的那個時候。」

考慮到兩人交往的時期，大概是九〇年代吧。這麼說起來，有段時間還推出了附閃光燈的機種，從小學生到大人個個人手一臺，再也沒有人帶一般相機去觀光勝地玩了。那是數位相機和照相手機取而代之前不久的事。

「我跟那個人總是在上野一帶碰面，從未去過其他地方。雖然也曾約她去旅行，但她老是說不想去。我的私房錢夠喜和子吃住，去外縣市參加研討會時好歹住得起不錯的溫泉旅館。是啊，畢竟那時候我還在工作。」

藉口出差參加研討會的話，就能瞞著妻子來趟偷情之旅了。古尾野老師說起這件事時非但毫無愧色，語氣反倒像是在談論非常珍貴的回憶。他憐愛地以食指輕輕戳了戳小相框裡的喜和子女士。

「所以這張也是一起去動物園時在上野公園拍的。那個人喜歡動物園，我們去了好幾次。動物什麼的根本不重要。她只是喜歡趁著好天氣出門，心不在焉地看著老虎啦、獅子啦，還有長頸鹿和河馬之類的。」

古尾野老師說：

「曾幾何時，喜和子陷入了一貫的混亂，開始說什麼逃走的黑豹闖進圖書館，一定很可怕吧。」

「逃走的黑豹？」

「嗯。妳這年紀可能不知道吧。說到昭和十一年的三大事件，首先是二二六，其次是阿部定，再來就是黑豹事件了。以前曾經有黑豹逃出上野動物園。」*

古尾野老師雙手端握裝有兌水燒酒的白色瓷杯，在手裡輕輕搖晃著說：

「結果黑豹鑽進下水道，在上野的藝大一帶上演了一場大搜捕。雖然有年紀的人都知道這事，但喜和子卻認定黑豹闖進了圖書館。那個人就是這樣，對一些奇奇怪怪的事深信不疑，不管我再怎麼認真解釋，她就是聽不進去，也不曉得那頑固的性子是怎麼來的。要是黑豹真的闖進了圖書館，事情肯定會鬧得轟轟烈烈人盡皆知，可是她卻撇著嘴說些傻話。該怎麼說呢？這也是那個人可愛的地方吧。」

人上了年紀真的很容易流淚呢。這麼說完，古尾野老師從西裝口袋裡掏出手帕，擦掉差點從鼻頭滴進瓷杯的鼻水。仔細一看，老師已經哭紅了眼。

「哎，反正老了就習慣了。不過，大家都死了呢。最近我也覺得自己已經活夠了。」

說著，老名譽教授皺起了臉。我悄悄把手繞到他身後，輕拍著背安慰他。雖然我平常鮮少主動做出這種舉動，但感覺喜和子女士會這麼做。她很擅長在必要的時候像這樣安慰人。所以哪怕只是學個樣子也好，當時我就是想這麼做。

「我跟喜和子在廣小路的酒館認識。那家店我常去，通常是在講座時間較晚的日子，或是聚會完順便去喝酒。」

老師緬懷似地娓娓道來。

「大街小巷還遺留著泡沫經濟時代的痕跡，雖然景氣稱不上好，但因為日幣貶值，洋酒之類的東西變得很便宜。那家店是個叫冬美的女人開的，年紀跟喜和子差不多。算是居酒屋或小料理店，反正就是能夠隨意走進去的店。」

見經常光顧的店家來了位身材嬌小的女性，老師似乎一下子就愛上了人家。

「一開始她待在吧台後面，只有上菜時才會走出來，不過當我意識到時，她已經坐在旁邊了。應該是我叫她過來坐吧。她很會聊天，也很會傾聽，總之就是個很可愛的人。」

這麼說完，老師看著相框裡的戀人，眼裡再度泛起微微淚光。他啜飲著燒酒，露出遙望遠方的眼神悼念逝者。這樣的他也是個有點「可愛」的老爺爺。

＊註：二二六事件：日本陸軍皇道派青年士官發動政變，刺殺多位統制派軍方高層及政要，最後政變以失敗告終，導致統制派完全掌控軍隊，是一九三〇年代日本法西斯主義發展的重要事件。阿部定事件：鰻魚料理店女服務生阿部定在東京荒川尾久町的茶室將情人絞殺，並切除其生殖器的事件。黑豹事件：即一頭黑豹自上野動物園脫逃。以上三件事皆發生於昭和十一年（一九三六年）。

「當時上野公園裡有很多伊朗人在賣偽造電話卡。就是號稱可以無限制一直打的電話卡。有些人可能還賣更危險的東西。某天我跟喜和子在上野碰面，發現那些人全都不見了。哎呀，不曉得是怎麼了。不過我倒是覺得有點爽快啦。我只說了這些，那個人就生氣了。」

「喜和子女士居然生氣了，真難得呢。」

「是很難得。喜和子難得生氣了。她說不可以這樣講話，那些人也有自己的苦衷，警察把他們全部抓起來是不對的。而且還把他們關在狹小的地方等待強制遣返，真是太過分了。我說也不能放任外國罪犯不管啊，結果那個人聽了非常生氣，說憑什麼斷定他們是罪犯，好長一段時間都不理我。畢竟這裡是上野。她說這裡能夠接納各式各樣的人。」

當時我心想，那很像喜和子女士會說的話。不曉得是什麼時候，喜和子女士也曾像這樣氣呼呼地說：

這裡是上野，隨時都能接納各式各樣的人。

「她那時生氣的表情也很棒。那種有點傻氣的認真非常迷人，很有她的風格。」

這天古尾野老師只顧著緬懷故人的回憶，沒說什麼複雜難懂的話。老闆的老婆走出廚房坐到老師身旁，開啟了別的話題，於是我端著裝了兌水燒酒的杯子移動位置。難得有這個機會，我想跟五十森先生聊聊。

雖然早有耳聞，但我還是第一次見到五十森先生。記得喜和子女士說過他「長得很像一個叫山本學的演員」。雖然本人也像山本學，但我覺得更像黑澤明電影《七武士》裡那位沉默寡言的劍術高手，演員宮口精二。

老婆入座後，舊書店老闆隨即拿著手機起身去接電話。五十森先生雖然不至於覺得彆扭，卻獨自在角落默默喝酒。除了宮口精二和山本學外，他也有點像最近的演員大澤隆夫，怪不得喜和子女士會說他長得很帥。

「您好，我是喜和子女士的朋友。」

我開口自我介紹後，那位相貌端正卻已有老態的男性像個有點僵硬的機器人般變換姿勢。

「啊啊，妳好。喜和子小姐曾提過妳。我今天就是專程來見妳的。」

五十森先生說。

見我嗎？

「要不是聽椚田先生說妳會出席，我來也沒用。況且這裡還有人像個沒事人似地說那些話。」

椚田先生？這時我才知道舊書店老闆姓椚田。

「啊啊，您說橡實書店的老闆啊。」

我突然在腦海裡串起兩個名字，頓時吃了一驚。

剎那間，現場陷入一種好像我很無知的尷尬氣氛。

我就這樣繼續回到跟五十森先生的對話上。

「那個不曉得要叫大叔還是老頭的教授什麼都不懂。」

雖然五十森先生壓低音量，不至於讓坐在遠處的老師聽見，但他嚴厲的語氣裡卻充滿不悅。

「不懂？」

「什麼叫很會聊天，也很會傾聽啊。只要跟那老頭說話，任誰都會變得善於聆聽。畢竟他都自顧自地說個沒完。」

由於以前差點在上野公園挨揍，五十森先生似乎很討厭古尾野老師。

「剛才那些您都聽到了嗎？」

「我不是有意要聽，是聲音太大了。那個人八成耳朵不好吧。不然就是講太多課，聲帶比常人強韌，吵死人了。什麼嘛，他才傻吧。怪不得喜和子小姐會討厭他。」

「喜和子女士討厭老師嗎？」

「那還用說。像那樣自以為是地示愛，還說什麼又傻又可愛，聽的人怎麼可能開心得起來。」

五十森先生激動地小聲嘀咕著說。

「那老頭連喜和子小姐生氣的理由都不懂。他根本不在乎喜和子小姐看見的東西。」

五十森先生講話時並沒有看我，彷彿是在自言自語。

「喜和子女士看見的東西是嗎？」

「那個人知道很多事。」

「很多事？」

「那些事不必讓那老頭跟妳知道。那個人很清楚上野街頭是什麼樣子。她就是這種人。」

那強烈的口吻讓我有點退卻，無法接話。這時，五十森先生似乎稍微做好心理準備，轉頭看向了我。

「妳是那位作家吧？」

他試探性地問道。

「雖然不知道您說的那位是誰，但我是喜和子女士的作家朋友沒錯。」

「正在寫《夢見帝國圖書館》的是妳吧？」

「要說在寫……」

這時我還沒寫關於帝國圖書館的小說，那本尚未動筆的小說也不確定要叫「夢見帝國圖書館」。就在我支支吾吾的時候，五十森先生接著說：

「喜和子小姐說妳會幫她寫。那形同是她的遺願。既然妳是她朋友，不如就寫吧。」

聽到初次見面的人這麼說，我不可能不感到為難，不過這時我心中早已決定遲早要寫了。畢竟我曾在喜和子女士生前答應過她。

「我會寫。雖然想寫，但具體內容還沒決定。喜和子女士說想寫關於圖書館歷史的小說，不過如果是我來寫的話，我勢必得找到自己的觀點和寫法。」

我微微低頭，回想喜和子女士說過的話。
「黑豹的事也是，那老頭根本什麼也不懂。」
「黑豹？」
「是《夢見帝國圖書館》的情節。」
「《夢見帝國圖書館》的情節？」
「喜和子小姐沒跟妳說過嗎？」
「說什麼？」
「黑豹逃出上野動物園跑到上野圖書館是《夢見帝國圖書館》的情節。喜和子小姐小時候曾和一位從南方回來的男人一起生活過，聽說是那男人告訴她的。也就是說，那男人跟喜和子小姐講的是自己寫的小說內容。」
「等一下。喜和子女士小時候跟復員兵一起生活過對吧？所以那個人是來自南方戰線的復員兵，還寫了名叫《夢見帝國圖書館》的小說，把故事情節講給小時候的喜和子女士聽？」
「沒錯。喜和子小姐不是大學教授，想必也不會一一查閱縮印版報紙或年鑑求證吧。所以喜和子小姐偶爾會把男人說的話和現實搞混。喜和子小姐不太跟老頭講這些事。哎，畢竟那個人總是沾沾自喜地說自己想說的話，恐怕也聽不進去吧。」
五十森先生似乎真的很討厭古尾野老師，講到「老頭」時，他刻意撇頭不看老師，噘起嘴脣含了口兌水燒酒。

「那位復員兵是叫城內亮平嗎？」

聽我這麼一問，五十森先生喀嗒一聲地把瓷杯放到桌上。

「這我就不曉得了。」

「喜和子女士沒說名字嗎？」

「她都說哥哥，沒提過名字。」

「您有聽舊書店老闆，啊，聽椚田先生講過童話的事嗎？」

「童話？」

「是喜和子女士在找的童話書。書名叫《としょかんのこじ》，是一位叫城內亮平的人寫的，裡面提到了常去上野圖書館的叔叔和小女孩。」

「那是。」

五十森先生再度以機器人般的動作回過頭時，玄關門鈴剛好響了。舊書店老闆的老婆拿著對講機子機應了幾聲，便下樓去了。好像是谷永雄之助來了。

「那是什麼樣的故事？」

五十森先生再次問道。

「叔叔把自稱我的女孩放在背包裡帶進圖書館。另外，兩人也在那裡過夜，不過晚上會出現動物。沒記錯的話，好像還有黑豹呢。」

正當我懷疑自己有沒有回答到問題時，門口突然傳來「請進請進」的聲音，隨後兩位女性出現在屋頂上。

「好久不見。」

我聞聲抬頭望向兩人當中個頭較高的女性，這才發現那是谷永雄之助。

「妳來啦！冬美小姐。」

原本哭哭啼啼的古尾野老師大聲喚道。

「哎呀，老師。久違了。」

跟雄之助一道兒來的老婦人穿著日式服裝，微微欠身行禮，露出後領開襟處的美麗頸項。

夢見帝國圖書館・16　913之謎與帝國圖書館的唐・路易斯・普連那

亞森・羅蘋現身帝國圖書館。

警察接獲通報連忙趕到，發現現場遺落著一張寫有神祕數字的紙片。

「9・1・3」

古雷爾警部和盧諾曼刑事課長百思不得其解。

這暗號究竟是什麼意思呢……。

其實事情沒那麼誇張，對圖書館稍有了解的人一下子就能解開謎題。

「913」是日本十進位分類法（NDC）的分類碼，意指「9（文學）・1（日語）・3（小說／故事）」，而後面加上「・6」的則是明治時期以後的近代作品。

昭和三年，任職於大阪間宮商店的森清參考「杜威十進位分類法」體系，發表了這套分類法。經過多次修訂後，如今日本圖書館多已採用這種分類方式，不過不是甫問世時就有許多圖書館改行此法。

順帶一提，帝國圖書館並未採用「日本十進位分類法」。直到戰後國立國會圖書館接收藏書正式成立後才予以採用（目前使用的是「國立國會圖書館分類表（NDLC）」）。儘管如此，森清發表「日本十進位分類法」仍是日本圖書館界劃時代的創舉。

不過說到昭和三年，當時帝國圖書館館長松本喜一正好就任日本圖書館協會理事長。

這年文部大臣諮詢圖書館界：

「考慮到近期我國的思想狀況，圖書館能做什麼呢？」

結果得到以下答覆：

「圖書館選出思想上有益的書籍後，再由文部省設立具權威性的良書委員會以示擔保如何？」

這年關東軍失控釀成「皇姑屯事件」，炸死了張作霖，同時也發生了全國共產黨相關人員遭大規模逮捕的「三一五事件」。

由於圖書館界做出了迎合文部省思想箝制的答覆，也有人認為對於應當維護表達自由的圖書館人來說，帝國圖書館館長松本喜一的態度形同自殺行為。

以往不管偷了什麼，怪盜羅蘋都不曾殺人，卻在《813之謎》和《813之謎續集》中犯下了殺人罪。他就這樣帶著悔恨放棄亞森．羅蘋的身分，成為名叫唐．路易斯．普連那的傭兵前往非洲。在時局的擺布下，帝國圖書館的未來究竟會如何呢……。

個子很高的雄之助把剪成短鮑伯頭的棕髮微微燙捲，身穿輕飄飄的卡其色緞面襯衫及駝色荷葉裙，搭配同樣是駝色的麂皮高跟鞋，手上提著米白色柏金包，臉上畫了精緻的全妝，感覺就像個上班族。

雄之助說：

「妳的表情看起來很驚訝呢。」

我不知該作何反應，楞了一下才說：

「不驚訝才怪呢。」

「好了好了，快坐吧。」

瞥了驚愕得說不出話來的古尾野老師一眼後，雄之助笑了笑，催促著和服老婦人坐到靠近桌子中央的位置，這才把各自聊的眾人給凝聚起來。

「我在谷中也穿過喔。那房間就是為了這個租的。畢竟當時我還住在老家。」

「咦？你不是住在谷中嗎？」

「那裡就像是我的祕密基地。當時我還沒處理好自己的心情，所以一直瞞著爸媽。可是我又想要一個能夠享受穿衣樂趣的空間，而且那裡房租超便宜的。」

「我完全沒發現。」

「妳說衣服嗎？喜和子女士知道喔。雖然她壓根不在意就是了。那時候我還只是偶爾穿穿，不過之後過了很長一段時間，也發生了很多事，現在我任何時候想穿就穿。這就是所謂的忠於自己而活吧。」

「你現在在做什麼呢？」

「我是上班族，在廣告公司工作。妳一定很想問吧？沒錯，我去公司也穿這樣。」

「上司不會說什麼嗎？」

古尾野老師以發自內心感到好奇的語氣問道。一旁的五十森先生聞言輕聲說：

「何必問這種沒意義的問題。既然許久未見的朋友說要忠於自己而活，那就大方地回應：『喔，這樣啊。』不就得了？」

雖然音量不大，但在場所有人都清楚聽見他說了什麼。

「想找碴是嗎？」

先前看都不看五十森先生一眼的古尾野老師，此刻終於從眼鏡底下射出銳利的目光。

「還不是因為你問了那種低俗的問題。」

五十森先生依然拿著兌水燒酒的杯子，面朝其他方向答道。

「遠離俗世的人就是這樣。表面上假裝理解，實際上卻無法跟人推心置腹，只是遠遠看著擅自揣測。不覺得這種態度更容易傷人嗎？」

古尾野老師也將手裡的酒一飲而盡。氣氛好像變得有點奇怪。

雄之助見狀適時介入，笑咪咪地坦言自己穿女裝才能放鬆心情，而他也一直跟工作對象強調從事創意工作時必須讓自己放鬆。

「不過跟爸媽坦承還是需要勇氣。雖然有段時間很尷尬，但現在我媽甚至還把她的和服送給我呢。可惜因為身高不同，端折的部分都不見了。」

這麼說完，雄之助笑了笑，然後從背後扶著和服老婦人的肩膀說：

「不說這個了，我來介紹，這位是冬美女士。剛才她跟我問路，結果發現我們竟然要去同樣的地方，然後就這樣聊開了。她說以前喜和子女士在她開的店裡工作過喔。」

冬美女士也化了完整的妝，看不出年紀，可能比喜和子女士年輕吧。這位腰桿挺得筆直、很適合穿和服的前老闆娘，顯然十分了解如何主導話題緩和現場氣氛。

「聽說喜和子小姐過世，我嚇了一跳呢。雖然歇業結婚後，我們也幾乎沒有聯絡了，但有段時期我們朝夕相處，真的比跟家人在一起的時間還久。是吧？」

這麼說完，冬美女士伸手拿起古尾野老師擺在桌上的相框。

「妳說是吧？」

她再度對著相框裡笑容滿面的喜和子女士說。

「哎，畢竟我們已經好久沒見了。我還記得妳結婚對象的公司，就姑且試著跟對方聯絡看看。」

古尾野老師又露出一副要哭不哭的表情。

「結果收到一封字寫得很漂亮的信。」

前老闆娘彎起丹鳳眼，淡淡地笑了。這就是所謂的福相嗎？雖然她身材纖細，臉蛋卻很飽滿，皮膚也充滿光澤。

喜和子女士有女性友人，這比雄之助的女裝更令我驚訝。雖然年紀相差不少，但我也是喜和子女士的女性友人，為這種事感到驚訝也很奇怪。不過喜和子女士感覺就像個住在繪本裡的小男孩，讓人不禁聯想到小木偶皮諾丘，我實在無法想像她跟眼前這位有本事打理好一家店、還跟某公司社長結婚的前老闆娘是朋友關係。

前老闆娘冬美女士說她買了竹皮押壽司和加了蛤肉的涼拌油菜，並將它交給舊書店老闆的老婆。散發華貴氣質的冬美女士成為眾人的話題焦點。她聊到丈夫在埼玉縣某個地方經營連鎖餐廳，其中一家分店常有演員夫妻光顧等等，中間還不時穿插得體的笑話。不光是古尾野老師，連坐在角落的五十森先生都被那高超的說話技巧逗得輕聲笑了。

見氣氛緩和下來，冬美女士便開始講述她跟喜和子女士相識的過程，可是我聽了卻覺得有點困惑。

「我開那家店已經是二、三十年前的事了。」

——一開始我雇用了一位年輕女孩，不過那女孩肚皮大起來就辭職了。之後我又嘗試雇用其他人，結果卻被我抓到在帳目上造假。就在我不知道該如何是好的時候，喜和子小姐出現在店裡，說是看到貼在外面的徵人啟事。

當時正逢日本繁華熱鬧的時期，那一帶到了晚上也是燈火通明，儼然就是不夜城，感覺滿地都是錢。所以我們這種小店生意也蠻好的，不少年輕人想來工作，可是喜和子小姐卻跑來了。一開始我嚇了一跳，因為她太不起眼了，不像是在店裡工作的人。而且本人也不怎麼喝酒。當時她剛來到東京，整個人畏畏縮縮的。不過我已經信不過年輕人了，看起來單純樸素的喜和子小姐說不定反而好。至少就第一印象看來，她不像是會撒謊騙人的人。感覺她對錢也不感興趣。

喜和子小姐最初一個月左右住在我的公寓。聽她說沒地方可住，我嚇了一跳。那個年紀的人竟然離家出走，這可是不得了的大事呢。她肯定是住在哪家商務旅館吧。所以我叫她行李收一收來我家，還幫她找租屋。

雖然本人想離婚，但對方卻堅持不肯讓步。鄉下地方的小開大多愛面子，怕傳出去不好聽，所以不想離婚。我家那位在某些部分也很像。聽說喜和子小姐的結婚對象在老家當地經營事業。

不過喜和子小姐不怎麼提鄉下的事。

她說從沒吃過熱騰騰的飯。

哎，這種事很普遍啦。飯煮好了先給公公和丈夫吃，女人只能吃剩飯。洗澡也是女人最後洗。婆婆好像也很辛苦的樣子。雖然不知道詳細情況，但用膝蓋想也知道，離家出走的原因肯定不只出在丈夫身上。不過聽說喜和子小姐來這裡之前婆婆就過世了。

她好像拚命忍到獨生女上大學為止。想必婆家也因為她只生了女兒而看不起這個媳婦吧。

雖然不問就不說，但我總會好奇她是怎樣的人嘛。她平常很安靜，不怎麼講話。雖然工作認真，卻不是容易親近的人。我很喜歡喜和子小姐，不過有些客人很沒禮貌，說什麼幹嘛找個死氣沉沉的大嬸，感覺好差，以後不來了。

啊啊，沒錯。真的是在古尾野老師來了之後，喜和子小姐才開始會在店裡稍微喝點酒。畢竟喜和子小姐已經不年輕了，本以為她會一直待下去，想不到竟然在那種情況下辭職不幹了，嚇了我一跳呢。我那時候還想說怎麼會這樣。不過這也挺好的。我們店裡可是譜出了一段戀曲呢——

戀曲。

古尾野老師聞言，整張臉到後退的髮際線都變得紅通通，顯然不只是因為喝了酒的關係。

五十森先生則是非常不快地撇頭裝做沒聽見。

福相的前老闆娘說完後，眾人便轉而聊起其他話題，不過我心中的違和感卻仍未消卻。

或許是這樣也不一定。前老闆娘冬美女士說的恐怕都是真的。喜和子女士在「普遍」獨尊男性的家庭中伺候公公和丈夫，因為「只生了女兒」而「被婆家看不起」，後來斬斷糾葛來到東京，在店裡卻畏畏縮縮的，客人還罵她「死氣沉沉的大嬸」。

冬美女士說「我很喜歡喜和子小姐」。我認為她並沒有說謊。不過言談間隱約感覺得出冬美女士對喜和子女士評價不高，令我不禁悲從中來。

在我心目中，喜和子女士才不是什麼「陰沉卻勤奮的大嬸」。她總是充滿活力又有點特立獨行，是個非常有個性的人。我有點想跟在場的人解釋這點，卻不知該從何說起。

古尾野老師和雄之助、冬美女士和舊書店老闆夫妻兩組人各自聊了起來。聊的話題都跟喜和子女士無關，我一點興趣也沒有。

我閉上眼睛。喜和子女士穿著袈裟袋裙，笑得非常快活。我回憶著堆在喜和子女士家中的書、如今已不復存的小巷鋪石、不易開關的拉門、格格不入的小廚房，以及嘎吱作響的窄梯。

不經意望向一旁，只見五十森先生不知何時抱著裝有兌水燒酒的茶壺，面不改色地大口自斟自飲。打從酒會開始以來，他似乎一直有種彆扭疏離的感覺。

我起身往大紙盤裡夾了些押壽司、涼拌油菜，以及舊書店老闆的老婆所準備的醃菜和燉菜，然後回到五十森先生身邊。

「《としょかんのこじ》的事才講到一半呢。」

五十森先生原本一直漠然地看著窗外，聽我這麼一說才又僵硬地變換姿勢，從我手中接過免洗筷，擺出相撲力士劈出手刀般的動作示意我接著說。

「椚田先生找到了喜和子女士生前一直在找的童話書。我想應該是這本。去圖書館的叔叔和女孩，還有晚上會出現的動物，簡直就是喜和子女士的世界嘛。作者的名字叫城內亮平。」

我從手提包裡取出影本。我想說在祭奠喜和子女士的場子上可能有機會拿給誰看，就帶過來了。因為沒有老花眼鏡，五十森先生蹙起眉頭，把拿在左手裡的影本拉得老遠。

「真的呢，很像喜和子小姐的故事。」

「所以五十森先生也聽喜和子女士說過小時候的事囉？就是她被哥哥們收留，一起住在木板房裡，每天都往圖書館跑。」

嗯。

五十森先生點點頭，伸手夾了口燉菜。

「城內亮平會是喜和子女士的其中一位哥哥嗎？原來他是寫童話的人啊。」

「可能吧。不過他寫的應該不是童話，而是給大人看的書。就是寫圖書館歷史的。」

「可是，小時候的喜和子女士分得出是大人看或小孩看的書嗎？」

「所以黑豹也是童話囉？哎，或許吧。不過喜和子小姐的故事就像一本長篇小說呢。」

「既然是圖書館愛上樋口一葉的奇幻故事，就算哪裡出現黑豹也不足為奇吧。」

「不說這個了，我今天就是專程來見妳的。不然我來了也沒用。」

重複一開始說過的話後，五十森先生從腳邊的黑色背包裡取出B6尺寸的信封。

「這是要給妳的。」

信封上以圓滾滾的鉛筆字寫著我的名字。

「這是？」

「這封信夾在《一葉全集》裡面。」

「喜和子女士的《一葉全集》在五十森先生那邊嗎？」

「對。」

「為什麼？」

「喜和子小姐過世之前，我曾去看過她一次。當時她託我保管全集。想到這是她的遺物，我就捨不得賣，一直留在身邊。有一次我從箱子裡拿出來想曬一曬，結果發現了這個。」

「信上寫了什麼？」

「我沒看。畢竟是寫給妳的信。我今天來就是想把這個交給妳。」

或許是事情辦完後鬆了口氣，五十森先生稍微軟化嚴肅的表情，再度往杯裡倒酒。

夢見帝國圖書館・17 「消融於燈籠火光下」的無數書籍

昭和十二年日中戰爭爆發後，帝國圖書館接收了內務省禁止販售散布的圖書，偷偷收藏起來。遭受禁售處分的，通常是些不容於世局的書。

別説借閱了，這些禁售的書籍雜誌連目錄都不能讓人看到。禁書們靜靜地躺在那座文藝復興風格的莊嚴建築深處。

昭和十六年太平洋戰爭爆發時，禁書們説不定曾在上野圖書館的書架上偷偷交談。

「您好，我是織田作之助的《青春的悖論》。」

「啊，我是丹羽文雄的《中年》。那位是？」

「我是林芙美子的《初旅》。」

「哎呀呀，想不到事情竟然演變成這樣。」

「真的是意想不到呢。我的作者雖然是個女人，卻去過支那和南洋，還記下了英勇的從軍事蹟呢。不過《初旅》大多描寫人妻、遺孀和有婦之夫的不倫情事，恐有危害身心、敗壞風俗之虞，所以被禁了。」

《初旅》氣得眼角倒豎，《中年》也激動得差點從書架上掉下來。

「我也感到非常遺憾。聽說作品裡提到酒館老闆娘或小妾就是跟國家作對。哎呀呀，這時代可真不容易呢。」

「我也不懂為什麼被禁售。」

《青春的悖論》也開口了。

「是不能用墮胎的女演員作為人物雛型嗎？還是連墮胎都不能寫呢？」

「看，是永井荷風老師的《比腕力》。」

「哎？那不是大正時期出版的嗎？」

「已經被收進岩波文庫囉。」

「對對對，聽說《比腕力》還加印了很多供慰問皇軍將兵之用。」

「而且不能在國內流通。」

「這又是為什麼？」

「因為有很多鹹濕場面。」

「既然被收進岩波文庫了，應該刪減不少吧。」

「是嗎？我倒是看過寫得很露骨的呢。」

「那是盜版吧。聽說是別人寫的。那位可能也是。」

「啊，石坂洋次郎的《年輕人》也在同一個架上。」

「《年輕人》又是什麼問題？」

「裡頭好像寫到女學生討論天皇陛下用什麼筷子吃飯，觸犯了不敬罪。什麼金筷木筷之類的。」
「金筷不好用吧。」
「不過不是已經不起訴了嗎？」
「應該只是暫時擱置吧。」
《中央公論》上有刊登石川達三《活著的兵士》耶。」
「啊啊，是作家耳聞目睹日本軍在南京的所作所為後，在南京攻略戰結束沒多久寫的報導文學吧。聽說發行當天就被禁了。」
「好像是因為描寫屠殺中國俘虜和平民姑娘的場面太寫實了。」
「這也沒辦法啊，畢竟是實地採訪後寫的。」
「不，現在虛構杜撰的東西反而能夠輕易通過審查呢。不管情節合不合理，只要讓主角高舉旭日旗就行了。」
「這年頭出版社在事前審查時蓋字已經是常態了。」
「××嗎？這真的不行耶。」
「聽說《活著的兵士》有四分之一都印成了××喔。不過作者還是被判刑入獄了，咱們的筆禍根本沒得比。」
「哎呀，那邊有小林多喜二的《蟹工船》。」

「是不是昭和四年出版的？」

「哎，多喜二的作品被視為眼中釘，昭和十二年以後全數列為取締對象。雖然不知道是何時出版的，但肯定是因為太引人注目才被扣押吧。」

「真受不了。」

「不曉得咱們的書架何時才會重見天日。」

「未來會怎樣呢？」

除了許多書被禁售外，雜誌停止連載也是常有的事。在《女人的一生》中以帝國圖書館為背景描述主角墜入情網的山本有三，其小說代表作《路旁之石》便是在昭和十五年遭當局審查，不得已被迫停筆。

谷崎潤一郎在《中央公論》上連載的《細雪》，也於昭和十八年被批為奢靡之風而停止刊登。谷崎心有不甘，暗地裡繼續寫作，自掏腰包印了大約兩百本的上集分送親朋好友。當時他還事先寄了可用來兌換書籍的明信片給熟識的友人。以下是谷崎寫在明信片上的俳句：

消融於燈籠火光下的春雪

所謂春雪即是《細雪》。這段文字反映在提燈而行的黑暗年代裡，諸多作品過不了審查而被迫消失的憾恨，讓人彷彿看見沉著一張臉的文豪。

離開舊書店老闆夫妻家時，已經過了晚上十點。

前老闆娘冬美女士和住在多摩川的五十森先生早早就回去了，不過古尾野老師還喝不夠，便邀我和雄之助一起去他那晚住的池之端飯店裡的酒吧。

上野一帶還算跟得上時代，不但蓋了很多新建築，平常也蠻熱鬧的，可是不曉得為什麼，這裡卻呈現一種彷彿時光停滯般的風情。外牆面磚上懸掛著燈飾，圓滾滾的門面刻著飯店名稱，感覺有點像美國老電影裡出現的山中小屋或汽車旅館，我跟雄之助頓時為之卻步。不過或許是住習慣了，只見古尾野老師毫不猶豫地直直前進，催促我們搭上老舊的電梯。

「這裡有附露天浴室的房間，視野也很棒。以都心來說，價錢挺 Reasonable 的。」

雖然 Reasonable 一詞在電梯裡聽起來有點幽默，老名譽教授卻不以為意地招呼著說：「到了，就是這兒。至少陪我喝一杯吧。」他帶我們來到一家縱深比想像中長的 Lounge Bar。店內還擺了平台鋼琴，可能偶爾會有現場演奏吧。而且一整個牆面的玻璃窗擷取了不忍池和都心夜景，創造出隔絕樓下凌亂繁雜的景緻，雄之助看了不由得發出讚嘆。

「不錯吧。」

古尾野老師坐在合成皮大沙發上，滿意地低喃著說。我跟雄之助也紛紛稱讚這裡比在樓下時想像的還要豪華。

一瞬間我不禁猜想，古尾野老師是不是曾和喜和子女士來過這裡。

兩人交往時都在老師租在無緣坂的房子見面，所以真的來過的話，應該也是分手後的事了吧。畢竟喜和子女士位於谷中的家實在是太小了。那天在谷中的夕暮步道重逢後，兩人會不會重新燃起了愛火呢？

我會這麼想是因為見過喜和子女士的女兒，再加上聽了前老闆娘冬美女士描述的關係。倘若最初的婚姻過得並不幸福，那麼冬美女士所謂兩人譜出的「戀曲」，在喜和子女士心中肯定不是那麼微不足道的事。

剛認識喜和子女士時，她常提到官軍的砲彈飛越不忍池擊中寬永寺的故事。聽說那些大砲叫阿姆斯特朗砲，是美國南北戰爭時用過的二手貨。喜和子女士分享過的故事當中，可能有一部分是這位多話的學者老師告訴她的吧。話雖如此，怎麼會讓戀人住在無緣坂這種地方呢？

我愣愣地看著夜晚的大樓燈影在不忍池中搖曳擺盪，一邊這麼心想。這時，已然是個老爺爺的古尾野老師用兌水威士忌潤了潤嘴唇，自言自語地說：

「喜和子對小時候的某個時期之前好像完全沒有印象。」

「完全沒印象嗎？」

「嗯。她只勉強記得曾和沒有血緣關係的兩個男人一起在木板房裡生活過。話雖如此，通常誰也不會記得嬰兒時期發生過的事吧。所以我不認為這有什麼特別的，不過對本人來說，不記得親兄弟姊妹的事應該很不好受吧。」

「是因為戰亂的關係嗎？」

「天曉得，她連戰亂都沒印象。」

「所以她不記得在哪裡跟父母親失散嗎？」

「嗯。雖然她好像曾被寄放在親戚朋友家，但她全都不記得了。這有可能嗎？」

「年齡也有關係吧？我也是大概四歲時才有記憶。」

雄之助啜飲著裝在小玻璃杯裡的果渣白蘭地。對於不太能喝酒的我來說，舊書店老闆夫妻的芋頭燒酒已經超出平常的酒量，所以我用吸管慢慢喝著血腥瑪麗。

我好像曾在什麼時候聽喜和子女士提過這件事，便試著搜尋存放在腦海裡的記憶。記得某個夏日，喜和子女士請我去她家喝美味的冷湯。當時她聊起了小時候的事。然後她露出不安的神情，略帶遲疑地這麼說：

「哎，妳自己小時候的事還記得多少？」

那是她想不起來的意思嗎？接著她盡可能講了自己記得的事，可是她好像不太有信心的樣子，辯解著說什麼可能有錯，記不太清楚了之類的。

不過如同對圖書館的事如數家珍，她對曾在木板房一起生活過的哥哥當然也是記憶猶新。印象中，當時她還跟我說她跟失散的父母親重逢後返回了宮崎。

「可是，怎麼可能完全沒有親兄弟姊妹的記憶啊？雖然不曉得她在木板房裡住了幾年，但最後不是聯絡上宮崎的雙親，把人接回去了嗎？」

古尾野老師聞言應了一聲，咕嚕一聲地灌下兌水的酒。

「當時我也聽到了。那時候喜和子、你、我三個人一塊兒在那個家裡吃那個人引以為傲的鄉土料理對吧？我記得喔。所以我有點驚訝。畢竟跟之前聽到的不一樣。她說得好像自己暫時跟雙親分開生活似的，雖然當下覺得奇怪，但那也不是需要特地更正的事。」

「她不是跟父母親一起來東京，不小心走失了嗎？」

「嗯，就是這點跟我知道的出入很大。她跟我說想不起來，不記得住在木板房之前的事。」

「會是宮崎的父母親沒告訴她小時候的事嗎？像我自己童年時期的記憶就大多是爸媽和姊姊轉述的。」

「我也不曉得，說不定我聽到的不是真的。不過現在也無從得知了。哎，到底是怎麼一回事啊？」

不知道的事就是不知道，再討論下去也沒用。我趁機從包包裡取出「としょかんのこじ」影本給兩人看。考慮到古尾野老師有老花眼，在酒吧昏暗的照明下可能不容易閱讀，雄之助便拿著影本唸出來。

「因為想洗個澡，我們打著呵欠來到外頭。」

聽完最後一句，老名譽教授輕輕笑了。

「不知怎地，總覺得有種自然流露的幽默感。不，應該是刻意安排的吧。雖然不怎麼高明，但感覺挺好笑的。」

「寫這個的是喜和子女士小時候一起生活過的男人嗎？」

大家評論完「としょかんのこじ」後，我從包包裡取出另一樣東西。

「今天五十森先生給了我這個。聽說夾在喜和子女士託他保管的書裡面。」

「喜和子嗎？」

「我還沒仔細看過。」

「跟大家一起看私信好嗎？」

「不，感覺不像私信。」

不過如果裡頭赤裸裸地寫著喜和子女士對五十森先生的愛慕之情，那可不得了。想到這裡，我也突然猶豫著要不要給兩人看，姑且遮遮掩掩地打開了信封。信封內裝著橫線活頁紙，上頭以極小的字密密麻麻地寫著什麼。雖然看起來像是喜和子女士圓滾滾的字，但鉛筆的字跡很淡，在Lounge Bar的照明下又不方便閱讀，我便果斷放棄當場讀信，從信封內抽出另一樣東西。

那是一張舊明信片。

收件人的地方寫著「いとうきわこさま」。*
寄件人是「瓜生平吉」。
「這會是什麼呢？」
我在兩人面前亮出明信片。古尾野老師擺了擺手表示自己沒辦法看，於是最年輕的雄之助伸手接過明信片。
唸完收件地址後，翻到背面正準備唸出內容時，他說：
「這啥呀？」
字體寫得較大，方便閱讀，連高齡的古尾野老師也讀得下去，可是上頭卻寫著許多莫名其妙的數字
而且最後還挑釁似地留下一句：
「這是猜謎遊戲。解解看吧。」
「這什麼啊？」
我也不由得脫口這麼說。
雄之助眉頭緊蹙地瞇起雙眼，看了看郵戳的日期。

* 註：即伊藤喜和子小姐。きわこ亦為本名貴和子的讀音。

「好猛喔，昭和二十五年十月耶。那是哪一年？一九五〇年嗎？」
「收件地址是宮崎嗎？」
「對。沒有寄件人的地址。」
「郵戳是哪兒的？」
「等一下喔，我看看。是上野，上野下谷郵局。」
「哎呀，就這附近嘛。」
「所以這個人是喜和子女士的哥哥囉？」
「可是名字跟童話的作者不一樣啊。」
「話說回來，這些數字是什麼意思？」
「讓我瞧瞧。我對這類玩意兒還挺在行的。」
古尾野老師一把搶過明信片，然後從胸口內袋裡掏出鋼筆，翻過杯墊抄寫明信片上的數字。
870・690・430・010・270・240・730・850
「大概要加起來吧。等等，我心算一下。——總共是4090。」
「沒錯。」
雄之助用智慧型手機的計算機冷靜地確認結果後，兩人緊緊地握了握手，卻還是完全不曉得4090代表什麼。

「不對。如果是加法的話，沒道理寫成０１０。這種東西通常是在玩諧音吧。」
雄之助提出自己的看法。
「はなれ、むくれ、よされ、おいれ、ふなれ。」*
他開始胡唸一通。
「每組數字最後都是0，我猜0可能不用唸吧。」
這麼斷言後，他便不再作聲。
「花、削皮、汙漬。致謝、菜、西邊。海浪ＧＯ！」
喝醉的古尾野老師硬接下去，不過整句話卻依舊匪夷所思。
「話說回來，這樣寫0不就沒意義了嗎？」
古尾野老師嘀咕著說。
「０１０上面打了圈，這是什麼意思？」
「天曉得。」
「哎，看一下這邊跟這邊。」
「嗚哇，看不清楚。」

＊ 註：這邊取每個數字開頭的讀音。

寫著數字的明信片底下似乎可以看到「謎底」兩個極小的字，不過由於紙張泛黃破裂，後面的部分已經無從得知了。

兩人見狀澈底對明信片失去興趣，於是我又抽出喜和子女士那張寫著小字的活頁紙，不過因為環境太暗，終究還是沒辦法讀。

「這信封裡放的東西，八成都跟那個不曉得是童話作家還什麼的男人有關吧。我想應該也跟喜和子要妳寫的圖書館小說有關。」

古尾野老師這麼斷言。

「哎，妳就寫吧。這也算是為逝者祈福。」

面對他的再三叮囑，我也只能點頭了。

「對了，我從剛才就很好奇了，喜和子女士住過的木板房是在上野車站前面嗎？」

雄之助續了一杯果渣白蘭地，並抓起一顆下酒的花生扔進嘴裡。

「車站前面，是阿美橫一帶嗎？」

「不，是公園口那邊。就是有東京文化會館和國立西洋美術館的那一帶吧。聽說那裡原本是寬永寺的墓地。」

寬永寺一詞觸動了我的記憶。我突然有了把握，確信喜和子女士曾在那裡住過。

「雄之助好了解啊。」

「只是碰巧啦。有個藝大的朋友本來是念建築史的，後來不曉得從什麼時候開始轉而研究起社會史了。『葵部落』曾是那傢伙的研究對象。」

「葵部落？」

「寬永寺原本是德川家的菩提寺對吧？因為部落位在那片墓地裡，所以稱做葵之御紋的葵部落。」*

「聽起來好厲害，有種高貴的感覺。不過，那不是非法占據嗎？」

「名字取得很有品味呢。住在國有地或觀光勝地這種事，在戰後歷史上好像真的發生過。不曉得哪位知名劇作家就曾在姬路城崩塌的石牆上搭起木板房過活。」

「姬路城，那豈不是世界遺產嗎！？」

「那是登錄為世界遺產前好幾十年的事了。」

「不過姬路城在戰前就是國寶了吧？」

「所以說，這些地方同樣經歷過戰亂，也留下了戰後庶民們堅強活下去的痕跡。」

我跟古尾野老師驚嘆不已。

根據雄之助的說明，在戰亂中失去家園的人們自發性地形成臨時聚落，並一直存續到一九六〇年左右，之後在東京文化會館和國立西洋美術館興建時拆除。

＊註：葵之御紋為德川家家徽。

「聽說那部落很大，好像有七、八百坪。在某個時期之後還成立了自治會組織，形成一定規模的社區。戰後的違建一直留著總會給人一種魔窟般的印象，可實際上卻沒有這種感覺。我朋友曾經做過這類研究。」

如果是住過那裡的人，會不會認識或記得喜和子女士呢？我漫不經心地說。雄之助聞言答道：那也要喜和子女士真的在那兒住過。

之後我們聊起了跟喜和子女士無關的話題，好比雄之助的工作，以及古尾野老師充滿涵養的學識等等。

我之所以老覺得喜和子女士曾在那個臨時聚落住過，不單是因為想到她曾滔滔不絕地訴說著寬永寺在彰義隊一戰中化為焦土的故事，也是因為她曾斷然表示：

「上野隨時都能接納無處可去的人。」

不過我們在上野的酒吧並未繼續多聊。送喝醉後心情大好的古尾野老師回房後，我跟雄之助便各自叫了計程車回家。

回到家中，我習慣性地打開電腦畫面，檢查郵件。

因為已經很晚了，我打算明天再回信，便關掉郵件軟體，並順手打開 Facebook 頁面。

「Messenger」項目上出現紅色圖示，代表收到了訊息。

那是社群網路服務（ＳＮＳ）Facebook的「Message Request」功能，雖然有時是來自好友，但大多都是陌生人傳來「交個朋友吧！」之類的短訊。

我膽子很小，哪怕在ＳＮＳ上也不會跟陌生人「交朋友」。所以除非是現實生活中認識的人傳的，不然基本上我不可能會打開這個「Message Request」。不過也不曉得是誰想出來的，就算不特地打開，還是能看到最初的二十個字。雖然我小心到連這都不曾看過，當時我卻偶然動了打開來看的念頭。因為我才參加完「追思會」回來，「喜和子」這幾個字就正好映入眼簾。

那段訊息是這樣開頭的。

「您好，冒昧打擾。我是吉田喜和子的外孫女……」

夢見帝國圖書館・18　動物大騷動①

昭和十一年七月二十五日凌晨。

一隻美麗的雌豹，眼裡閃著黃綠色的光芒，從美術學校另一頭凝視著帝國圖書館雅致的三層樓建築。

當時黑豹距離帝國圖書館僅僅兩百公尺。

上野動物園與毗鄰的美術學校之間當然設有高聳的圍牆，不過她挑釁似地瞪視著那道牆後，便先轉身折回上野的森林裡。下一秒鐘，她突然加速奔去，並在圍牆前停下腳步，看似是在測試助跑距離能否跨越圍牆。

接著她悠然漫步於閑閑亭周邊，冷不防地渾身一震，輕盈俐落地跳到裡頭千川上水的明渠，從孔雀鳥舍後方鑽進暗渠。

這年五月她才剛從暹羅過來。她不像其他動物一樣白天總會出來運動場給人類小孩看，抵達日本以來甚至不曾踏出寢室一步。不過這晚飼育員擔心天氣太悶熱，到了晚上也沒關上寢室和運動場之間的隔板。

夜幕低垂時，她霍然起身，靜靜走向運動場。

她猜想自己可以從柵欄上方的小縫溜出去，等到白天活動的動物們都睡了，便抓準時機縱身一躍，在貓頭鷹驚愕的目光中悄然降落在柵欄外。

之後她在園內晃了好幾個小時。由於精神極度緊繃，難免累積了疲勞。加上窩在寢室裡太久，運動能力也略有衰退。

她鑽進暗渠，躺下來稍事休息。天空逐漸泛白，強烈的睡意席捲而來。

突然間，她察覺情況不對，倏地睜開眼睛，發現自己正遭到追捕。人類來到暗渠試圖抓她。通往地面的出口早已被封鎖了。

強烈的燈光直射她的眼睛，石油的燻煙襲罩了暗渠。移動的牆板節節逼近，將她團團包圍。

她望向頭上。那裡有個圓洞，從中看得到藍天。沒有其他辦法了。繼續待在暗渠的話，不是被牆板壓扁，就是被火燒死。她下定決心奮力跳出洞口，強烈的陽光頓時射進眼裡。

洞口上方也設置了柵欄和網子。她咬牙切齒地發出嗚吼聲。

結果她又回到了那間寢室。

——以上是從黑豹角度觀看昭和十一年三大事件之一「黑豹脱逃事件」的事發經過。

人類方鬧得不可開交。

「重磅大戲！生擒黑豹篇　經過一番水深火熱　最終出現一名勇士　發揮神力以擠粉條戰術贏得勝利」

讀賣新聞也刊出慶祝的標題。

順帶一提，所謂「擠粉條戰術」即依照下水道暗渠的大小製作盾板，進而將黑豹推擠出來。負責推盾板的原田國太郎有好一段時間被奉為英雄。想當然，距離動物園不到兩百公尺的帝國圖書館也因此成為話題焦點。

可是沒有人知道，就在她被粗魯地趕回寢室的幾個小時後，當上野森林迎接另一個夜晚時，勇敢的黑豹與知性的大象花子之間有過一段重要的對話。

「妳在嗎？還醒著嗎？」

花子對黑豹說。由於長長的鼻子裡蓄著空氣，她的聲音總是有些含糊不清。

「花子也真是的，別忘了我可是夜行性動物啊。」

「對喔，我都忘了。大概是因為有點睏了吧。結果如何？」

「很難。得跨越高聳的圍牆才行。雖然我辦得到，但妳一定不行。」

「是啊。而且外面也沒辦法盡情奔跑。」

「人類四處興建又大又硬的建築物和地面。小傢伙勉強還行，大隻的就很難了。」

「不要老把大隻掛在嘴邊啦。」

「又不是只有妳。反正不可能逃脫啦。」

「是嗎。真傷腦筋。大家都很不安呢。雖然人類沒發現，但我們動物都知道危險已經逼近了。」

「是啊，真的好可怕。危險就迫在眉睫了。」

「我們必須從現實面考量，想辦法讓自己活下去。」

「又能怎樣？這裡不是叢林，活下去有什麼意義嗎？」

黑豹嘀咕著。花子聞言也輕呼一聲表示抗議。

「這個國家即將開戰，上野的天空遲早也會落下炸彈。到時人類會想出什麼呢？一想到這裡，我嚇得身體都要縮水了。就算沒能活下來，我們還是有尊嚴的。我才不要因為那些人的關係平白喪命。——所以我希望妳出去時能順利脫逃。只要出得了圍牆，總會有辦法逃走的。不過既然行不通，那就只好重新思考了。為了避免遇害，我們必須通知人類，叫他們想點法子才行。」

黑豹在黑暗中閉上眼睛。

「察覺危險逼近的就只有我們動物。妳想思考的話，還是有時間的。」

「雖然不多就是了。」

花子緩緩晃著鼻子，在自己寢室的角落躺下。

「無論如何都要思考。」

然後花子也闔上了眼簾。

光是喜和子女士有女兒就已經夠震撼了，知道她有外孫女時，我又嚇了一次。不過，喜和子女士的女兒祐子跟我大概相差三歲，就算有兒女也不足為奇。

外孫女的名字叫紗都。

在最初的訊息中，她簡單提到「聽媽媽說」我跟喜和子女士有深交，並表示自己讀過我的書，也在飛機上看過那本書改編的電影。因為發現彼此之間有共同好友，便試著跟我聯絡看看，希望可以互加「好友」。

美其名為共通友人，其實那位 Facebook「好友」跟我也只是在某場活動上交換過名片的關係，不過面對喜和子女士外孫女的主動聯繫，我沒道理拒絕。雖然對祐子印象不太好，但紗都小小的圓形大頭照感覺有點像她外婆。

我們傳了好幾次訊息。她住在仙台，是任職於建築維護公司的技術人員。一問之下我才知道她今年二十二歲。喜和子女士的外孫女已經是個優秀的大人了。

想到祐子的名古屋貴婦氣質，我難免有點好奇女兒為何會隻身一人遠赴他鄉從事這麼古板的行業。於是我問她，妳母親不反對妳離家去仙台嗎？結果她這麼回覆：

「我高中在這邊唸完全住宿制的學校，雖然就職時已經不反對了，但上高中時吵得很兇呢。」

之後我們就經常聯絡了。

跟紗都傳訊息很開心。雖然沒特別聊什麼，但我總覺得這是喜和子女士留下的緣分。

二〇一五年夏天，我跟她終於見面了。

「我打算暑假去東京。剛好東京文化館有『魔笛』的演出，就索性買票了。雖然完全不懂歌劇和古典音樂，但我非常喜歡『魔笛』，想著有機會一定要看看現場演出。不介意的話，要不要在哪裡碰個面呢？」

訊息中這麼寫道。

她訂的是週六午場的票，於是我們決定這天一起吃晚餐。

當我在國立西洋美術館旁的公園服務中心前滑著手機等候時，一位留著小男生頭的嬌小女性從觀賞完歌劇的人潮中往這邊走來。認出我後，她輕輕點頭致意。麻質襯衫底下搭配的是白色九分褲和包頭淑女鞋。可見她是個喜歡簡約風格的人，一點也不像外婆和母親。

我們去上野精養軒吃紅酒燉牛肉。

此時紗都聊起了意想不到的話題。我這才明白她聯絡我是為了說這個。想必紗都早已決定要當面講吧。

「我跟喜和子女士只見過一次。表面上。」

紗都以名字稱呼外婆。

「表面上？」

「是的。」

紗都笑了笑，以白色餐巾按著嘴角。

「外公過世後，喜和子女士曾回去宮崎一趟。聽說是為了處理遺產相關手續。後來我才知道是辦理放棄繼承。外公在遺囑裡好像也留了點錢給喜和子女士，不過那是怕什麼都不給會讓人說閒話，所以數字遠比妻子的法定繼承額要少。至於喜和子女士是怎麼想的，現在已經無從得知了。」

「所以妳說的表面上是指處理繼承事宜那次嗎？」

「對。十年前我十二歲。喜和子女士在我家過夜時感覺很不自在，不過我們很合得來。」

「喜和子女士跟紗都嗎？」

「喜和子女士大概待了三天左右。這段時間她總是等我放學回來，然後一起去散步。去補習班時也跟著，一直等到結束，回家路上還買零食給我吃，感覺就像朋友一樣。」

「那就是表面上的一次嗎？」

「是的。離開時，喜和子女士偷偷塞了張寫著住址的便條紙給我。聽說她沒有電話，我嚇了一跳。其實直接寫信就行了，可是因為不習慣，我就懶得寫了。不過，我在十三歲時離家出走了。」

「離家出走？」

「對。哎，發生了很多事啦。」

我回想著祐子的臉。

一方面覺得有那種母親肯定很讓人窒息，再想到女兒離家出走時呈現半瘋狂狀態的祐子，我更意外眼前這位沉著冷靜的二十二歲女性意志如此堅強。畢竟她十三歲離家出走，十五歲還隻身一人進了東北完全住宿制的高中。

「離家出走時我來到東京，去了喜和子女士的家。因為我也沒有其他人可以投靠，手邊又只有住址。」

「喜和子女士家？」

「是的。印象中離這邊不遠。」

「妳去了谷中的家嗎？」

「是谷中嗎？記得是在叫上野什麼的號誌附近。」

「上野櫻木？」

「可能吧。」

「妳去過那個家？那個小巷子底的木造房子？」

「對對對。那是私底下的拜訪。」

「妳說十三歲，所以是距今九年前囉？」

「是啊。」

「為什麼喜和子女士沒跟我說呢？」

「我的事不提也罷吧？當時她告訴我，有個小說家朋友在寫圖書館的故事。」

「妳那麼早就知道了？」

「然後我跟喜和子女士一起去了國際兒童圖書館。」

「真的嗎？」

「我們先去動物園，接著才去圖書館。她說她對圖書館有特別的回憶。」

「喜和子女士也真是的，她明明說翻修後就沒進去過了。」

「喜和子女士走到入口，卻沒有進去。可能是有其他事要處理吧。我一個人在裡面待了差不多一小時，好開心啊。」

「妳為什麼離家出走呢？」

紗都低頭笑了笑。

很憋。待在家裡很憋。

講這句話的紗都果然很像喜和子女士。

紗都的父親是入贅女婿，而祐子繼承了曾經是喜和子女士丈夫的人一手建立起來的家業。這位紗都要叫外公的人搭上高度成長期的建築熱潮發了大財，是個頑固寡言的大男人，怎麼樣都無法接受妻子離家出走的事實，堅決不肯答應離婚。

「結果，就當作喜和子女士生病住進遠方的醫院。雖然大人們八成都隱約察覺到真相了，但還是小孩子的我卻深信不疑，所以見到健朗的喜和子女士時，我真的嚇了一跳。」

紗都笑著說。

看到母親夾在外公跟他部下的丈夫之間沒有機會表達意見，只能靠著花錢打扮自己宣洩壓力，紗都覺得很憋，加上「青春期普遍的鬱悶感」作祟，便偷了母親放在衣櫃裡的私房錢，毅然決然地離家出走。

「錢我回宮崎就馬上還了。暗地裡還的。喜和子女士說這樣事情會很麻煩，就借我錢叫我還掉。結果之後我再也沒見過喜和子女士，所以一直沒能還她錢。」

紗都灌了口紅酒，將玻璃杯咚一聲地擱在桌上，稍微壓低嗓音說：

「其實今天約碰面是有原因的。在 Facebook 上聯絡您也是為了這個。」

喜和子女士過世辦完喪禮後，祐子便到相關單位辦理手續。最後去的老人安養院大概了解狀況，所以沒花多少功夫。不過儘管喜和子女士只留下為數不多的銀行存款，祐子仍為了繼承手續認真調查，結果發現載明喜和子女士出生日期的戶籍資料早在戰亂中燒毀。

「家母說因為十年前被外公的繼承事宜搞得七葷八素，一直以為非要拿到舊戶籍資料不可，不過我想應該不是這樣。」

「不是這樣？」

「我想家母大概是想更了解喜和子女士吧。總之，家母這才知道喜和子女士是養女。她在昭和二十五年被外曾祖父收養。」

「養女？」

「外曾祖父和外曾祖母在昭和二十二年結婚，也就是收養喜和子女士的三年前。更令家母驚訝的是，標註因婚姻除籍的外曾叔公的名字旁邊列著外曾祖母的名字。」

「什麼意思？」

「說起來有點複雜。外曾祖母原本跟外曾叔公結婚，外曾祖父第一任妻子去世後才成為繼室。」

「那當初跟她結婚的外曾叔公呢？」

「外曾叔公婚後好像把戶籍遷到了東京，不過這個戶籍已經不在了。」

「不在了？」

「外曾祖母再婚前的戶籍是在東京本鄉區，不過一問之下才知道，因為昭和二十年的戰亂，那個戶籍已經不在了。聽說區長有開證明書。」

「等一下，那喜和子女士的戶籍呢？」

「根據家母取得的資料，外曾祖父收養了外曾祖母的女兒，不過登記喜和子女士出生日期的那份戶籍卻燒毀了。」

「本鄉區是東大附近和根津湯島一帶嗎？」
「是的。所以喜和子原本可能在這一帶出生。」
我陷入一種非常奇妙的感覺之中。
眼前的年輕女性比親生女兒祐子更像喜和子女士。雖然個頭嬌小，卻不纖弱，肌肉柔軟有彈性，給人一種俐落靈敏的感覺。尤其那笑著品嘗美食的表情更讓我聯想到她。而且紗都身在喜和子女士最喜歡的上野公園，聊著圖書館和那間破木造房子的事。如果喜和子女士是在這一帶出生，那麼街景等於是跨越了好幾十年的時空，與她的人生緊緊相繫。
「妳今晚住東京嗎？」
我對紗都問道。
「對，住本鄉的旅館。」
「旅館？」
「是的。就在喜和子女士家附近。」
那間旅館離我們以前探訪樋口一葉家時去過的菊坂一帶很近。
隔天我去找紗都，兩人一起在令人懷念的街區散步。因為每個地方都留下了關於喜和子女士的回憶，跟外孫女並肩而行還挺開心的。我們走過曲折的小徑，登上夕暮步道，途中拐進公園裡歇一會兒，然後去看喜和子女士家所在的地方，接著又爬上寺町坂，在轉角的店裡喝咖啡。

「我不太了解喜和子女士。十三歲時我都自顧不暇了，所以只能輾轉從別人口中得知她的事。」

紗都換上牛仔褲和運動鞋，穿著薄運動連帽衫，臉上脂粉未施，看起來就像個高中生。

「家母說不定也是這麼想。喜和子女士過世後，她好像有點後悔的樣子。」

「祐子小姐嗎？後悔什麼？」

「可能是後悔沒能跟她多講講話、好好相處吧。不過家母還是全怪在喜和子女士頭上就是了。」

「畢竟喜和子女士什麼也沒說就離開啦。」

「話是這麼說沒錯，不過那時候家母已經是大人了，而且應該也有辦法聯絡上喜和子女士，犯不著把她一個人當壞人。畢竟想離開那個家是很正常的事。」

聽說喜和子女士在祐子十八歲時離開家裡。雖然十八歲算不算大人還有待商榷，但感覺紗都在那個年紀就已經很成熟了。紗都沉默了一會兒，表情看來似乎是想到了不愉快的事。她就這樣默默喝著咖啡。

我決定稍微轉換話題。

「『魔笛』怎麼樣啊？」

紗都不解地抬起頭來。

「昨天的演出如何？我也喜歡『魔笛』。早知道有演出的話，我就去了。」

「非常精彩喔。雖然在電影院或DVD看過，但我是第一次現場欣賞歌劇呢。我喜歡上歌劇的契機是小學時，學校體育館裡舉行了一場音樂會，當地演奏家表演了給兒童看的精華版。我最喜歡的還是夜后的詠嘆調。為什麼會唱成那樣呢？為什麼用那麼大的音量、那麼美的高音，唱著那麼黑暗的詞句呢？」

任誰一聽都能馬上聯想到的知名詠嘆調出現在第二幕。在那場戲裡，夜后將匕首交給了與塔米諾王子相戀的女兒帕米娜，要她殺了薩拉斯妥。

「復仇烈焰如地獄般燒灼我心嗎？」

「不只是燒，是燒得像地獄一樣。」

「歌詞是叫女兒殺了薩拉斯妥，不然就不認她對吧。」

「對。快殺了他，不然我就跟妳斷絕關係。超凡的技巧卻唱著這類歌詞。那歌聲美得宛如女神，完全不像人唱出來的聲音。」

「好聽嗎？」

「昨天嗎？真是棒呆了。不過，為什麼莫札特會寫這種歌劇呢？」

這回換我不講話了。紗都接著說：

「那是母親和女兒的故事吧。女兒擺脫母親的束縛，得到了幸福。當初看的時候，我以為那是在講自己和家母。不過最近我開始覺得那可能也是家母和喜和子女士的故事。」
「喜和子女士嗎？」
「當然，喜和子女士跟夜后完全不同。」
「她不是那種會把匕首交給女兒，強迫人家復仇的人嘛。」
「是這樣沒錯，不過家母有點可憐。」
「——祐子小姐嗎？」
「她一直覺得自己不被母親所愛。我說要離家考高中時，雖然家父也不贊成，但家母更是強烈反對，我還以為自己會被殺掉呢。」
雖然言詞激烈，但紗都卻靜靜地再度啜飲著咖啡。
「家母暴跳如雷地說，大家都扔下我走了。後來我才知道，大家是指我跟喜和子女士。照理來說，喜和子女士也吃了不少苦頭，不過因為她不吭一聲地走，導致家母無法好好消化這一切。我認為家母應該再多了解喜和子女士，然後跟她和解。」
喜和子女士是什麼樣的人呢——。
倘若紗都這位年輕女性沒找上我，我自己可能也不會想要更了解喜和子女士吧。
許久沒來谷中一帶了，外國觀光客好多。
不過，我總覺得喜和子女士好像會突然從某條巷子裡冒出來。

結束了堪稱「喜和子女士因緣之地巡禮」的散步後，我倆來到國際兒童圖書館。閉館時間是下午五點，我們及時趕上了。入口旁立著紀念小泉八雲的銅像。

紗都湊上去看了看，笑著說：

「哎呀，真可憐。感覺好像很熱呢。」

那尊銅像是詩人土井晚翠為了替早逝的兒子實現心願而建造的。六角柱的基石正面嵌著小泉八雲的浮雕，臺座上是天使圍繞著水瓶的奇妙塑像。的確，天氣熱的時候，這些天使看起來倒也不是不像口渴的孩子。

當下我甚至產生一種錯覺，彷彿小時候的喜和子女士就在圍繞著水瓶的孩子們當中，害我嚇了一跳。

眼前這位二十多歲的女性告訴我十三歲離家出走、投靠外婆的事。這個人遺傳了她的基因，讓我不禁猜想，我所不知道的年輕時的她，是否也有相似的神韻。在年紀更小的照片上，紗都看起來是不是很像四、五歲時的喜和子女士呢？腦海裡突然建構出一幕不同於幻影或幻覺的奇妙畫面，我彷彿看見年幼的喜和子女士爬上六角柱，和其他孩子爭相撲向水瓶的噴泉，有種不可思議的感覺。

時值夏日，太陽依然高掛天空。館內有查閱資料的人和帶著小孩的家庭，他們正享受著遠比戶外酷暑來得舒適的美麗建築。紗都不時說著對對對，這裡有來過、感覺好像變得不太一樣了、又蓋了新建築啊，好厲害喔之類的話。在館內晃了一會兒後，她坐到擺放在「兒童區」的圓桌旁，放鬆地露出懷念的表情。

在白牆顯得十分刺眼的寬敞空間內，我始終甩不開在入口處時宛如幻象般突然出現腦海的小喜和子，一心想從紗都身上找尋外婆的面容，不過紗都本人卻從書架上抽出繪本翻開來看，悠悠哉哉地享受著圖書館的時光。

在閉館廣播的催促下，我們離開了圖書館。紗都回頭仰望那座三層樓建築，依依不捨似地瞇起眼睛。

「我想到喜和子女士帶我來的那天。對來自鄉下地方的國中生來說，這裡真的充滿了驚奇。真不愧是東京，驚死人唷。」

「什麼？」

「是鄉下地方的用語啦。意思是嚇死人了。」

原本字正腔圓地說著標準語的紗都突然冒出一句方言，讓我忍不住跟著笑了出來。

「早知道可以免費進來這麼漂亮的地方，還能盡情看書，我一定會來這兒，才不去什麼學校呢。」

「哎呀？紗都不喜歡學校嗎？」

「一點都不喜歡。就是因為家裡和學校都待不下去，我才會離家出走啊。」

「這樣啊。」

「回家後不久，喜和子女士寄了明信片來。上頭寫著『有朝一日在圖書館相會』，我現在還留著喔。雖然在圖書館沒能見到喜和子女士，但我又見到了圖書館。其實隨時都見得到，畢竟就在這裡嘛。堅固的建築物真不錯，比人類要長壽得多了。」

「『有朝一日在圖書館相會』，這什麼隱含決心的用詞啊？她是覺得有紗都陪伴，就有辦法進來嗎？」

「這句話有那麼深的含意嗎？」

「總之，喜和子女士很長一段時間都沒進過這座翻修過的建築物。」

我們走在公園裡，邊聊邊往上野車站前進。她當天要回仙台，已經買了新幹線的車票，不過離發車還有一點時間，我們便坐到大噴水池旁的長椅上。我跟喜和子女士就是在這裡認識的。正要開口時，我突然意識到這件事已經跟紗都講過好多次，不禁暗自苦笑起來。

「雖然家母一直記恨喜和子女士離開家裡，但換作我是喜和子女士，我想我應該也會做出同樣的事。」

紗都看著噴水池，以略為堅定的口吻說。或許她來東京就是為了說這個吧。

「家母說外公是老古板，這也是沒辦法的事，不過怎樣算老古板呢？說什麼以前的男人都像那樣，就是不肯告訴我外公具體做了些什麼。還說這跟妳無關，知道了也沒用。最終我明白了。原來以前男人會做的事，外公全都做了。」

「以前男人會做的事？」

紗都直視著我的眼睛，點了點頭。

「聽到這句話，您會想到什麼？」

「這個嘛，不外乎就是以前男人可以怎樣怎樣那些男尊女卑的陋習吧。」

「我也這麼想。外公幹盡了那些事。」

「所以是——」

「在外面有女人或打人之類的。」

「是喜和子女士告訴紗都的嗎？」

「當然不是。家母也沒說。她鬆口透露都是千篇一律的那套，像是外公不會講話，往往動手比動口快，因為不擅於表達，動不動就大吼大叫之類的。家母說外公不是壞人。這種說法也很常見呢。什麼他不是壞人，只是個性軟弱等等。外公也覺得愧疚，每次吵架後總想買些昂貴的衣服包包作為彌補，可他雖然已經盡力示好了，外婆卻堅持不肯接受。」

我看著噴水池，再度陷入一種奇妙的感受之中。

宮崎時代的喜和子女士跟我認識的她差太多了。不，不對。就因為是她，才有能力逃走吧。

不過我認識的她已經逃離巨大的壓迫，建立了自己的世界，過著自由奔放的生活，跟過往的她落差太大了，我怎樣都連結不起來。

就我所知，喜和子女士的精神世界充滿了獨特性，然而被形容為「老古板」的丈夫儼然就是個典型家暴男。這兩者完全互斥，兜不起來。矛盾感壓在心頭，我忍不住深深嘆了口氣。

這也是因為除了與她生前往來的回憶外，當時我已經有過另一個深入窺見她內心的重大體驗。雖然喜和子女士豐富的內心世界可能是愛看的小說和故事耕耘出來的，但我認為主要還是源自於孩提時期的經歷。所以得知兒時培育出豐富心靈的喜和子女士在婚後所面臨的現實，我不禁心生強烈的違和感。

老實說，我帶了一樣東西來見喜和子女士的外孫女，卻不曉得要不要拿給她看。

那就是五十森先生在「喜和子追思會」當天交給我的信封裡的活頁紙影本。

雖然敘事順序有點混亂，但那天在上野的旅館酒吧跟古尾野老師和雄之助喝完酒回家後，碰巧收到了紗都傳來的訊息。想當然，之後沒多久我就看了那份活頁紙。

我原本以為內容會是自言自語之類的東西。

畢竟除了偶爾收到的明信片外，我從未讀過她寫的文章，而且過往回憶主要都是跟開朗又有點無厘頭的喜和子女士一起開開心心地聊天，所以我以為那封信寫的就跟以往的對話一樣，彷彿唸出來就能聽見她的聲音。好比「哎呀，我也真是的，怎麼寫成這樣了。其實用講的比較快，不過因為老是碰不到面，我想趁下次見面前把想講的話先寫起來。關於上次談到的，我之所以想寫圖書館的故事——」等等，諸如此類。

然而活頁紙上密密麻麻的橫式書寫文字，卻不是一封喜和子女士口吻的信。那像小說，又像回憶錄。文章裡描述了本人從未提及的情景，彷彿揭示著喜和子女士的內心深處，令我非常驚訝。

我直覺認為，這輩子她不曾告訴任何人寫在這些活頁紙上的內容。

當然，就是因為聽她零零散散地提過些什麼，我才會覺得這是她的回憶錄，抑或是根據回憶寫成的小說，不過我猜喜和子女士八成把兒時記憶深深埋藏心中，不曾拿出來跟任何人說過。想到這些可能是不曾對家人透露的記憶，又或者正因為是家人才不曾提及，我更無法忽視僅念在朋友和作家身分就將它託付給我的事實，所以我難以斷定是否該拿給身為外孫女的紗都看。

不過喜和子女士的外孫女為了了解她特地來到這裡，而且我們正好在認識喜和子女士的地方交談。得知紗都來是為了履行「有朝一日在圖書館相會」的約定，我突然覺得自己存在的意義就是把故人留下的訊息交給眼前的她。

「紗都。」

紗都笑著望向身旁的我。

「紗都想更了解喜和子女士嗎？」

「是啊。應該說想更互相了解彼此吧。畢竟我們只見過兩次，小時候也沒好好聊過。不過，我對她是有一份特殊的情感在。每次下定決心採取什麼行動的時候，喜和子女士總是在我心中支持著我。」

「祐子小姐也想了解喜和子女士嗎？」

「雖然家母沒這麼講，但她常把不想知道、不知道也沒差之類的話掛在嘴邊。尤其知道戶籍已經沒了之後，她就再也沒說什麼了。」

「是嗎——」

我知道的事沒道理不讓紗都知道。

我告訴她喜和子女士有段時間曾和家人分開，在上野一帶跟沒有血緣關係的人一起生活，後來才被生母接回宮崎。

雖然這些事是從喜和子女士和古尾野老師口中得知的片段拼湊起來的，但紗都卻安靜地聽著。

「那個沒有血緣關係的人是怎樣的人啊？為什麼喜和子女士會跟那個人一起生活呢？」

「不曉得。古尾野老師說喜和子女士自己也不清楚。說是不記得了。」

「古尾野老師是？」

「啊。」

雖然覺得早晚都要講，但我不確定該不該現在告訴她古尾野老師是外婆的情夫。

「是我跟喜和子女士的共同朋友。」

所以我只透露了這點訊息。

「去了宮崎以後，她跟一起在上野生活過的人就沒再聯絡了嗎？」

「畢竟當時她還是小孩子嘛。也不曉得是起初還有聯絡，後來才不知不覺斷了音訊，還是一開始就幾乎沒聯絡。喜和子女士非常珍惜手上的舊明信片，還把它留給了我呢。」

「明信片？」

「對。要看嗎？」

由於明信片太舊了，不適合隨身攜帶，我便事先影印了一份，把它拿給紗都看。就是列了一些數字，還寫著「這是猜謎遊戲。解解看吧」的那張。

先前談論喜和子女士時，紗都的神情顯得有點嚴肅，這會兒卻突然眉開眼笑。

「雖然完全看不懂謎題，但這個人挺好的嘛！」

她說。

「瓜生平吉？這個人就是曾和喜和子女士一起生活過的人嗎？」

「可能是。郵戳是上野的，時間點也吻合，而且喜和子女士非常珍惜這張明信片。不過因為只有這張，之後也不曉得還有沒有繼續聯絡。」

「他究竟是怎樣的人呢？」

我就自己知道的範圍內解答紗都的疑問。

那個人想寫一本叫「夢見帝國圖書館」的書，而且可能是《としょかんのこじ》的作者，不過《としょかんのこじ》的作者名叫城內亮平。喜和子女士要我寫的八成是收留喜和子女士的那個人寫過，又或者想寫的東西。

「真不可思議。總覺得好像不斷看到喜和子女士陌生的一面。」

紗都雙手托腮，陷入沉思。

「我說的這些會很奇怪嗎？」

「不不不，一點都不奇怪。不過感覺很神奇。回家後我再仔細想想。」

這麼說完，紗都看了看手上的錶。

「我差不多該走了。」

然後她站了起來。

臨走前她用智慧型手機的相機拍下猜謎明信片的影本，說要當作紀念。對了，這年頭根本不用影印，也不必帶在身上，只要拍下照片就好了。我不禁暗自反省。

現在已經沒時間詳細解釋了，我打算之後再慢慢傳訊息跟紗都聊，等做好心理準備時，再把活頁紙的內容直接拍給她。況且喜和子女士的字那麼小，放大後也方便閱讀。

我到上野車站目送紗都離開。

「我會再來的！」

她說。

我在回程巴士上取出活頁紙影本打算重看一次，卻再度栽在字太小這點上。

這時我突然有個想法。回到家後，我把影本放在旁邊，一字一句地完整打進文字處理軟體裡。

放眼望去，鐵皮屋頂綿延不絕，當時孩子們尚未發現那冠上御紋之名的稱呼實為揶揄譏諷，只覺得那一隅是廣大的聚落，不管外人如何看待，對居民來說，那裡雖小，卻洋溢著幸福的朝氣，就如同榎本健一演唱的〈我的藍天〉，入口附近有一架蹺蹺板，樹上垂掛著不曉得是誰用木片和粗繩綁成的鞦韆，流著鼻水的小孩常跑去玩，蹺蹺板最多一邊坐四人，一邊坐三人，當屁股猛力著地，年幼的孩子差點被拋出去時，年長的孩子就會把人抓住，並繼續往地面一蹬，於是身體再度騰空懸浮，內臟好像飄起來一樣，有種又癢又怪的感覺，讓人好想一直玩下去，鞦韆也要排隊輪流，很少有機會可以一個人慢慢盪，由於孩子們經常踩踏，這片空地連雜草都長得稀稀疏疏，秋冬時節一颳起乾燥的寒風，緊鄰這個孩童遊樂場的鐵皮屋頂頓時嘎吱作響，擺在路邊的水桶翻覆傾倒，晾在歪斜屋簷下的衣服如國旗般隨風飄揚，一不注意很有可能會飛到其他地方去，一旁的旅館老闆娘說今天冷得叫人瑟瑟發抖，做起碰水的工作真不好受呢。哥哥靈活地伸腳擋住翻倒的水桶，在旅館老闆娘面前放下剛打滿水的一斗罐，笑說風這麼大，衣服馬上就乾了，這不是很好嗎？打水人是這一帶特有的行業，哪兒有土地就往哪兒蓋的房子沒有方便的自來水，而且這裡是墓地，不能隨便掘井，儘管擅自住在墓地裡，他們還是謹守著分際，總之，公園裡有片成年男性得走上百步才能登頂的高地，如果是小孩的話，恐怕要花兩倍的步數吧，高地上僅有的一口水龍頭總是大排長龍，白天認真幹活的人沒時間力氣去打水，於是不知不覺間出現了打水人這種奇妙的行業，也不曉得是怎麼回事，這一帶每天的用水量多到需要臨時雇用打水人，與其說打水人，哥哥更像什麼都幹的雜工，哥哥說解決大家的困難也算是他的使命，令我深感敬佩，有時他會去工地現場，有時則在車站晃蕩，幹些類似賣黃牛票的勾當，不過大多數時候他都無所事事待在家裡，拿鉛筆在報紙廣告後面不斷寫些什麼，並聲稱那是在「工作」，結果小哥哥覺得哥哥是假認真，常常氣得破口大罵，動手摔東西，警告他不工作就滾出去，看到這種情況，即便小孩子也知道小哥哥才是維持家計的人，而且除了總是一身軍人打扮的哥哥外，體型纖細、留著長髮、嘴唇抹著口紅、身穿華麗和服的漂亮小哥哥也從軍過，家中權力關係自然不言可喻，真要說起來，我跟平常照顧我的哥哥更親，雖然小哥哥皮膚白皙，生了一張鵝蛋臉，有時看起來像個女人，但他脾氣暴躁，還會動粗，對小孩也不客氣，不過那可能是因為小哥哥總是清晨才回家，累到直接倒頭就睡的關係，而這也證明了小哥哥正是家中的經濟支柱，因為疲累時特別受不了孩子吵吵鬧鬧，他才會老是對我那麼兇吧，現在回想起來，其實小哥哥人也算不錯，每逢夏天酸漿產季，只有小哥哥能夠慢慢把酸漿搓軟，拿牙籤挑出種子，仔細洗乾淨後從小孔灌進空氣，放在下脣上咻嚕嚕地吹著玩，這種時候大哥哥就不見平常的耐心從容，動不動就把皮弄破，而小孩子手不靈巧，做不來精細的活兒，所以我好幾次央求小哥哥做酸漿笛吹給我聽，或許那時候不怎麼累，小哥哥得意洋洋地做好酸漿笛，一邊咻嚕嚕地吹著，一邊以奇怪的眼神瞅著哥哥，不屑地說連這都做不好，其他事就更甭提了，畢竟做生意得靈活運用舌頭嘴脣啊，雜工哥哥和晚上工作早上回來的小哥哥在旅館旁共組家庭，許多幹粗活的男人住在那家名叫客棧的旅館，應該說只是當睡覺的地方，大概有四、五十人左右吧，其他不曉得有沒有隔間的鐵皮屋頂長屋裡住著夫妻和有小孩的家庭，長屋密密麻麻地擠在一起，像京都那樣形成整齊交錯的巷道，意外有種井然有序的感覺，開雜貨店的夫妻身體不好，有一次託另一位不是哥哥的外人雜工顧店後，兩人便去了醫院，一個月都無法離開，等到回來時，那個顧店的男人早已把店裡的商品洗劫一空，這種情況經常發生，夫妻倆為此吵得很兇，有一次丈夫吼著妳知道這種情況在大陸話裡怎麼說嗎？叫光無一物，什麼都沒有的意思，妻子反駁說你發音錯了，哪是光無一物，是空無一物啦，因為聲音太大，講話有故鄉口音的大哥哥好言相勸，對店裡被洗劫的夫妻說那叫空囉嗦啦，*不過在場沒有人明白那是什麼意思。之後有段時間別人都叫哥哥空囉嗦先生，另一方面，雜貨店夫妻為了去醫院，最後決定半年開店，半年休息，除了雜貨店以外，還有魚鋪、可樂餅攤、餐廳、終於可以提供自由販售酒的酒鋪，麵店在賣一種叫長麵的烏龍麵，深受吃飯很快的下人喜愛，居民也是形形色色，有油漆工、通俗繪圖小說書商、粗工、擦鞋匠、木匠、撿破爛的、擅長裝可憐的瘦弱男子和慫恿客人掏錢的高個兒暗樁搭檔，颳風下雨時，屋頂總會發出很吵的聲音。孩子們也時常幫忙撿菸頭蒐集菸草，或到工地、廢墟和河裡淘挖金屬，不管去不去學校都忙得很，不過由於身為監護人的空囉嗦哥哥依然是個遊手好閒的廢物雜工，跟他相處的時間自然比跟其他孩子多，哥哥趴在地上用廣告紙背面寫東西時，我總是跨坐在他背上，順勢趴下去睡個午覺，也很常在哥哥揹著我出門的時候睡著，我問哥哥每天都在寫些什麼，他說當然是在寫夢見圖書館啊，然後哥哥也不管我聽不聽得懂，開始仔細地講述故事內容。

逗號不斷的長文到這裡終於畫上句點，後面接著數字（２），開頭只寫了「哥哥」兩個字就

＊註：雜貨店夫妻吵架這段使用的大陸話カンカン、グワングワン為中文讀音，這裡譯為光無一物、空無一物，大哥哥講的ぱーぱー則是日本名古屋方言，這裡選擇以臺文空囉嗦呈現，同樣是空蕩蕩的意思。

沒了。看來最初的句點前是第一章，後續的第二章才正要開始寫，喜和子女士就過世了。

活頁紙的文章裡雖然有幾處修正的地方，但基本上都很乾淨，可能是先想好才寫，又或者是在哪裡寫完草稿再謄寫上去吧。

寫這篇文章時，喜和子女士顯然心裡惦念著最喜歡的樋口一葉。也不曉得是刻意模仿，還是傾慕之情使然，風格才會這麼相似。不過話題越來越偏的部分和人物語氣的塑造都有種幽默感，很有喜和子女士的味道。雖然跟她當初想的白話書信體截然不同，但讀著讀著，彷彿可以感覺到喜和子女士正在對我說話。

我想到，帶喜和子女士認識樋口一葉的就是「大哥哥」。擅長說故事的哥哥把《青梅竹馬》講得生動有趣，令喜和子女士畢生難忘。

不過「空囉嗦哥哥」也就算了，我幾乎沒聽她提過「留著長髮、身穿華麗和服的小哥哥」，而且她講話也不曾使用偶爾穿插文中的那些標上黑點、看似隱語的詞彙。沒標黑點的也是。雖然猜得出撿菸頭的意思，但不少古早用語卻讓我看得滿頭霧水。

雖然猜得出「モク拾い」是撿菸頭，但像「モク剝き」、「ホリヤ」、「ヨナゲヤ」、「ショバヤ」、「プーバイ」就不曉得是什麼意思了。*

喜和子女士可能是邊寫邊回憶以前跟親生父母失散，或因為某些緣故被寄養後，在上野車站附近的木板房裡度過的那段時光吧。每次喜和子女士叫我寫圖書館的故事時，我總跟她說不用拜託別人，自己寫就行了，想不到她竟然真的寫了。不，記得第一次去老人安養院拜訪她時，她說已經在寫了，原來就是指這個啊。

我又回想起那時喜和子女士突然非常嚴肅地說：「如果我死了，可以幫我把骨灰灑進海裡嗎？」看到平常瘋瘋癲癲的人難得這麼認真，當下我有點驚訝，不過想到紗都說過的那些關於她丈夫的事，我不禁感慨萬千，心痛不已。她肯定不想跟死去的丈夫葬在一起吧。

我從喜和子女士留下的短文裡精準地拾取每一個字。為了方便自己閱讀，我小心翼翼地打字，免得不小心誤植。因為這個緣故，那篇文章我讀了好幾遍。後來閉上眼睛，腦海裡甚至浮現前所未見的景象。

狹窄的木板房櫛比鱗次，孩子們在空地嬉戲玩耍。穿著軍服的大哥哥趴在地上寫東西，小女孩像小烏龜一樣坐在他背上打盹兒。到了早上，身穿女用和服的小哥哥回來了。

第一次跟我提起上野的木板房生活時，喜和子女士說兩位哥哥一個是復員兵，另一個從事特種行業，還說那兩人可能是一對。

---

* 註：喜和子文中常出現舊時的說法，為求閱讀流暢，譯文以意譯方式呈現，以下為字義對照。モク拾い：撿菸頭。モク剝き：拆解菸頭蒐集剩下的菸草。ホリヤ：到工地或廢墟挖零碎金屬。ヨナゲヤ：淘洗河底泥沙中的零碎金屬。ショバヤ、プーバイ：賣黃牛票。

當時我嚇了一大跳，覺得很荒唐，所以喜和子女士並未多說什麼，不過復員兵和疑似男妓的「晚出早歸」哥哥對兒時的喜和子女士視如己出，過著夫妻般的生活。在喜和子女士眼裡看來，他們或許不是普通朋友。但也不曉得這是回憶還是喜和子女士寫的小說，不能否定有可能是她的創作。

之所以沒馬上把喜和子女士的文章拿給紗都看，也是基於這層疑慮。當然，如今已經沒有人知道真實性為何，也不重要。不過如果家人看了這篇文章，應該有一定的機率當真吧。這樣一來，她們又該如何面對呢？紗都倒還好，想到祐子的臉，感覺她很有可能因為喜和子女士寫下這種東西而大發雷霆。

夢見帝國圖書館・19　帝國圖書館的掠奪圖書

昭和十六年十二月，亞洲太平洋戰爭爆發。戰爭在各地大肆掠奪各種東西。

帝國圖書館則是搶書。

當然，帝國圖書館不可能突然發生異象，自行跑到其他地方搶書，也不是圖書館館長或職員出於私慾搶書。不過作為帝國圖書館，總免不了要接收劫取而來的書籍。

昭和十六年十二月二十五日。

這天被稱做「黑色聖誕節」。

侵略夏威夷和馬來半島的同時，日本軍也攻打了菲律賓和香港。

這個聖誕節宛如一場惡夢，日本軍攻陷了香港。

張愛玲在《傾城之戀》中提到英軍歷經淺水灣等地的激戰，最終舉起白旗投降。日本軍占領九龍半島尖沙咀，設置軍司令部後，英軍在香港半島酒店簽下投降書。

之後過了三天。

一位大日本帝國陸軍士兵偕同其他約十名左右的士兵，來到香港大學馮平山圖書館。他們先封鎖圖書館，釘上寫著「大日本軍民生部管理」的木板，然後進入室內，四處搜尋要搶的圖書。

其實踏進圖書館內聞到熟悉的書香時，男人突然深陷思鄉之情，但他不能對同袍長官吐露。

比起男人被徵召前常去的上野帝國圖書館，這座三層樓建築規模要小得多了，不過進去後可以看到通往閱覽室的厚重木門，以及吸引人上樓的弧形階梯。圓潤的木製扶手仔細上了亮光漆，欄杆上綴有美麗的黃銅裝飾，沉厚的書架更是排列得井然有序，令長期行軍打仗的男人無比懷念。

馮平山圖書館有好幾面大窗，戶外的光線直直地照著書架。儘管有點擔心書籍可能因此受損，男人仍深深被杏眼狀的珍奇建築所吸引。雖然渴望在這房間裡多待一會兒，但聽到入口旁的書庫傳來些許叫嚷聲，男人立刻回過神來，重新握好步槍。

傳出聲音的房間裡堆著封上兩層鋅板的大木箱。

「總共一百一十一箱！」

計算數量的士兵大聲報告。

長官伸手戳了戳男人。於是男人靠近木箱，唸出寫在箱子上的英文收件地址。

「上面寫什麼？」

長官對男人問道。

「寫著美國，中國駐華盛頓大使收。Hu Shin 應該是中國大使的姓名。」

「中國駐美大使？」

長官眼露精光。

「而且箱子封得這麼嚴實，可見裡頭一定是貴重書籍。」

長官像是立了大功似地挺起胸膛宣告說：

「這一百一十一箱乃貴重書籍。故即刻起由我日本軍接手管理。」

搜遍了不怎麼大的圖書館後，士兵們便打道回府，不過男人卻感到依依不捨，不知不覺間變成殿後的人。正準備關門時，他突然看到一位男性中國人。

「你會英語嗎？」

那位中國人以英語發問。男人說會一點。

中國人聞言笑了笑。

「我將成為德川家康。日本人應該聽得懂吧，就是杜鵑的典故。*聽好了，杜鵑遲早將再度為香港啼叫。我會靜待那個時刻到來。你們必將自取滅亡，切腹而死。屆時我們很樂意接下斬首人的工作。」

男人並未把中國人夾雜著日語詞彙的流利英語放在心上，就這樣離開了圖書館。之後不到幾天，他便跟連隊同袍一起去了爪哇島。

所以他並不知道隔年日本軍馬上逮捕了那位中國人，即香港大學馮平山圖書館館長陳君葆，並將他押至參謀本部所在的香港銀行總行，命他製作貴重書籍目錄，然後在裝有貴重書籍的

＊註：該典故為日本戰國三大人物織田信長、豐臣秀吉、德川家康對於「杜鵑不鳴」的態度，德川家康回答「杜鵑不鳴，則待其鳴」，表現出善於等待的個性。

一百一十一個箱子外重新貼上「東京參謀本部公啟」的標籤送往日本。
那些貴重書籍經由陸軍省參謀本部和文部省之手，輾轉來到上野的帝國圖書館。
不過誰也不知道，箱中的貴重書籍一直渾身顫抖地忍受坎坷的命運。
箱裡的書籍們大聲哀號。
「我們以後會怎樣啊！？」
它們之中大多是遠從南京疏散過來的。南京國立中央圖書館擔心珍貴的古籍燒毀，或是流到國外，於是死命地將它們送來香港大學馮平山圖書館。眼看戰爭即將波及香港，這次又準備送去給太平洋另一頭的駐美大使胡適（Hu Shih）。
如今目的地再度變動，它們被送上了開往日本的船舶。
箱子內，東洋暨世界珍寶的古籍們無不唉聲嘆氣。
太平洋戰爭時期帝國圖書館的掠奪圖書總計十三萬兩百一十九冊（書籍六萬兩千兩百一十四冊，手冊及定期刊物六萬八千零五冊），其中從香港接收六萬五千九百冊，約占整體的一半。其餘四成來自中國大陸（城市不詳），剩下一成則是從新加坡、馬來西亞、泰國、荷屬印度尼西亞、緬甸、新幾內亞、索羅門群島、菲律賓等地搜刮而來的。

起先我讓谷永雄之助看喜和子女士的文章。用文書處理軟體重新謄過後，我把文件附在ＬＩＮＥ訊息上傳給雄之助。一來我猜他可能會感興趣，而且我也一直惦記著「追思會」結束後跟古尾野老師去酒吧時他說過的那些話。當時他提到有學者在研究喜和子女士住過的上野車站前的違建。

雄之助在工作繁忙之餘抽空回了訊息。

「我好像明白喜和子女士為什麼看到我穿女裝也不怎麼驚訝了。聽藝大時期的朋友說，那裡就是上野車站前的葵部落。他好像也有興趣，之後再介紹給妳認識。」

過了不久，雄之助邀我去參加某個活動。

是谷中舊民宅改建空間的非公開參訪。民宅有兩層，一樓咖啡廳不但提供使用天然食材的自助吧，也可因應需求作為活動會場。旁邊有兩間藝廊，二樓預計進駐小型服飾雜貨店。雄之助說朋友參與統籌這個新舊交融的空間，打算趁非公開參訪的機會讓我們見面。

非公開參訪從傍晚開始。

會場離喜和子女士曾住過的家不遠，地點更靠近千駄木一些。谷根千一帶不停地開新店家，許多年輕人聚集在這裡，逐漸成為東京文化的發源地。那間舊民宅建地不小，感覺以前應該住著小有名氣的人，咖啡廳的空間旁甚至還有個小庭院，不過屋前卻是遠離大馬路的小巷，讓我稍微想起了那個已經不在的家。

這天的活動邀請了記者和相關人員，咖啡廳裡精心陳列著小三明治、水果、起司等輕食，還開香檳招待賓客，藝廊空間安排了非洲民族樂器巫毒鼓的演奏。

雖然演奏家是日本人，但那樂器既像陶器又像水罐，演奏時以掌心從不同角度拍打，著實充滿了異國情趣。由昭和初期民宅改建而成的雅致空間內迴盪著砰、砰，嘟、嘟的獨特聲響，有種不可思議的感覺。

演奏結束後，人們吃著輕食聊了起來。這時，身材高䠷的雄之助帶著一位看似身手靈活的小個兒男性走了過來。雄之助身穿連身裙，腳踩高跟鞋，打扮得像個保守的千金小姐。另外一人則穿了深藍色ＰＯＬＯ衫配牛仔褲，皮膚以學者來說算黑，可能是經常外出工作的關係。他好像很受歡迎，許多人都跟他打招呼。雄之助擔心時間不夠，見他遲遲抽不了身，便硬拉著他過來，我看了不禁覺得有點好笑。

「這位是之前提到的小說家。」

總算過來這裡的雄之助開口介紹的同時，男性親切地說：

「啊啊，我最近在報上看過您的散文。大概是前天吧。」

這位有點娃娃臉的學者姓織部，感覺是個擅長掌握人心的人。

「話說回來，你們那位女性朋友大概幾歲呢？」

織部先生似乎很清楚這天要聊的就是這個，雖然態度親切，卻直接切入正題，不浪費多餘時間。

「雖然不知道確切歲數，但我猜過世時可能是七十歲出頭。」

「這樣啊。所以戰爭結束時大概三、四歲。」

「嗯——，或者兩、三歲？」

「那她在那裡住到幾歲呢？」

「這我也不是很清楚，不過被宮崎的父母親接回去後，她收到一張一九五〇年郵戳的明信片，我想可能是在那之前不久吧。」

「既然當時已經有記性了，應該是七、八歲吧。真想見見她本人呢。可惜兩年前去世了。」

我跟雄之助同時點了點頭。

「如果她還活著的話，我有好多事情想請教她呢。」

織部先生深感遺憾似地這麼說完，接著又說：

「這塊地域應該是戰後開始形成的，不過出現具體的社區是在戰爭結束後四、五年，在那之前是失去家園的人和戰爭孤兒自發性定居的場所。換言之，人口是到戰後局勢穩定了才開始增加。一九五〇年左右剛好是分界點。名為葵會的自治會於一九五一年正式成立。進行普查是在昭和二十八年，也就是一九五三年。自治會不但有健全的機構，還發行了報紙呢。」

「報紙！」

「沒錯。甚至有紀錄指出普查前那裡已經住著三名國家公務員了。」

「國家公務員！」

「雖然國家公務員稱不上窮，但整體來說，那裡無疑是低收入戶住的地方。普查結束三年後，臨時聚落北側一帶被燒毀，再也沒辦法住人了。」
「是火災嗎？」
「實際上好像是東京都強制執法的關係。畢竟隨著戰爭過去，生活變得越來越富裕，這種地方也不適合存在於東京中心了。」
「可是有人住在那裡耶？」
「我想應該是說服居民搬去其他地方的過程中，遷離期限就這樣過了。哎，真的很過分呢。後來東京都在燒毀的舊址蓋了棟名叫『竹之台會館』的建築物。雖然當初的用意是給這片土地的居民作為新居，但這裡卻變成了龍蛇雜處之地。」
「所以住戶不只是葵部落的人嗎？」
雄之助插嘴問道。
「最初遷入的住戶一年後就被趕走了。」
「被趕出那座新建築物？那不是都營住宅嗎？」
「不，嚴格來說，那只是臨時安置處吧。結果一年後，臨時聚落南側也被拆除，就此結束了葵部落的歷史。」
「之後過了兩年才蓋了國立西洋美術館。還有東京文化會館。」

「不過『竹之台會館』存在很久喔。雖然東京都希望住戶趕緊離開另尋住處，但有人賴著不走，也不斷有人遷入。裡頭甚至還有男妓宿舍，所以外界又稱之為『人妖長屋』。正式拆除應該是在一九八七年吧。」

「哎——，我們都已經出生了嘛。」

「沒錯。所以現在還有很多人對那裡印象深刻，原本葵部落的形象也連帶延續下來。不過從舊資料來看，那裡曾經有過非常健全的自治組織。哎，畢竟是那種時局，我想那裡一定住了各式各樣的人吧。」

在短暫的非公開參訪期間解釋完這些事情後，織部先生說還想知道什麼可以跟他聯絡，於是我們交換了名片。

「喜和子女士的外孫女下次什麼時候來？」

臨走前雄之助這麼問道。

「不知道。你想見她嗎？」

「是啊。要是她來東京的話，大家一起碰個面吧。」

這麼說完，好性情的雄之助便離開了，不過所謂「大家」指的是誰還不得而知。該如何向紗都解釋古尾野老師這個人的問題依舊完全沒解決。

我又想到剛認識時的喜和子女士。

叫我坐在上野公園的長椅上後，

喜和子女士說：

「哎，把眼睛閉上。」

她要我想像上野公園裡的美術館、會館等建築物全部消失，換成了寬永寺。

不過在緊閉的眼簾底下，她應該也看見了美術館和音樂廳尚未興建時，坐落在寬永寺墓地上的臨時聚落吧。

我把像詩又像童話的「としょかんのこじ」影本貼在辦公室。

辦公室電腦後面的牆上裝了一面很大的軟木板，月曆、試映會通知、預計要去的音樂會和戲劇演出票券、收到的原稿企畫書等等，總貼得亂七八糟。但手搆不到的上面空出很大的空間。雖然貼在自己身高範圍內的東西時常替換，但無論過去還是將來，月曆上方的空間恐怕都不會貼任何東西吧。於是我特地搬出腳凳，把「としょかんのこじ」影本貼上去，不過這麼做並沒有什麼特別的意義。或許把它擺在眼前，是為遲早都要寫卻尚未動筆的小說立定目標，預先做好準備，又或者是某種贖罪方式吧。

「としょかんのこじ　きうちりょうへい著　すみやじろう繪」

我一時興起，順便把五十森先生從喜和子女士的遺物中找出來送給我的舊明信片影本貼上去。就是列著一串神祕數字，挑釁似地寫著「這是猜謎遊戲。解解看吧」的那張。我本來印在

一張紙上想送給紗都，正反面剛好稍微構成一個八字形，正面寫著收件地址和「いとうきわこさま」、「瓜生平吉」兩個名字。

心不在焉看著明信片的我，總覺得好像哪裡不太對勁。

不過我並未深入探究，隨即忙於工作而忘了這件事，連續好幾天都只盯著電腦瞧。

所以也不是有什麼特別的契機，純粹只是某一次剛好累了，我便離開位子倒杯咖啡再回來。無心立刻繼續工作的我喝著咖啡，抬頭望去，剛好看見那張影本。有四個名字呢，我不經意地想。

きうちりょうへい

すみやじろう

いとうきわこ

瓜生平吉

然後我明白那種不對勁的感覺來自哪裡了。

為什麼只有「瓜生平吉」寫成漢字呢？這張明信片明明是要寄給小時候的喜和子女士，為什麼不用平假名寫成「うりゅうへいきち」呢？

其中或許有某種深意在。也有可能只是為了讓小孩子看得懂才把收件人寫成平假名，寫自己的名字時就不管這些了。

不過在腦海中將四個名字全部換成平假名時，我突然明白了什麼。

我趕緊從筆筒裡抽出簽字筆，撕下一張隨便擱在桌上的便條紙寫了起來。

きうちりょうへい

うりゅうへいきち

這個小小的發現讓我不禁泛起笑意。

「きうちりょうへい」是「うりゅうへいきち」的變位詞。雖然小字的「よ」、「ゆ」不同，但其餘七個字都可以交換位置。這不可能是別人。兩個名字肯定都是同一個人。

當然，我原本就猜想城內亮平（きうちりょうへい）可能是喜和子女士的大哥哥，不過這下證明了那並非只是我的臆測。「としょかんのこじ」的詼諧幽默，以及寫「猜謎遊戲」明信片給小孩的巧思，兩者之間看得出共通性。而且他又是個喜歡玩「猜謎遊戲」的人，的確有可能把變位詞拿來當作筆名。

喜和子女士在學校圖書館找到了大哥哥寫的童話書。她之所以不記得作者的名字，肯定是因為那不是大哥哥的名字。

我想跟誰分享這個稱不上發現的小覺察，便傳了訊息給紗都。

紗都很快回了一張可愛的貼圖。長得有點像孟克名畫《吶喊》的外星人貼圖角色張大嘴巴，發出「ＷＯＷ！」一聲驚呼。過了一會兒，紗都傳來這段訊息：

「原來如此，不愧是愛玩猜謎遊戲的哥哥。喜和子女士雖然記得瓜生平吉這個名字，卻對城內亮平毫無頭緒，所以自然而然就忘了。」

「嗯嗯。」

「當時她一定很好奇怎麼不是哥哥的名字，腦海裡才會留下深刻的印象。」

這段對話中的「嗯嗯」同樣是外星人扶著下巴思考的貼圖。

紗都的回覆令我大為振奮，繼續耐心處理每天的工作，好一陣子又忘了這件事，不過兩、三個禮拜後，我突然收到一條訊息。

「可是，為什麼喜和子女士的媽媽會氣得扔掉那本書呢？我想了很多——之後再打電話給您。」

在訊息裡說會打電話後，當週週末，紗都真的打來了。

上野動物園位於距離帝國圖書館僅兩百公尺左右的地方，從那裡看得見圖書館美麗的屋頂。

這天晚上跟同類東奇一起被趕到運動場上時，大象花子想起七年前同樣也是在這般月色皎潔的夜晚，與美麗的黑色雌豹交談。

「察覺危險逼近的就只有我們動物。妳想思考的話，還是有時間的。」

沒錯，當時黑豹是這麼說的。

花子垂頭喪氣地詛咒著自己。

她或許是對的。既然事情終將變成這樣，想再多都無濟於事，我們或許早該破壞所有柵欄，跑到街上，把全部的東西都搗毀踩爛。

既然勢必迎來這天，不如像那頭美麗的黑豹一樣早點死掉，花子後悔莫及地想。黑豹曾衝出柵欄試圖逃走，卻失敗被捕。四年後的昭和十五年，黑豹在柵欄內悄悄地結束一生。此時人類尚未意識到戰爭真正的可怕，也還沒向英美宣戰，在祝賀皇紀兩千六百年的氛圍中，東京顯得歡快喧騰。

花子靜靜流著淚。

象舍內正在進行約翰的解剖作業。

絕食餓死的約翰臨終前只是動彈不得地躺在地上，連聲音都發不出來，不過花子和東奇卻彷彿聽見了約翰的哀號。

「拜託你冷靜點，約翰。要是發火的話，會被當成危險動物的。」

花子曾試著安撫約翰的怒火。當時約翰還有體力反抗。不該勸退他的。如今花子透過夜晚冷冽的空氣感受著約翰怒不可遏的心情。

「誰冷靜得了啊！花子，妳根本不懂。接下來即將發生可怕的事。那些傢伙要開始幹些可怕的事了。」

「我懂。去年春天發生了杜立德空襲對吧。人類擔心柵欄毀損，導致動物脫逃危及人類，便開始考慮把我們處理掉。」

「不對，花子。妳連一半都不懂。」

「我懂。我從七年前就不斷在思考，也一直驅策著飼育員們，看能不能把我們移到其他動物園去。的確，東京是很容易成為敵人的目標……」

「花子，睜開眼睛看清楚現實，再多張開妳的大耳朵，聽聽那些傢伙的聲音吧。我真恨不得立刻衝出這裡咬死人類！」

「約翰！你在說什麼啊！大象可是草食動物呢！」

「那又怎樣！」

約翰氣得甩動鼻子，打到了花子的耳朵。

「好痛！你幹嘛呀！」

「啊啊！我不是有意要打妳，害妳受傷的，花子！」

約翰垮下肩膀。東奇戰戰兢兢地在寢室內來回踱步。

「花子，聽我說。現在發生的事遠比妳想得還要殘酷。那些傢伙要殺我們，不是因為我們會危害人類，也跟柵欄在空襲中毀損及糧食減少無關，而是另有其他理由。」

「其他理由？」

「可惡，這該死的玩意兒！」

約翰恨恨地用鼻子敲打著套在前腳上的鐐銬。

約翰深感憤怒，焦躁不已。他甩著鼻子，用力踩踏地面，絲毫無意掩飾心中的怒火。人類擔心約翰失控發狂，便用鏈條綁住他的腳。約翰神情猙獰地奮力反抗。

「聽好了，花子。那些傢伙要殺我們，不是因為我們很危險，而是為了引發戰爭，灌輸孩子們鬥爭的念頭。」

「我不是很懂。」

「觀賞動物放鬆心情的日子已經結束了。我國正在打仗。戰爭需要犧牲，需要為國家奉獻生命的覺悟。動物們也會死。為了國家而死。這是崇高的犧牲。造成犧牲的是可恨的敵人。來，拿起武器，盡量多殺幾個敵人吧。」

「雖然不太懂你的意思，但原因不是擔心我們會趁著柵欄被炸毀的時候逃走嗎？」

「跟轟炸無關。殺我們是為了刺激鬥志。」

「所以不管敵人做了什麼，都跟我們的死無關囉？」

「一點關係也沒有！可是我們卻因為這種理由被殺死。真可恨，要是沒有這條鎖鏈，我現在就立刻衝出去踩死人類。」

絕食第十七天，約翰死了。

因為沒辦法將大象的屍體搬運出去，上午十一點便開始進行解剖。解剖作業一直持續到深夜，於是東奇和花子被趕到了運動場。

而就在五天前，動物園不再餵食東奇和花子。

昭和十八年八月十六日，東京都長官大達茂雄勒令上野動物園的福田三郎代理園長「處分猛獸」。順帶一提，為強化戰時首都功能，東京都制於同年七月誕生，東京府改名為東京都。

福田代理園長早料到會有這一天。

「一個月內毒殺猛獸。」

這就是命令的內容。

「我先聲明，不是因為戰爭局勢惡化的關係。要是傳出這種風聲就不好了，你可要當心啊。」

大達都長官叮囑著。

那是為什麼呢？福田代理園長把這個問題埋在心底。

福田代理園長和井下清公園課長希望能夠盡量保住猛獸，哪怕只有一部分也好。在這件事浮上檯面之前，兩人老覺得一直聽到大象花子在耳邊低聲細語，所以總是把疏散動物這個選項放在心中。

仙台市動物園的樸澤園長和名古屋市東山動物園的北王園長給出回應。仙台方面表示願意接收大象，還找了田端車站負責貨運事務的佐藤主任商量，擬定具體的計畫。運輸費等等總共一百八十五元，傍晚從田端出發，隔天中午便可抵達仙台。

仙台動物園的石井技術員親自來訪討論細節。

「不用殺死大象了！」

代理園長開心得暗自掉淚。

然而公園課長前往都廳稟告此事時，都長官卻一口駁斥。

「不准。猛獸全部毒死，沒有例外！」

「可是嚴格來說，大象是溫馴的草食動物，很難稱得上是猛獸。放到鄉下地方吃草就能活下去……」

「溫不溫馴都不重要！」

都長官厲聲說。

「你們內地人太天真了。想法天真得可怕。我就任前曾當過昭南特別市（新加坡）市長。在外地時，我親身感受到戰地的殘酷與我軍的困境。」

「可是，前些時候長官不是說戰爭局勢並未惡化……」

「我們當然會贏！大日本帝國軍贏得勝利是應該的！」

「是。」

「戰況當然是我軍占上風。不過我也見證過瓜達康納爾島的憾恨撤軍、山本五十六元帥戰死，以及阿圖島的壯烈犧牲。我們不是隨隨便便打贏，而是賭上性命、付出犧牲才取得了勝利。懷著拚死的覺悟和火球的精神，才能在戰況中取得優勢。現在已經不能傻呼呼地說什麼熊好悠哉、大象好可愛了。」

「可是。」

「內地後方的各位也要充分做好心理準備。沒錯，必須做好捨身的覺悟才行。太鬆散了，這國家的人太鬆散了。抱著馬馬虎虎的決心可打不贏聖戰啊。讓動物們受死吧。為了國家而死。疏散大象？別說傻話了。猛獸全部毒死，不容許任何例外，以上！」

雖然反戰繪本《可憐的大象》在戰後成為暢銷作品，但繪本裡並未提到動物們遇害的真實原因。而且可憐的不只是大象。

北滿州棕熊、日本月紋熊、獅子、豹、朝鮮黑熊、老虎、黑豹、獵豹、馬來熊、北極熊、美洲野牛、蟒蛇、響尾蛇，以及大象，總計十四種，共二十七隻動物遭到殺害。毒殺動物時使用了硝酸士的寧，遇到毒不死的狀況則以長矛刺殺，或趁動物入睡拿繩子勒斃。出生不到半年的幼豹也被殺死了。

九月四日舉辦了一場追悼儀式。

處理掉的動物被取名為「時局捨身動物」。

彷彿動物們是心甘情願犧牲自己的性命。

當肅穆的追悼儀式進行時，黑白豎紋布幕圍起來的象舍裡還有兩隻活著的雌印度象。飽受飢餓折磨的花子和東奇扔開抹毒的馬鈴薯，以衰弱的身體表演才藝，刺激著飼育員們的良心。

最後的「猛獸」花子與東奇分別於九月十一日及二十三日斷氣。

聽說東奇之所以拖了比較久才餓死，是因為飼育員不忍心看大象日益衰弱，一點一點地偷帶飼料餵她。

這就是昭和十八年八月至九月間，發生在距離帝國圖書館僅兩百公尺處的悲劇。

此刻帝國圖書館同樣受到「時局」的擺布，準備實行某項計畫。

紗都在禮拜六下午打電話來。這天我們聊了整整一下午。
聽說上週末回宮崎後，紗都去參加了外舅公的守靈。
「老實說，我根本沒見過外舅公。是家母傳ＬＩＮＥ說什麼雖然幾乎沒往來，但我們家畢竟是地方上做生意的，該做的禮數還是得做，我才稍微有點興趣。」
當然，那位過世的外舅公就是喜和子女士的親哥哥。
祐子說要出席告別式，還傳了舉辦喪禮的寺院名稱。於是紗都查了那間寺院的聯絡方式，打電話過去確認守靈的細節。
喪主是故人的長子，聽說是農協的行政人員，寺院裡的花圈幾乎都是農協相關人士致贈的。弔唁者也幾乎都跟喪主有關。或許是兒子有一定的聲望，前來弔唁的人還不少。來到接待處後，紗都在「一般親友」欄填上姓名住址，並送出包好的奠儀。
就算看了照片，紗都心中也沒湧現什麼特別的感觸。雖然父母不同，但畢竟是堂哥，相貌多少會有些神似吧。不過照片上完全找不出跟喜和子女士的共通之處。
上香結束後，喪主便開始致詞。故人伊藤弘和似乎是個寡言耿直的人。不過兒子只顧著聊自己眼中的父親，壓根沒提到父親小時候的事，更遑論喜和子女士了。
雖然難免有種格格不入的感覺，但紗都這趟來是有目的的。她跟一群身穿喪服的人一同來到守靈款待會的會場，隨便找了個位子坐。周圍的人正輕鬆地閒聊。

紗都置若罔聞地心想，這裡頭一定有人認識喜和子女士。如果是跟故人交情已久的老人家，肯定會知道喜和子女士這號人物。

紗都試著客氣地跟旁人搭話，卻沒有人認識喜和子女士。提到故人有個妹妹時，還有人斬釘截鐵地說不可能。她問一位和藹的老婦人有沒有故人的親戚朋友出席，結果對方說弘和先生不太跟人往來，今天來的都是兒子認識的人。

弘和是故人的名字。

看似老婦人丈夫的白髮男性說那邊的親戚都沒來，可能只有正和先生出席吧。

「正和先生？」

放眼望去，只見一位老人孤零零地坐在角落。

「他是弘和先生的弟弟。正和先生怎麼一個人喝酒啊？跟弘和先生感情不好嗎？」

紗都發現了喜和子女士的另一個哥哥。

她靠近這位迷人的孤高老人，並主動打了招呼。

「您好。」

老人瞥了紗都一眼，問道：

「妳是誰呀？農協的人嗎？」

「我嗎？我是弘和先生妹妹的外孫女。」

紗都藉著酒膽這麼回答。

「誰？」

老人有點驚訝地反問。

「喜和子的外孫女啦。」

「為什麼喜和子的外孫女會在這兒？」

老人說。

啊啊，這個人知道喜和子女士的事。想到這兒，心裡突然忐忑起來，不過紗都還是盡量讓自己保持冷靜。

「我可以來吧。難道我不該出現在這兒嗎？」

「妳真的是喜和子的外孫女嗎？」

紗都點了點頭。老人露出非常驚訝的表情，好一會兒都說不出話來。

紗都向老人請教喜和子女士的事。

她對老人說自己是吉田喜和子的女兒祐子的女兒，懂事時喜和子女士已經去了東京，自己連外婆的臉都不認得，除了外公過世那次外，之後只在東京見過一次，自己的母親也不太提起喜和子女士的事。

面對紗都的請求，老人頓了一會兒，表示自己也不太了解。

「我對喜和子不太了解。」

——小學五、六年級的時候，喜和子突然出現。當時戰爭結束差不多過了五年。畢竟都五年級了，就算跟我說從今天起她就是你妹妹了，我也很清楚那不是真的。那年紀也不想跟女生講話，突然說要在家裡一起生活，我也不曉得該怎麼辦。

喜和子又黑又瘦，一雙眼睛骨碌碌的，更糟的是還不會講這邊的話。不管說什麼，她都一臉傻楞楞的表情。看她反應這麼遲鈍，我就一肚子氣，所以常常欺負她。

過了一段時間，喜和子學會這邊的話了，卻堅持不肯說。可是說標準話又會被欺負，所以她幾乎都不開口。

因為知道喜和子絕對不會開口，我們讓她揹了好幾次黑鍋。主謀不是我，這種事都是大我一歲的弘和決定的。雖然只是偷點零錢或吃的這類小事，但就算被母親罵了，喜和子也不會說不是自己幹的。我曾看過她一個人撇頭看著旁邊，睜大眼睛流淚。她從不在人前哭，一點都不可愛。現在我也覺得很愧疚，不過小孩子就是這樣。

國中畢業上了高中，一直到就業離家後，我就不怎麼回家了，連喜和子的婚禮都沒參加。因為在一起的時間只有幾年，我對她幾乎不了解。雖然喜和子又小又瘦，感覺卻有點老成，不像年紀比我小的人。我完全沒有跟她一起玩的記憶。

喜和子現在怎麼樣了？——

面對這個問題，紗都回答過世了。老人瞬間露出一臉驚訝的表情。

祐子個性十分重視「生意關係」，哪怕只是交換過名片或留過通訊地址的人，她也絕不會少了禮數。所以照理來說，她應該有寄明信片告知逢喪才對。是因為跟寄明信片的人不熟，看完馬上就忘了嗎？還是連看都沒看呢？從這天守靈的氣氛來看，紗都也感覺得到親戚們不怎麼喜歡這個叫「正和」的人。

紗都問老人知不知道喜和子女士的母親跟自己父親再婚前曾和父親的弟弟有過一段婚姻。老人聞言表示有聽說過。問到是否見過叔叔時，老人則說沒見過，聽說戰死了。

紗都又問老人知不知道喜和子女士在東京生活時的事，結果得到有點意外的回答。

老人說，雖然喜和子假裝自己是從東京來的，講話也堅持不肯改掉都市人的腔調，但小孩子很常像這樣胡說八道啦。

紗都問老人知不知道喜和子女士待過上野時，老人搖了搖頭，好像不懂她為什麼要問這個問題。

之後老人將話題轉向弘和。

紗都覺得是時候了，便離開那裡，不過心裡卻充滿了疑問。

我彷彿看見紗都在電話另一頭撇了撇嘴。

「正和先生說喜和子女士沒待過上野，她一定是在騙人，因為她是『愛講白賊的囡仔』。」

「這話是什麼意思？」
「講白賊就是撒謊。他把一切跟喜和子女士堅持只講標準語連結在一起，以致於記憶中只留下負面印象。」
很妙吧，紗都喃喃說著。
雖然不曉得正和先生這個人說的話有多少可信度，但紗都認為他不像是在說謊。最後我們得出喜和子女士的哥哥可能一無所知的結論。
祐子調查原戶籍時，發現喜和子女士出身東京本鄉一帶，也得知那個區域曾遭受戰火侵襲，但不確定戰爭當下喜和子女士和她母親是不是在那個地方。
根據原戶籍資料，喜和子女士的母親於戰後昭和二十二年嫁到宮崎，不過在喜和子女士被接回去之前有三年的空白。這段期間她應該是住在上野，可是家人之間卻好像當作沒這回事。假使喜和子女士既不是住在東京，也不是住在上野，那她究竟在哪裡做什麼呢？
「您不是說喜和子女士的母親把收錄《としょかんのこじ》的學校圖書館繪本給丟了嗎？」
紗都整理著思緒說：
「她可能把喜和子女士的上野時代當成黑歷史了吧。」
「黑歷史？」
「嗯。就是想把過去抹消，當作沒發生過。我也不曉得。站在母親的立場，她可能想忘了這件事吧。我也不曉得。所以她沒跟兒子們說，也沒告訴其他人，可能想裝作來宮崎之前不是住在東京吧。至於是哪裡，我也不曉得。所以發現《としょかんのこじ》時，她才會那麼生氣。」

聽著紗都一再掛在嘴邊的「我也不曉得」，我思索著在喜和子女士看來並非空白的那些日子是怎樣的一段時光。

不知道為什麼，老人告訴紗都的那句「她是『愛講白賊的囡仔』」一直在耳邊迴盪。

愛講白賊的囡仔。

愛撒謊的孩子。

我不認同老人講話時的否定意味，反倒覺得這句話充分代表了我認識的喜和子女士。

夢見帝國圖書館・21　於是藏書們踏上旅途。

裝著掠奪圖書的箱子飄洋過海來到日本，堆在上野帝國圖書館的角落。其中有許多書從中國大陸輾轉到了香港，最後才運抵日本。

對於這些歷經長途跋涉疲憊不堪的貴重書籍，帝國圖書館的藏書不禁感到同情。原本圖書館的書鮮少遠行，基本上都是安放在館內書庫裡供人借閱，就算被帶出館外，照規定也要在指定期限內歸還。

不過敏銳的書籍們逐漸意識到了。

遠行絕非與它們毫不相干。

上野動物園接到「毒殺猛獸」的命令，且「疏散」動物的提議被駁回。兩個月後，昭和十八年十月，帝國圖書館計畫將約十萬冊的貴重圖書遷往他處。

「畢竟去年春天發生了杜立德空襲。」

「雖說我們帝國圖書館是多麼堅不可摧。」

「但也絕不能有個萬一。」

「說到空襲風險較低的地方，就屬山區了。」

「不過木造房屋太危險了。」

「一定要找混凝土建築才行。」

「畢竟是帝國圖書館的貴重圖書。」

「堪稱國寶。」

「目前的選擇有長野縣立圖書館。」

「或是山梨縣立圖書館。」

「結果接收書籍的是長野縣立圖書館。」

「本館還派駐職員。」

「十一月第一次撤書時預計運走約六萬六千冊書籍。」

然而戰況一點都不樂觀，東京勢必免不了遭受空襲。於是昭和十九年五月進行了第二次撤書，運走約六萬四千冊書籍。同年八月又進行了第三次撤書。

昭和十六年十二月八日與聯軍開戰後，起初雖然接連告捷，但隔年十七年六月，日本海軍在中途島海戰中大敗，失去了赤城、加賀、蒼龍、飛龍等四艘航空母艦，之後便不斷落敗，陷入困境。換言之，昭和十八年下令毒殺動物，帝國圖書館不得不將藏書撤走時，狀況已經糟到只能預見悲慘的未來了。當然，大本營巧妙地隱瞞節節敗退的戰況，始終對外聲稱「贏了」。

經過昭和十八、十九年，到了昭和二十年，戰況益發嚴峻，不光是大都市，連地方小都市都遭到空襲，長野縣立圖書館也已經不再安全了。

更震撼的是，長野師管區司令部要求保管帝國圖書館藏書的長野縣立圖書館充當軍需工廠。

「軍需工廠？」

「圖書館嗎？」

在這般山窮水盡的時局下，帝國圖書館的貴重圖書們繼續踏上旅程，來到沒有混凝土建築可以保護紙軀的飯山高等女校。

及時在雜誌截稿日前完成短篇和散文之餘，我開始調查上野公園和圖書館的歷史。以帝國圖書館作為主角描述歷史，寫一部帝國圖書館愛上樋口一葉、動物園的動物們造訪圖書館的小說。喜和子女士提出的要求很難處理，我實在無法想像到底會是怎樣的內容，不過調查本身還滿有趣的。

過程中查到了一些讓我想用在小說裡的奇妙故事，好比明治九年上野大佛底下興建了能夠眺望不忍池的觀景臺，而且那裡不知為何擺了體重計，可以花「兩錢」量自己的體重，以及明治十六年，六、七十隻白鷺在不忍池上空分作東西軍纏鬥了一個小時，最後有二十隻戰死，東軍贏得勝利後便朝本鄉方向飛走了。

喜和子女士打算寫什麼樣的小說呢？瓜生平吉想寫的又是什麼呢？先不管要寫的人是我，純粹想像倒是挺開心的。

之後我跟紗都仍持續保持聯絡。聊著聊著，我順勢告訴她喜和子女士留下了作品（我不確定那算回憶錄還是創作，只好以作品稱之）。我認為還是應該給她看，便把活頁紙的掃描檔和重新打過的文件檔附在訊息裡傳過去。

「這是外婆的創作嗎？」

紗都直接拋出了任誰都會有的疑問。

「我也不曉得。」

我這麼回答。

「雖然我認為是根據回憶寫的作品，但畢竟都過那麼多年了，稱做創作或許更加貼切。不過既然本人已經不在了，如今也無法得知哪些部分是創作，哪些部分有事實依據。說不定連本人都分不出來。」

打字的同時，我想起喜和子女士位於谷中的小房子。或許喜和子女士在認識我之前曾一再重寫，持續醞釀她畢生唯一的作品。

「雖然有點意外，但我還挺喜歡的。」

紗都回訊說。

「原本以為再也聽不到喜和子女士的聲音了，可是讀這個作品的時候，感覺她好像就在旁邊對自己說話。」

緊接著她傳來一張女孩子揪著褐色裙子的裙襬轉圈圈，噴發大大小小愛心的貼圖。我想起了喜和子女士的袈裟袋裙。

還有一個人讀了那個作品。就是喜和子女士曾經的戀人，古尾野放哉老師。妻子去世後，古尾野老師便賣掉千葉的豪宅，隻身一人住進了本鄉區剛蓋好的照護公寓。那個高級物件的入住費與房價相當，喜和子女士走完人生最後一哩路的地方完全沒得比，不過以這年紀來說，古尾野老師算是非常健康，能夠盡情享受難得的單身生活。

因為搬家通知上有寫電子郵件信箱，我便將檔案附上寄給老師，不過老師回信說這樣太麻煩了，叫我直接印出來拿給他，加上住得很近，我就出門跑了一趟。我們約在新蓋好的照護公寓入口大廳，不過因為他堅持要吃萬定的咖哩，我便陪他一起去東大正門前的輕食店。

拿出為了方便閱讀特別放大的影本後，古尾野老師一邊熟練地將咖哩送進嘴裡，一邊聚精會神地仔細閱讀，專注得好像可以從中挑出錯誤。

「嗯，這確實是喜和子寫的。」

看完之後，古尾野老師只給了這句評語。

「我認為大概有九成是真的。至於為什麼保留一成，是基於所有記憶都是創作的考量。」

優雅地用紙巾擦掉嘴角的咖哩後，古尾野老師又加點了一杯柳橙汁。

「畢竟她老是說小時候只記得那段時期的事，其他全都忘了。我問她那段時期是怎樣，她又不吭聲，大概是說不上來吧。看到喜和子這樣子，任誰都知道她藏著心事。」

古尾野老師瞇著眼睛，津津有味地啜飲柳橙汁，開心地稱讚味道都沒變，然後說了有點令人意外的話。

「不過我偶爾會猜想，喜和子會不會根本沒忘，只是選擇性地記住哥哥們的事而已。」

可以拿走這個嗎？古尾野老師問道。當然，我就是為了這個才帶來的。我這麼應道。於是古尾野老師小心翼翼地把影本收進留下老舊刮痕的手提包，站了起來。

「那個人就是這樣。」

回程路上，古尾野老師說。

「我對那個人有些不太了解的地方。喜和子總是不肯把事情全說明白。」

然後他拍了拍褐色的手提包說：

「所以謝謝妳給了我這個。」

這些未曾揭露的過往片段來到我們身邊時，適逢上野公園的銀杏結了黃色圓形果實的季節。

織部先生透過雄之助聯絡了我。

喜和子女士可能住過的臨時聚落於昭和三十年代初燒毀，之後蓋了別的建築物。織部先生找到當時住在那座建築物裡的某位男性，進行論文研究的訪談調查。

當織部先生聊起曾住在木板房裡的復員兵、男妓和小女孩時，那位男性提到了「コウちゃん」這個名字。

這個叫コウちゃん的人和男性有段時間走得很近。雖然那位男性上了年紀，講話反反覆覆，但據他所說，コウちゃん曾和一個叫「ヘイちゃん」的人一起住在木板房裡。

「那個人之所以先想到這件事，好像是因為コウちゃん當過近衛兵的關係。他還再三強調，近衛兵要長得好看才能當。總之，這個叫コウちゃん的人應該有張俊俏的臉蛋吧。那個人說，コウちゃん和ヘイちゃん家有個小女孩。」

雄之助在ＬＩＮＥ訊息裡這麼寫道。

雖然必要的調查大致結束了，但織部先生還有些事情想問，加上他自己也有興趣，便告訴我如果想和那位男性當面聊，他會再調整行程。聽說男性住在千葉野田。

我們對好彼此的時間，決定在十一月中旬的禮拜天去。考慮到時常跟紗都傳訊息聊喜和子女士的事，我便通知了她一聲，結果她回說禮拜天可以，到時候直接從仙台過去。

雄之助和織部先生從秋葉原搭筑波快線，中途再轉乘東武線。紗都則是坐新幹線到大宮，接著再轉乘私鐵。我上午還有其他事要處理，所以選擇開車移動。田野市車站附近有醬油工廠，是個別有風情的小車站。車站一帶飄散著淡淡的醬油香。紗都早到了一些，已經在閘門外等了。我第二個到。等了一會兒後，雄之助和織部先生也出現了。雖然事前說過有哪些人會來，但看到高頭大馬的雄之助穿著風衣，底下露出了牛仔布裙，紗都還是一臉有點好奇的表情。

兩人同時說：

「久等了。」

紗都笑咪咪地打了招呼：

「我是喜和子的外孫女紗都。」

三人上了我的小車，織部先生坐副駕駛座幫忙指路。穿過車站前的馬路後，眼前是一片看似建於昭和五十年代的懷舊住宅區。接著開到鄰近江戶川的區域時，可以看到四、五十年屋齡的四層樓集合住宅，可是建築物只有一棟，而且外觀相當老舊，十二戶的住宅應該有好幾間都沒人住了。

「這裡已經決定拆除，住戶年底前必須搬走。這裡幾乎都是老人家。」

織部先生說。

建築物有三道樓梯。那位男性住在一樓中央樓梯右側的房間，數字「104」旁邊寫著「渡邊」。按下門鈴後，一位頭髮斑白的中年男性出來應門。

「不好意思，今天這麼多人來。」

織部先生低頭致意，並送上點心禮盒。

「這位是兒子大介先生。」

織部先生這麼介紹完，中年男性輕輕點了點頭。房間裡傳來濃烈的菸味。

我表示自己是小說家，有可能參考談話內容撰寫作品，不過畢竟隱私也很重要，老實說我還沒決定要不要寫。

要是現在搞砸了，說不定對方就不願意談了。想到這兒，我就緊張起來，前一天晚上還偷偷練習如何給人留下好印象，不過途中看向「兒子大介先生」的臉時，我發現他略過了我，將視線和注意力擺在雄之助身上。

「家父喜歡聊天，一直在等著各位來。畢竟沒什麼人會來拜訪老人家嘛。」

大介先生注視著雄之助的眼睛說。

我們被帶往擺了張圓桌的小房間。桌子後方有個坐輪椅的老人，肩頭和大腿都披著顏色鮮豔的毛織品，指頭間夾了根菸。過肩的白髮鬆鬆地綁著，不曉得是不是被菸油燻的，有些部分變成了金色。嘴唇似乎上了薄薄的淺粉色口紅。

「因為都沒人來，這裡沒擺椅子。可以請各位坐這兒嗎？不好意思，連坐墊都沒有。」

這麼說完，大介先生打開紙拉門。門後是六張榻榻米大的房間，裡頭放著衣櫃。織部先生和雄之助幫忙大介先生拆下紙拉門，立靠在衣櫃旁。接著大介先生把坐輪椅的老人推到桌子前。我們就好像一群孩子圍坐在旁邊，聽輪椅上的老師講話。

父子倆生活的兩房空間令人印象深刻。

雖然跟喜和子女士位於谷中的家完全不同，但這裡同樣讓人深深感受到居民的個性。牆壁、衣櫃及組合式置物架上貼著舞蹈表演和電影海報，狹窄的房間裡到處擺著菸灰缸。

「今天我們想和令尊聊聊關於『コウちゃん』、『ヘイちゃん』的事。令尊是在以前住會館的時候認識『コウちゃん』對吧。兩位從什麼時候開始變成朋友呢？」

織部先生問道。

所謂會館是指蓋在臨時聚落舊址上的建築物，不過奇怪的是，織部先生始終不直接對渡邊先生講話，而是先向大介先生發問，接著大介先生才附在父親耳邊低聲轉達。然後老人想了一會兒，再對兒子悄聲耳語，這才總算從大介先生口中得到回覆。

「家父說是東京鐵塔蓋好的時候。」

大介先生說。

「所以是昭和三十三年囉。當時コウちゃん人在哪裡呢？」

大介先生在父親耳邊竊竊私語，老人也同樣嘀咕著回了幾句。

「家父說不記得了。啊，等一下。」

老人抓著大介先生的手拉向自己。

「他們聊過看到東京鐵塔蓋好的事，所以不是那時候。可能是在海邊。」

「海邊，是品川嗎？大森之類的。」

「不，家父應該不知道地名。」

說著，大介先生又彎腰詢問父親。白髮老人聞言搖了搖頭，在大介先生耳邊開始說些什麼。他也不等兒子應聲，一直說個不停。或許是保持不自然的姿勢太久，覺得累了，大介先生屈膝跪到地上。差不多說完之後，老人把菸灰撣到菸灰缸裡歇口氣。我們見狀同時望向大介先生。

「不好意思，聽到大森這個地名，家父好像想起以前認識的人，一直在說那個人的事。上了年紀的人講話就是沒什麼脈絡。」

原本緊張守候的我們頓時有點洩氣，放鬆正襟危坐的雙腿。

老人扭身拿起桌上的玻璃杯，手指打顫地送到嘴邊，閉著眼睛喝了起來。雖然那杯看起來像水，但杯中液體逐漸見底後，看到大介先生被催著再倒一杯，我這才發現那是酒。

「跳來跳去也沒關係，只要跟コウちゃん和ヘイちゃん有關，無論什麼都盡量說。對吧？各位。話說回來，コウちゃん和ヘイちゃん的本名是什麼呢？」

雄之助伸直藍色牛仔布裙底下的長腿，背靠著貼了電影海報的牆壁問道。這時，雙頰因酒意而稍微泛紅的老人突然將目光停留在他身上。

「コウちゃん是近衛兵。他說他那天人在宮城。*因為コウちゃん長得很好看嘛。長得不好看可當不了近衛兵呢。哎，他肯定都待在內地，所以最後才沒死。雖然コウちゃん說他本來想為本土決戰而死就是了。」

包含大介先生在內，在座的我們全都楞住了。因為渡邊先生突然用聽得清楚的音量開始說話，而且雙眼直盯著雄之助不放，顯見老人是在對雄之助講話。

「那天人在宮城？」

＊ 註：即皇居。

雄之助表現出理所當然的反應。渡邊先生見狀開心地聊起了「那天」。於是我們聽老人以他的觀點描述天皇排除眾議，準備透過廣播宣告終戰的那天凌晨，近衛師團不願停戰而封鎖皇居的「日本最漫長的一天」。

到頭來，渡邊先生若不是不知道，就是忘了コウちゃん和ヘイちゃん正確的名字。老人說，コウちゃん不是名字，而是取自コウ開頭的姓氏，好比「幸田」或「高村」的第一個字。另外，他也想起了コウちゃん和ヘイちゃん分別隸屬於「近衛第一師團步兵第二聯隊」和「陸軍第三八師團步兵第二二八聯隊」。雖然聊到軍隊時特別開心，但出生於昭和十二年的老人似乎沒有從軍的經驗。

接著渡邊先生又三不五時離題講自己的事，好比自己年輕時多受歡迎啦，雖然身邊很多人上了年紀後從扮演女性的「受方」變成扮演男性的「攻方」，但自己可沒這樣之類的，一直不提コウちゃん和ヘイちゃん。

就我的理解，重點只有渡邊先生認識コウちゃん時，コウちゃん和ヘイちゃん並沒有住在一起，不過他們常在上野一帶碰面，三個人一塊兒喝酒，或者去淺草看話劇和落語。這種時候コウちゃん和ヘイちゃん常聊起以前一起生活的往事，還提到女孩的事。每次話題拉回來時，織部先生也再三確認，所以這部分渡邊先生記得很清楚。

當老人加油添醋地話說少年勇時，突然傳來啪嚓一聲。回頭一看，只見紗都按著頭和胸口蹲在地上。在眾人的注目下，紗都一臉歉疚地說：

「我昨天有份資料得做完，一整晚都沒睡，現在頭痛得快裂開了。」

由於渡邊父子是重度吸菸者，室內空氣其實相當混濁。於是我們扶著紗都來到外面，暫時觀察一下狀況，不過我認為還是不能讓她回那個煙霧繚繞的房間，便把這裡交給織部先生和雄之助，自己送她到車站去。

我決定送紗都到新幹線停靠的大宮，而非野田市車站。因為我沒辦法把她放在附近的車站就離開。

開了一小段路後，可以看到河邊有個公園，業餘少棒球隊正在練球。我覺得呼吸一下戶外的空氣會比較好，便找到停車場停好車，買了罐裝咖啡回來，坐到草原上。車上有兩條薄羽絨隨意毯，我拿出來裹在腰上防寒，也遞給紗都一條。雖然稍有涼意，但今天是秋高氣爽的好天氣，在河邊深呼吸感覺很舒服。

「我不太喜歡菸味。」

渡邊父子菸抽得很兇，讓我不禁想到老菸槍這個過時的說法。

當紗都靜靜地躺著時，一旁的我暗自心想，來見渡邊父子是不是錯誤的決定。老人講話太迂迴，感覺好像沒聽到跟喜和子女士有關的事，而且紗都先前幾乎對外婆一無所知，光是喜和子女士的朋友雄之助出現，她就已經夠吃驚了吧。至少不必讓紗都跑一趟，就我跟雄之助來打聽消息也行吧。事後再把整理好的資訊告訴她，這樣不是更好嗎？

過了一會兒，紗都霍然起身，吁了口長氣。緊接著傳來叮啷聲，我倆的智慧型手機同時收到訊息。

「沒事吧？」

是雄之助傳來的。為了方便確認碰面地點等資訊，事前我們創了ＬＩＮＥ群組互相交流。

「別擔心，之後再聯絡。」

回完訊息後，我把自己的智慧型手機收進包包裡。

「放著就好，不用回。」

雖然我這麼告訴紗都，但我又補了一句雄之助剛傳來的話。

「沒事吧？」

「嗯，我已經好多了。剛才頭真的疼得厲害。」

「那對父子有點猛呢。」

紗都稍微露出笑容，低頭頷首。之後好一會兒，她都默默看著打棒球的少年們。

「不曉得耶。那個人提到的兩個人真的是喜和子女士遇見的人嗎？」

喝了口變溫的罐裝咖啡後，紗都依然注視著少年們說。

「很難說呢。」

我也覺得單就老人的說詞還不足為憑。

「要是知道名字就好了。」

我不經意地心想，如果老人說的「聯隊」名稱屬實，或許有辦法找到名單循線調查，不過我並沒把話說出口。畢竟感覺紗都也不是特別想知道。紗都依舊不吭一聲，若有所思地看著業餘棒球隊。

「差不多要回車上了嗎？」

看她摩娑著手臂，好像覺得有點冷的樣子，我便開口問道。紗都聞言點了兩下頭。我讓她坐到副駕駛座上。

由於兩人都無意開口，也不想聽絮絮叨叨的廣播節目，我們便聽著弗拉基米爾·阿胥肯納吉彈奏的蕭邦，一路默默開到大宮車站。

夢見帝國圖書館．22　帝國圖書館的「日本最漫長的一天」

儘管埋首於整理接收的圖書及撤走貴重圖書，戰爭期間帝國圖書館仍不曾有一天臨時休館。

雖然連日發生空襲時暫停夜間開放，女性職員也提前至四點下班，松本喜一館長卻嚴格要求除了定期休館日外，圖書館絕不能休息。

「畢竟館長熱愛英國文化嘛。」

圖書館館員們竊竊私語。

「聽說上次大戰時齊柏林飛船大肆轟炸首都倫敦，大英博物館圖書室卻仍然持續為讀者開放，連一天都沒休息過呢。」

「所以館長才會說只要有一個人來就要開館。」

「不過現在日本正和邪惡的英美交戰。」

「這點模仿英國好嗎？」

「這話可不能在這兒說呢。」

雖然部分圖書館館員受到徵召導致人手不足，但其餘的人不但包辦了借閱業務，還把圖書館前庭的小泉八雲紀念碑周遭草皮開闢成戰時農園，種植地瓜。

昭和二十年八月十五日也照常開館，大家在館長室內對著收音機行最敬禮，流著淚恭聽終戰詔書。

除了上野動物園外，帝國圖書館方圓數百公尺的範圍內還有東京美術學校，然而很少人知道美術學校也發生了如同「日本最漫長的一天」的狀況。無法接受敗戰的陸軍將兵們高呼全面抗戰，占領了學校建築。

八月十五日近衛師團占領皇居後，為了與先行奮起阻止停戰的近衛兵們會合，讓帝國聖戰得以繼續下去，帝國陸軍水戶教導航空通信師團第二隊第二中隊十七日從水戶市郊的宿營地出發來到水戶車站，挾持了往仙台方向的北上列車，掉頭一路開往東京。

在鶯谷車站停靠下車後，第二中隊行軍進入上野公園，占領了空無一人的東京美術學校，開始著手準備進行抗爭。

不過也有消息指出皇居的抗爭行動遭到鎮壓，終戰詔書確有其事，帝國軍已無力回天。奇怪。

情況似乎跟在水戶聽說的有所出入。

不過有一派人認為既然決定了就要貫徹到底，另一派人則在得知「一旦興事將遭到武力鎮壓」後有意收手。雙方互相對立，將校之間也完全沒有共識。

關係的緊張、面對混亂情勢的焦躁、敗戰帶來的屈辱、恐懼、憤怒、猜疑，以及其他種種因素總結起來，使得將校們終於在圓桌會議上決裂。在槍火與刀光劍影中，東京美術學校瞬間化為血海。

經歷人間煉獄後，抗爭活動以未遂告終。

當然，數百公尺外的帝國圖書館無從得知詳情。這天，圖書館館員們依然認真展現英國紳士精神。

此外，由於軍方各機關「希望在ＧＨＱ來之前把不能被發現的軍事資料收回來處理掉」，他們還得應要求拼命備妥資料。

之後渡邊先生變得更多話，開心地大聲講了許多事情。其中大多與戰後上野一帶的性工作者有關。

像是哪一區有妓女，哪一帶有名為「女方」的男妓。這些男妓大多住在山谷、車坂、萬年町一帶。基本上他們都叫「阿高」、「阿峰」這種「阿」開頭的名字，不過他們多為退伍軍人，原本就習慣像軍隊那樣以「高田」、「峰岸」等姓氏相稱，便取了姓氏的第一個字作為花名。接著話題延伸到上野以外的地方，講到上野的妓女和有樂町高架橋下的妓女有多麼不合。雄之助從未聽說過這些事，所以聽得非常認真，這讓老人更加喜歡他了。不過聽說結束訪談回去的路上，織部先生一臉不悅：

「終戰時那個人還是小孩子，而且他在青森出生，東京鐵塔蓋好那年才來東京，不可能什麼都知道。他講的那些全是從昭和二十年代中期角達也的《男妓森林》這本不知道算小說還是報導文學的作品裡抄來的。我都不曉得聽過多少遍了。」

不僅如此，他還養成了不知不覺間把前輩們說過的事講得好像自己親眼所見的習慣吧。雄之助解釋著。

耐心探聽出來的訊息當中，最有幫助的可能就這個了。

昭和三十二、三十三年當時，コウちゃん和ヘイちゃん都是三十多歲，ヘイちゃん年紀要大一些。先前提到這時候兩人已經分開住了，不過コウちゃん是男同志，ヘイちゃん雖然沒有明說，但渡邊先生斷言「他也是」。後來コウちゃん金盆洗手不當男妓，改做電影方面的工作，ヘイちゃん則是在做英文翻譯還什麼的。

コウちゃん是都內豆腐店的兒子，而ヘイちゃん出生在名古屋的商家，個性遊手好閒，中學唸到一半就退學了，不過他非常愛書。

我最感興趣的是關於《夢見帝國圖書館》的逸聞。

「渡邊先生說不是『夢見』，是『含恨』。」

雄之助的訊息裡這麼寫著。

「記得書名好像是《含恨帝國圖書館》，內容描述帝國圖書館身無分文，對有錢的博物館又妒又恨，最後變成妖怪跑出來。」

錯不了的，那就是《夢見帝國圖書館》。

此刻我確信ヘイちゃん就是瓜生平吉。原因還有另一個。

「另外，好像也知道喜和子女士那張明信片上的奇妙數字是什麼了。我跟老先生講了這件事，結果他笑說那是圖書館的書籍分類編號，ヘイちゃん動不動就提分類編號的事。」

圖書館的書籍分類編號。

這種選擇數字的方式很適合要寫圖書館小說的人。為什麼之前都沒想到呢？我跟雄之助不禁哀嘆自己怎麼那麼不聰明，同時也拿這件事互相揶揄。總之，只要去查圖書分類法的書，似乎就能找到明信片上那個「謎題」的答案了。

不過，我實在搞不太懂小女孩是怎麼開始跟兩人一起生活的。目前聽到的說法有幫忙照顧朋友的小孩，或是「那一帶眾多的流浪兒童之一」不知不覺間待下來了，直到貼出走失者協尋啟事才收到父母親的聯絡。

ヘイちゃん常常惦記著那女孩，而コウちゃん也總叫他別擔心，反正人都回父母親身邊了。聽說コウちゃん認為女孩子家還是早點跟父母親團聚得好，當初費了很大的力氣找人。

「還有一點讓我很在意，那就是女孩待在那兒的時間。女孩沒待好幾年那麼久。渡邊先生說她可能才待幾個月，最長也不到一年。不過這方面渡邊先生或許也不太清楚吧。」

即便如此，對我們來說，知道瓜生平吉與圖書館小說有關就已經是很大的收穫了。感覺喜和子女士話裡那些含糊不清的部分開始出現清晰的輪廓。

之後紗都沒特別聯絡我，雄之助也沒說什麼。

不過因為很在意「圖書館的分類編號」，我決定再去一趟國立國會圖書館。但在那之前，我一時興起去見了住在本鄉照護公寓的古尾野老師。到了那邊時，古尾野老師正穿著無袖短棉襖深深坐在大廳沙發上，悠閒地翻著報紙，看起來真的就像個「隱居」的人。

「喔，歡迎。」

老師抬起目光，將夾在報夾裡的報紙擺到桌上，並扶正滑落的眼鏡。

「好久不見。」

我客套地開口問候。

「倒也不能這麼說。我跟妳見面的機會比自己兒子還多呢。」

老師的回答讓人不知該如何反應。

這棟高級公寓提供照護服務，適合高齡者居住。雖然大廳不大，卻十分講究，還擺了喬治克隆尼代言的咖啡機。我盯著咖啡機，心想跟老師同齡的住戶是否真的會用那個。看到我這個樣子，老師誤以為我想喝咖啡，便開口說：

「妳去泡杯咖啡來吧。什麼都可以。」

於是我為自己跟老師泡了瑪奇朵拿鐵。

我一邊吸著綿密的奶泡，一邊向老師報告還沒跟他講過的種種事情。

老師聽得頻頻點頭，不過講到明信片上的數字是圖書館的分類編號時，他不禁露出苦笑。

「原來是這樣啊！所以到底是什麼意思？」

「今天稍晚我打算去圖書館查。」

「什麼嘛，妳還不知道啊。圖書分類是嗎？真不甘心，我應該要發現的。」

老師露出一臉懊惱的表情，不過他對渡邊先生講述的戰後上野性工作者地圖頗感興趣，聽得嘖嘖稱奇。提到不確定喜和子女士待在臨時聚落裡的時間時，老師若有所思地沉默一會兒，靜靜地將瑪奇朵拿鐵送到嘴邊。

「那個啊。」

老師開口說。

「喜和子說過吧？戰爭結束沒多久，她跟著父母親來東京辦事，卻不小心走丟了。之後跟沒有血緣關係的哥哥們一起住了一陣子。」

「啊啊，她確實說過呢。也就是說，喜和子女士是在被宮崎的養父收養後才跟父母親分開囉？所以她跟著宮崎的父母親一起來東京，之後在東京生活了一段時間。」

「問題就在這裡。」

「什麼？」

「這樣的話，不就跟喜和子哥哥講的兜不起來了嗎？」

「是啊。聽喜和子女士的哥哥正和先生說，妹妹是戰後過了幾年才突然出現。這也跟戶籍上的收養紀錄一致。在那個場合下沒必要說謊，而且感覺上也不像是他記錯了，所以我猜可能是喜和子女士講的有錯吧。總之，真相為何還有待商榷。」

「我說啊，跟父母親一起出門時不小心走丟了，那其實是我的經歷呢。」

聽老師這麼一說，我驚訝得目瞪口呆，什麼話都說不出來。

高齡者照護公寓的外牆呈紅磚色，建築物周圍種滿了樹。這些樹充分發揮遮蔽的效果，也為了無生機的公寓外圍增添柔和的景觀。古尾野老師好像在植栽裡看到什麼令他好奇的東西，只見他從無袖短棉襖的衣領裡伸長脖子，把臉朝向那邊。老人蒼白的肌膚又乾又皺，帶有點點淡色黑痣。記得老師年紀比喜和子女士大。我不自覺地想到這種理所當然的事。

「那是我的經歷。」

老師靜靜地又說了一次。

「我跟爸媽姊姊從大陸撤退回來，一起搭列車前往目的地，不過抵達大阪後，我看到賣吃的攤販，被香味吸引住，一個人迷迷糊糊地走過去。回過神來，父母親和姊姊已經不見了。我在車站周圍跑來跑去，到處尋找，喊得嗓子都啞了，卻還是找不到人。太陽下山後，人越來越多。化濃妝的女人、乞丐、來歷不明的販子、被稱做車站之子的流浪兒童等等，各種以車站為家，或是等待顧客上門的人紛紛聚集過來。空氣中瀰漫著濃烈的氣味，我完全搞不清楚狀況。我不知該如何是好，又害怕被丟下後再也見不到家人，整個人嚇得動彈不得。最後是一位年紀相仿的男生催著我，把我帶去高架橋下的暗處，我就在那裡蹲著睡。原本以為睡不著，不過畢竟是小孩子，疲累如實地反映在身上。我睡得很熟，在那裡度過了一晚。雖然那天的事令我畢生難忘，但我不曾一五一十地告訴別人。除了喜和子以外。」

「喜和子女士嗎？」

古尾野老師看著外面點了點頭。

「我不記得為什麼會談到那件事。總之，我跟喜和子講了。喜和子瞪大眼睛，聚精會神地聽著。之後沒多久，應該沒那麼快，可能過了幾個月吧。喜和子開始把這件事融入自己的記憶，說她在車站走失過。」

「所以之前是。」

「她原本說不記得小時候的事。」

「古尾野老師有見到父母親和姊姊嗎？」

「隔天他們就來車站接我了。多虧他們能找到我呢。大概是家人之間心有靈犀吧。他們在大阪轉搭市電去了親戚家，不過因為我不知道這件事，他們猜想我可能在車站過夜。父母親一直以為我跟在後面，就搭上了擁擠的市電，直到在陌生的土地上倉皇抵達親戚家，這才發現兒子不見了。雖然當下想回去車站，但天色已經黑了。聽說母親當時幾乎快瘋了。最後他們搭了早上第一班市電來找我，不過我始終忘不了大阪的那一夜。而且——」

這麼說完，老師暫時停下來斟酌著用詞。

「我也忘不了帶我去棲身之所的孩子看到我跟父母親時的眼神。」

古尾野老師有點難受地咳了兩下。

「那時候有好多被稱做車站之子的戰爭孤兒。大人挑起的戰爭害那些孩子失去父母和家園，沒有人比他們更慘了。」

那麼喜和子女士。

我正準備發問時，老師轉動無袖短棉襖衣領內的細瘦脖子打斷了我。

我對那個人有些不太了解的地方。

以前古尾野老師這麼說過。

喜和子總是不肯把事情全說明白。

聽完老師的回憶之後，喜和子女士就把它當成了自己的經歷嗎？還是想到了什麼呢？又或者為了彌補自己不記得過往，決定採用這個小故事？

許多故事圍繞著喜和子女士轉動起來。

把小孩子放在背包裡帶進圖書館的復員兵、在人滿為患的車站裡看丟孩子的父母親、住在木板房裡的復員兵與男妓，這些究竟是不是喜和子女士自身的經歷呢？話說回來，什麼才能稱為經歷呢？

古尾野老師緩緩搖了搖頭，抬起目光說：

「我不是個好對象吧。」

這個人不但有老婆和兩個兒子，還有大學教授這份有頭有臉的工作，只能從中抓空檔跟喜和子女士見面。我不知道喜和子女士是如何看待那段時光。而且我認識古尾野老師時，兩人早已度過那些親密相處的日子了。

不過我還是時常這麼想。喜和子女士受夠了婚姻生活，懷著複雜的心情來到東京，在廣小路開始工作，然後認識了告訴她許多事的老師。博學多聞的他或許有點像那個把《青梅竹馬》講得生動有趣的人。加上兒時經歷又有觸動她記憶的部分，也難怪她會喜歡上這個人了。哪怕喜和子女士對他始終有所保留。

「不，我覺得你們很配喔。」

我不知道還能講什麼，便打趣著這麼說。古尾野老師聞言害臊地撇了撇嘴。

「老師，聽說跟喜和子女士一起住在木板房的哥哥是從南方回來的復員兵，這有辦法查證嗎？目前是知道他待過哪個部隊啦。」

臨走前我突然想到，便試著問問看。

「陸軍嗎？」

「是陸軍。」

「階級呢？」

「不曉得。」

「知道是哪個師團和聯隊嗎？」

「第三八師團步兵第二二八聯隊。」

我看著筆記回答。

這方面倒是挺清楚的嘛。這麼說完，老師又補充了一句：

「去找聯隊史不就知道了？」

「聯隊史？」

「嗯，就是按各聯隊製作的紀錄文集。裡頭應該有附名單吧。妳不是要去圖書館查謎題嗎？那就順便去找聯隊史好了。」

接著老師又叫我解開數字謎題後通知他一聲。於是我離開照護公寓，從本鄉三丁目搭乘丸之內線。

我一如往常地將行李鎖在置物櫃，只帶了筆記用品和錢包，然後刷註冊使用者卡片進入圖書館，坐到搜尋資料用的電腦前。使用者還是很多，花了點時間才找到空出來的電腦。

我沒有多想，直接在搜尋欄打上「聯隊史」三個字。

結果跑出五百六十四件搜尋結果，嚇了我一跳。

戰前出的基本上是由「帝國在鄉軍人會」編纂，戰後則多為各聯隊倖存者自行成立「聯隊史編纂委員會」，也有個人名義出的版本，這些大多都在一九七〇年代到八〇年代間出版。畢竟當時倖存者還很多，加上戰爭已經結束超過四分之一個世紀，想要留下紀錄的風氣肯定很興盛吧。

一一檢閱五百六十四件搜尋結果太麻煩了，於是我輸入關鍵字「步兵第二二八聯隊史」，找到了編於昭和四十八年的聯隊史。

雖然要看聯隊史必須提出閱覽申請，但昭和二十五年九月首刷的《圖書分類法概論》已經電子化了，可以當場在電腦螢幕上看。因為心裡惦記著謎題，我決定先打開《圖書分類法概論》。

這本分類法的書原本著於戰爭期間，不過隨著戰後修改「圖書館法」，改採日本十進位分類法（ＮＤＣ），便順勢出了「增訂」版。

總之，我想知道的是圖書分類。我在這本非常出色的分類法講解書中找到「日本十進位分類法大綱表（昭和二十五年七月新訂第六版）」，對照著記下的數字抄寫到筆記本上。

８７０・義大利語
６９０・通訊
４３０・化學
０１０・圖書館
２７０・傳記
２４０・非洲史
７３０・版畫
８５０・法語

這裡有意義的不是數字，而是分類項目吧。雖然覺得朝這方向想才是對的，但不管我再怎麼看，還是沒辦法從亂七八糟的詞彙中聯想到什麼。「義大利語」和「法語」有共通點。難不成「非洲史」也是？我還是很在意「圖書館」一詞。感覺那是刻意選的。

我想到出門時把那張一直貼在辦公室裡沒能交給紗都的明信片影本撕下來塞進包包裡，於是我咋了咋舌，大費周章地跑去置物櫃拿包包，從中取出摺起來的紙後再把包包放回置物櫃裡。刷完註冊使用者卡片回位子的途中，我打開手裡的紙檢視列在「這是猜謎遊戲。解解看吧」前面的一串數字，確定「０１０」打上了圈圈。

我看了看幾分鐘前做的筆記，上頭寫著「０１０．圖書館」。這圈圈應該是強調這組數字代表「圖書館」的意思。那麼其他數字又是什麼呢？

我微微蹙眉，又看了看「０１０」上的圈圈。圈圈呈縱長形，剛好包住了「０１０」這組數字。不像批改試卷的圈圈，縱長的圈圈將數字納入其中。

我挺直彎駝的背，再度注視著手邊的筆記。這時，腦海裡浮現一種解釋。這圈圈是不是表示只有「０１０」的「圖書館」唸做「圖書館」，其他則要當成記號處理呢？好比只唸開頭第一個音之類的。

「義通化（圖書館）傳非版法。」

寫著寫著，腦海裡出現聲音，然後我又小聲唸了一遍。

我忍俊不住，一股笑意從腹部湧至嘴角。除了「圖書館」以外，其他都只讀第一個音。

「イツカ図書館デアハフ。」*

喜和子女士肯定早就解開這個謎題了。

「有朝一日在圖書館相會。」

喜和子女士寄明信片給宮崎的外孫女時，也寫了同樣的話。

* 註：イツカ図書館デアハフ寫成現代日語即為いつか図書館で会おう（有朝一日在圖書館相會）。

夢見帝國圖書館・23　宮本百合子坐在男女混合閱覽室

昭和二十年夏天，日本敗給聯合國，結束了漫長的戰爭時代。

九月二十七日，駐軍很快來到了帝國圖書館。身穿軍服的美國人默默將名片遞給圖書館館員。

「美國戰果調查團員海軍中尉」

名片上以日語這麼寫著。

戰時就經常請病假的館長松本喜一於這年十一月離世，隔年GHQ民間情報教育局（CIE）的菲利浦・基尼（Philip Keeney）就任占領期間的首任圖書館主管。

這年開始歸還掠奪圖書，並取回撤走的書籍。

從香港搶來的圖書當中包含了英國軍人鮑克斯少校的私人收藏「鮑克斯文庫」，這些收藏在短短一個月內便歸還本人，少校很感謝圖書館將書保存得如此完好。而撤到長野的貴重書籍也回來了。

昭和二十一年五月，岡田溫就任館長，不過隔年四月，基尼很快就被解雇了。理由是他和妻子皆為共產黨員。年過五十的禿頭基尼是個有幽默感和人情味的人，回國時他還說自己沒有小孩，回去時有得穿就好，把所有衣服都留給了圖書館館員們。缺衣少物的圖書館館員們便穿著基尼鬆鬆垮垮的舊衣處理戰後繁忙的工作。

順帶一提，基尼回到麥卡錫主義橫行的美國後被解職。五年後，一位圖書館館員從日本前去拜訪他，卻看到這位曾經的GHQ圖書館主管在紐約郊區的俱樂部剪票勉強維生。

回到昭和二十一年。

這年秋天，舊姓中條的宮本百合子來到少女時代常來的帝國圖書館。

大正時代這位千金才女雖然謊報了一、兩歲，卻埋首於圖書館的群書中。之後她到美國留學，結了第一次婚又離婚，和湯淺芳子同居，去過蘇聯後加入共產黨，和小九歲的宮本顯治結婚，經歷鎮壓、檢舉、寫作遭禁等等，挺過世上所有苦難後，此時百合子四十八歲。戰時被判處無期徒刑入監的丈夫顯治，兩年前終於出獄了。

睽違七年再次造訪帝國圖書館時，百合子十分驚訝於它的變化。

「請問婦女閱覽室在哪裡？」

百合子詢問在場的學生。

「就是這裡。」

學生詫異地回答。百合子進入學生指示的「一般閱覽室」。

戰爭結束一年後的秋天，男女在室內相鄰而坐，各自看書、查東西、寫筆記或打瞌睡。

百合子拉出「一般閱覽室」的硬木椅坐下。在這個少女時代常來的地方，百合子看著前所未見的景象，腦海裡湧現圖書館的往日時光與種種回憶。

帝國圖書館的名稱於昭和二十二年十二月四日廢除，國立圖書館正式誕生。

參透謎題的意義後，接著我打算從《步兵第二二八聯隊史》下手，不過由於先前順道繞去古尾野先生那邊，抵達圖書館時已經晚了，最後我只記下書名就回家了。

我把書名告訴喜和子女士的「上野舊書店」，請對方幫忙找，結果不到幾天就收到了通知。

「其他地方可是開價兩萬到三萬喔。」

舊書店老闆依舊一副施捨的態度說：

「特別算妳四千就好。」

舊書店距離不算遠，也是可以親自跑一趟，不過我實在不想在工作即將截稿的狀況下出門，便請老闆寄來。收到的書裝在漂亮的盒子裡，封面美得宛如新品。原本以為這本書幾乎沒怎麼翻過，不料打開時突然看到註解，文章裡還寫著人名、劃上波浪線。這種書頂多只給待過聯隊的人或遺屬而已，所以關於當事人的敘述或事件才會被看得這麼仔細吧。昭和十四年，愛知縣及岐阜縣底下成立第二二八聯隊，作為第三八師團的一部分。隊員當年都超過二十歲，基本上不可能還活著。

書末附了名單，原本只要從裡頭找出「瓜生平吉」的名字就行了，可是我卻不自覺地看向劃上波浪線的「各隊紀錄」。

這個「各隊紀錄」內容十分零散，感覺似乎沒有明確的方針，也不是由專人負責記錄，而是把各隊某些人寫的日記抄錄下來，或事後再回憶作戰內容留作紀錄。不過可以想見，收集整理這麼多片段需要耗費多大的心力。無論是留下某些紀錄的人，還是收集資料加以編輯的人，現在大多都已不在人世了。想到這裡，如今能夠拿到這本書實在令人驚奇。

總之，我在「各隊紀錄」中關於「第一三中隊」的記述裡發現了「瓜生」的名字。

「第一三中隊」的紀錄裡最常看到的名字是金田任三郎。這個人似乎率領小隊。金田小隊長不但勤寫日記，內容也跟其他人不太一樣。好比部下戰死後，從他的遺物中找到了女性的照片，想到對方還不知道戀人已死就讓人不禁嘆息，或是在地住民懷中的孩子好可愛之類的。

「瓜生」這個名字出現在昭和十五年三月部隊登陸中國中山縣隔天的記述裡。中山縣位於廣東省，介於廣州和廈門之間。

登陸那天，天黑後下起了雨。這裡跟日本不同，三月便進入雨季，氣候溫暖潮濕，部隊不斷遭受蚊蟲侵擾，夜不成眠。天色漸亮時，步哨帶了男性在地住民過來。由於男人晚上在附近徘徊，為避免戰火波及無辜，部隊便把人拘留起來，不過到了早上，他突然開始大聲嚷嚷些什麼。因為完全不懂當地語言，隊員決定先把人帶到金田小隊長面前。

日本人和中國人開始筆談，卻無法順利溝通。就算比手畫腳也沒用。就在一籌莫展的時候，名叫瓜生的一等兵問住民「會不會說英語」。

令人驚訝的是，雖然筆談難以溝通，但那位男性住民居然滔滔不絕地開始說些什麼。「戴著眼鏡」、「個頭很高」的「瓜生一等兵」看著男人聽他說了一會兒，然後轉身向金田小隊長報告：

「對方說這附近沒有軍隊，不用擔心。請讓他回家。」

除此之外，就沒有關於「瓜生一等兵」的記述了。看到廈門香港附近連身穿農服的在地住民都會講英語，金田小隊長大為震撼。

不過另一方面，小隊長也擔心用英語回話會不會顯得敵國英國特別偉大。英國將校絕不會學習日語，也絕不會說吧。雖然自己學了八年英語，但他覺得讓住民得知此事將有損國威，便要瓜生一等兵以英語交談。「瓜生」這個名字就只出現在以上記述中。

之後我不斷掃視「第一三中隊」的紀錄，卻沒有一個地方出現會講英語的高個兒「瓜生」。而金田小隊長的日記也在不知不覺中不見了。

後來部隊攻占香港，從激戰中的瓜達爾卡納爾島一路轉戰拉包爾。

雖然有不少篇幅描述攻陷香港後的意氣風發，但來到名為「餓島」的瓜達爾卡納爾島時，內容卻變得悽慘萬分。昭和十七年十一月，部隊成功登陸，然而十二月就已經開始挨餓了。「糧食幾乎斷絕，樹芽、草根、『蜥蜴』、『鼴鼠』，所有能吃下肚的都吃，燃料則是曬乾的椰子，用細如火柴棒的木片來燒」。至於水的話，「只要有孑孓在就不用擔心」。他們總是撥開浮木片和樹葉，用飯盒舀泥水來喝。

即便沒被炮彈擊中，軍隊也陸續死於瘧疾、腳氣病、大腸炎等疾病。

損失人員的部隊重編為混合部隊後前往拉包爾，不過昭和十九年三月，「第一三中隊」突然奉命守備遠離拉包爾主陣地的庫姆庫姆。「第一三中隊」在那裡執拗地開闢農田、收穫穀物、抓鱷魚來殺，就這樣迎來了終戰。

昭和二十年八月二十三日，部隊宣告投降，澳洲軍占領了陣地，隔年二十一年三月及四月，復員部隊各自抵達浦賀及名古屋。

書末「第一三中隊」的項目裡，可以看到金田小隊長的名字列在戰死者欄上。而生還者名單最後也列上瓜生平吉的名字，後面還補上（死亡）兩個字，不過住址和聯絡方式好像都不清楚。雖然不曉得自戰地歸來的他何時來到上野，但顯然是昭和二十一年春天以後的事了。

喜和子女士究竟是從什麼時候，又是怎樣開始跟這個人一起生活呢？即便再怎麼盯著紅色封面的「聯隊史」瞧，這點依舊不得而知。

夢見帝國圖書館・24　鋼琴家之女現身帝國圖書館

戰敗後的兩年數個月之間，帝國圖書館被稱做「盟總時期的帝國圖書館」。以下故事便是發生在同盟國軍事占領日本時的圖書館。

昭和二十一年二月四日，一輛吉普車開到上野的山上，停在帝國圖書館前。一位年輕女性要駕駛在原地等候，獨自下了車。女性有著一頭亮麗的黑髮，五官深邃，充滿異國風情。

當時日本進駐了約二十萬名美國軍人，而她是那二十萬人裡頭僅有的六十名女性軍人之一。她去年聖誕節來日本，才剛分發到民政局。

「我要找憲法相關的書。」

身穿卡其色制服的她不但是GHQ職員，還是美國人，又是位女性。見這樣一號人物出現，圖書館管理員早已嚇得渾身發僵。聽到她說著一口字正腔圓的日語，管理員更是瞪大眼睛，益發動彈不得。

「我很急。這裡找不到的話，我還得再去其他地方。日比谷圖書館和帝大我都去過了。只要是憲法相關書籍，無論用什麼語言寫的都沒關係。英語就不用說了，法語、德語、俄語也行。

美國獨立宣言也麻煩了。至於英國憲法的話，請幫我找大憲章開始的一系列書籍。另外，我還需要威瑪憲法。——哎。」

女性有點不耐煩地加強語氣說：

「有聽到我說的話嗎？我很急呢。」

管理員和同僚面面相覷，然後才猛然驚醒似地開始搜尋藏書。一位年輕管理員戰戰兢兢地抬起頭說：

「斯堪地那維亞各國憲法可以嗎？」

她放緩生硬的表情，露出合乎二十二歲這個年紀的爽朗笑容：

「謝謝，我想借。可以讓我進書庫嗎？」

倘若帝國圖書館有心，這時或許會猛然想到，啊啊，我的確見過這女孩。

然後圖書館或許會開始回憶日本和中國尚未開戰的時候。當時年號剛從大正改為昭和。

由於帝國圖書館與東京音樂學校相鄰，圖書館偶爾會看到在音樂學校教鋼琴的高個兒猶太裔俄羅斯人牽著那個小女孩的手走在上野公園。那位高個兒猶太裔俄羅斯人名叫雷奧．西洛塔（Leo Sirota），是個活躍於維也納的鋼琴家，被譽為李斯特再世。來這個極東的島國巡演時，這位天才看到許多聽眾寶貝地抱著樂譜大力支持演奏會，於是對這個國家產生了好感。想不到遠離歐洲的純亞洲人國家竟有這麼多人認真欣賞西洋音樂。不光是古典樂，日本人還懂當時的現代音樂。
東京音樂學校教授山田耕筰邀請西洛塔來日本，極力說服他留在日本教學生鋼琴。雖然本身是天才演奏家，但比起自己演奏，西洛塔更喜歡教學。於是他答應擔任鋼琴科教授，帶著住在維也納的妻子和五歲的女兒貝雅特（Beate Sirota Gordon）來到日本。原本聘約只有半年，最後雷奧．西洛塔卻在這個國家生活了十七年。這是因為納粹併吞奧地利後開始迫害猶太人，導致他們沒辦法回維也納。
為了聽父親和他學生演奏，貝雅特經常從位於乃木坂的家來到上野。帝國圖書館不時見證著鋼琴家之女的成長。
小女孩滿十五歲後，便在戰爭加劇前獨自去美國留學。如今她又一個人回到父母親所在的這個國度，成為盟軍最高司令官總司令部的職員。帝國圖書館欣然接納了二十二歲的貝雅特。
憲法相關書籍擺到書庫角落的桌上後，貝雅特．西洛塔一邊辦理借閱手續，一邊朝管理員露出淘氣的笑容。
「採到好多香菇呢。」
「什麼？」
管理員被講日語的外國人女性搞得焦頭爛額，滿懷怨氣地看著她，臉上表情彷彿已經受夠這些莫名其妙的事了，不過貝雅特卻非常開心。

「在這麼大的書庫裡找原文書，感覺不是很像秋天到山上採香菇嗎？」

管理員默默搖了搖頭。

這天貝雅特．西洛塔在東京驅車四處借來的書造就了接下來的九天。日本國憲法的「GHQ草案」在這命運的九天內草擬而成。

那天早上在GHQ本部的民政局一室，貝雅特被告知隸屬於民政局的二十五人將籌備日本的新憲法。此事為最高機密，卻也是必須火速進行的難題。

年僅二十二歲的貝雅特受命擔任人權委員。她抓著寫了機密指令的便條藏在身後準備回房時，同委員會的勞斯特中校叫住她悄聲耳語：

「既然妳是女性，要不要來寫女性的權利？」

抱著好幾本原文書走在帝國圖書館的走廊上時，貝雅特想起了勞斯特中校說過的話。

五歲到十五歲這段期間，我都在這個國家成長，比其他美國人更了解這個國家。像是這國家的女孩十歲就被賣到妓院、女性沒有財產權、就算生不出小孩被休掉也不能說什麼、女性一律被稱為「娘們」，待遇明顯有別於成年男性、社會普遍認為不必讓女性接受高等教育、女人只能接受父母親安排的婚事，一直低著頭默默跟在男人身後等等，這些我都知道。

貝雅特想起了小時候很要好的女傭美代。這國家的女性都像她那樣，我得為她們盡一己之力才行。

貝雅特心想。

如果由我來寫憲法草案的話，我會寫這國家男女平等。

既然神將這重責大任交給了渺小的我，無論如何我都不能出錯。我必須為她們善用這個機會。日本不像西洋有「個人」的概念，要是不趁這個千載難逢的機會提倡男女平等，哪怕再過一百年，現狀也不會改變。在這個基本上男尊女卑的國家裡，任何法律都不會想到要保障女性的權利。這點一定要先寫在憲法裡才行。

貝雅特重新將借來的書緊摟在懷中，離開了圖書館。

敗戰下的帝國圖書館及全東京的圖書館，將所有憲法相關書籍借給了一位年輕美國人女性。包含貝雅特在內，對於將在九天內擬定憲法草案的二十五位民政局職員來說，這些書無疑是最重要的參考文獻。

這或許是帝國圖書館最後一樁，也是最大一樁任務。

此外，這些書不只供ＧＨＱ職員們作為《日本國憲法》的參考。面對九天內寫出草案的難題時，民政局二十五人最倚重的是日本人研究者團體「憲法研究會」提供的民間草案。據說該團體擬定的草案深深影響了實際的ＧＨＱ草案。而憲法研究會的核心人物鈴木安藏在戰爭期間仍勤跑帝國圖書館，所以憲法研究會的「憲法草案要綱」也是帝國圖書館幫忙籌備的。就結果來看，帝國圖書館可說是親自預備好自己的了結。

《日本國憲法》經大日本帝國議會審議，於昭和二十一年十一月三日頒布，並在隔年五月三日施行。日本從此不再是帝國。帝國圖書館依據政令二五四號改名國立圖書館。

沒有Bibliothèque，就無法成為與西方列強並駕齊驅的國家。

明治維新時期在福澤諭吉的建議下設立後，八十年來儘管數度更名變遷，上野圖書館仍然是唯一且最大的國立圖書館。不過後來上野圖書館還是將這角色讓給國立國會圖書館，變成了分館。

那個通知來自意想不到的地方。

我在郵箱發現白色信封。由於收件人地址寫得非常工整端正，彷彿出自代書之筆，我以為是某出版社的高層異動通知，翻過來一看卻發現，上頭清楚地以印章蓋著宮崎縣的地址和祐子的名字。

我完全想不到祐子有什麼理由要寫信給我，頓時忐忑不安。撕開信封後，內容又讓我嚇了一跳。

那封信照例以敬啟者開頭敬上結尾，內文寫著：

「近日將舉行家母．吉田貴和子的灑葬儀式。百忙之中造成您的不便，真是非常抱歉，還望您能參加。」

灑葬是喜和子女士生前的遺願。她曾拜託祐子，卻被拒絕了，所以我完全搞不懂這回到底吹的是什麼風。在紗都隨後寄信過來之前，我每天都過得渾渾噩噩。

「好久不見，您過得好嗎？

距離上次碰面已經過了很久，在那之後我又知道了一些事，便提筆寫信給您。

跟雄之助先生他們去過那棟奇妙的公寓後，我想要更深入了解喜和子女士，卻不曉得該怎麼做才好。由於沒辦法理好心情，有段時間一直把這個問題拋在腦後。

不過因為太好奇了，新年假期回宮崎時，我去見了喜和子女士的哥哥正和先生。這中間發生了很多事，在此先略過不提。總之，我說服了家母，從她口中探聽到聯絡方式。

雖然同樣都在宮崎，但正和先生獨自住在靠近大分的延岡市。見我登門造訪，正和先生非常驚訝，不過他還記得守靈那天的事，就讓我進了屋內。雖然他對喜和子女士沒什麼記憶了，但大概是因為我強烈表示想知道的關係，他便告訴我某個人的名字，說去找這個人或許會知道些什麼。

雖然沒跟您提過名字，但那位是喜和子女士和正和先生母親的朋友，聽說已故的長兄弘和先生和她女兒是青梅竹馬。雙方在孩子長大後仍持續往來，經常聽彼此訴苦，說不定會知道些什麼。

儘管本人已經過世，女兒，也就是弘和先生的青梅竹馬卻仍舊健朗，正和先生說守靈那天她也去了。於是我拜託弘和先生的夫人，問到了聯絡方式。這個人和丈夫兩人住在宮崎市內的公寓。

我在電話裡說明情況，請她到附近的咖啡廳聊。一開始她很訝異怎麼會有人來問這種事，不過她個性開朗健談，還表示以前的事記得很清楚，隨即開始一五一十地告訴我。

其中最令我驚訝的是，喜和子女士之所以跟母親分開，是因為母親決定嫁給宮崎的大伯當繼室。

聽說戰時喜和子女士和母親有段時間借住在母親那邊的千葉親戚家。雖然不確定父親何時過世，但可能是同一時期，又或者是東京空襲之後。這點不得而知。

喜和子女士和母親不只借住在千葉。戰爭結束後，糧食短缺的情況變得更加嚴重，很難繼續在千葉待下去，於是她們又去拜託其他親戚。母女倆好像去了八王子，還是埼玉或群馬內地，又或者輾轉借住不同親戚家，總之，兩人待過不只一個地方。畢竟各地情況都一樣，想必那段時期寄人籬下的母女倆一定很不好過吧。

宮崎大伯的妻子搞壞身體去世後，喜和子女士的母親成了繼室，不過因為那邊已經有兩個孩子了，對方要母親留下女兒，自己一個人嫁過去。

雖然我難以理解為什麼會變成這樣，但那位女士說，當時是人人吃飯都成問題的年代，哪怕只有母親嫁出去，多少也能減輕親戚家吃飯的壓力吧。而且考慮到對方家境不錯，說不定還能給留下的孩子寄點生活補貼。

所以雖然不確定是哪裡，但跟母親分開後，喜和子女士並不是住在『東京上野』。這點也跟正和先生說的一致。

我想喜和子女士應該在親戚家住了一段時間。這段期間的事已經沒辦法向本人求證了，或許她真的『忘了』也不一定。不過就連有母親陪伴都很難熬了，想像起她是怎麼一個人在親戚家過活的，我就覺得心酸。

聽說喜和子女士曾經逃離寄養的親戚家。有人說這種情況發生很多次，也有人說她到任何地方都會離家出走，這點或許是有點誇大了。總之，喜和子女士先跟母親一起在親戚家生活，接著一個人被寄養在親戚家，然後才獨自去了上野。考慮到埼玉和群馬有列車直達上野，可能是從那邊過去的吧。

之後的事真的就不曉得了。

喜和子女士離家出走多久？期間是否一直待在上野的臨時聚落？她是怎樣開始在臨時聚落生活？在那邊生活多久？喜和子女士的母親嫁去宮崎後，直到接回喜和子女士之前有三年的空白，住在臨時聚落又是其中哪段時期？

弘和先生的青梅竹馬說，親戚家告訴母親『那孩子跑掉了。這麼不聽話的孩子，我們沒辦法再幫忙照顧了』。無奈之下，母親一再低頭拜託婆家讓她把女兒接回來。為了尋找離家出走的女兒，母親在報上刊登廣告，還請人幫忙打聽，好不容易才找到女兒。

母親似乎很少提到跟喜和子女士一起住在上野臨時聚落的人。雖然有人通知她女兒在哪裡，但對方也不曉得是什麼樣的人。所以找到女兒後，母親首先帶她去找醫生驗明正身。弘和先生的青梅竹馬是這麼聽說的。

喜和子女士當時大概七歲左右，弘和先生的青梅竹馬則是國中生。聽到這件事時，弘和先生的青梅竹馬嚇了一大跳，覺得這小女孩好可憐。而兩人有默契地將此事當作朋友之間的祕密，不對外人透露，等到喜和子女士適應宮崎的生活時，她們也不再談這件事了。

兒子們好像還有很多事情被蒙在鼓裡。喜和子女士的父親似乎並非軍人，也不是戰死的。喜和子女士的母親曾說『如果是戰死的，就拿得到撫恤金或遺屬年金了』，所以要不就是她對兒子們撒謊，要不就是刻意誤導他們。

我知道的就這些了。

雖然還可以繼續深入調查，但我認為已經不必再探究下去了。總覺得喜和子女士也不想讓我們知道。

母親去了宮崎，把喜和子女士一個人留在親戚家。年幼的她是懷著什麼樣的心情逃跑呢？無依無靠的喜和子女士究竟是如何搭上列車，又是怎樣抵達東京呢？喜和子女士馬上就遇到臨時聚落的哥哥嗎？假使不是，她又孤零零地度過了多少夜晚呢？許多想像在腦海裡打轉，但全都得不出個答案。

之後我又看了好幾次喜和子女士留下的關於臨時聚落的回憶。我認為裡頭有喜和子女士想要記下或留下的什麼。

提議把喜和子女士的骨灰灑進海裡的是我。

家母祐子極力反對，吵著說不想把進墓裡的骨灰再拿出來，還說這麼做是違法的。不過這種事偷偷來也沒人知道，而且家母想要的葬禮和法事全都做了，喜和子女士也一度作為『吉田家的媳婦』進了墓裡，墓碑上還刻了『貴和子』這個名字，所以我覺得已經可以放過她了。身為喜和子女士的外孫女，也繼承了她離家出走的基因，我無論如何都想這麼做。

這些等下次見面再慢慢聊。

不好意思，這麼突然。您會來參加灑骨儀式嗎？

雖然我覺得就算只有我和家母參加比較經濟實惠的聯合海葬，這樣也足以令喜和子女士滿意了，但家母堅持若非要灑骨就得照她的意思做，所以我們在東京灣包了一艘船。船上最多可坐六人，如果您能來，我會非常開心的。我已經找了雄之助先生。我們家是我跟家母會去，如果喜和子女士還有哪些東京的朋友可以邀請，麻煩請告訴我。儀式預計傍晚舉行，希望在那之前能跟您見面聊聊。用ＬＩＮＥ聯絡好嗎？謝謝您。

紗都」

灑骨儀式訂在兩週後的週日。

經過考慮後，我找了古尾野老師。舊書店老闆說這種事最好家人自己處理，拒絕了邀約，多摩川的五十森先生則是聯絡不上。

「反正他也不會來。」

老闆說。

「畢竟他們老早之前就道別過了。」

他又補充了這麼一句。

仔細一想，那時候五十森先生從多摩川過來，純粹只是為了交付喜和子女士的遺物罷了。就是喜和子女士用密密麻麻的小圓字寫出來的那個上野故事。

灑骨儀式從下午四點開始，集合地點是晴海碼頭，所以我、紗都和雄之助先在銀座的老字號咖啡廳碰面，稍後古尾野老師也穿著駝色羊毛大衣、圍著看起來很暖的圍巾出現了。明明都說不必穿喪服了，大衣底下卻是一身黑西裝，領帶也是黑的。紗都和雄之助則分別穿了白色針織連身裙和苔綠色連身裙。

「您好。」

紗都好奇地向前大學教授打招呼。

「這位是之前聊過的喜和子女士的好友，古尾野放哉老師。」

雄之助這麼說完，古尾野老師好像想到什麼似地突然挺直背脊，朝著天空說了一句：

「好友？」

停頓一拍平復心情後，他轉頭望向紗都，

「應該說靈魂伴侶吧。」

做了這般奇怪的自我介紹。

聽到古尾野老師自稱喜和子女士的靈魂伴侶，我嚇了一跳，不過我也很驚訝雄之助跟紗都居然「聊過」。

「哎呀？我們什麼時候聊的？」

「啊，我現在在仙台的公司上班，所以是出差時碰面的吧。」

「第一次應該是年底吧。」

雄之助和紗都互相確認，不過他們不只「聊過」，出差時似乎還經常碰面，這些我全都不曉得。

「令堂呢？」

我這麼問道。

「她去買東西。我們約三越前見。」

紗都笑咪咪地說。

古尾野老師似乎無意對喜和子女士的外孫女解釋他們之間的關係，所以話題大多著重在瓜生平吉。揭曉謎題明信片的答案後，雄之助蹙起眉頭微微張嘴，露出遙望遠方般的奇怪表情點頭應和，古尾野老師則是不服輸地說：

「我早就猜到可能是這樣了。」

紗都聞言笑了出來。

「『有朝一日在圖書館相會』，喜和子女士寄給我的明信片上也寫著同樣的話呢！」
然後紗都突然揭露她離家出走的故事。
「我想那時可能已經見過了。」
這麼說完，雄之助以食指交互比了比自己跟紗都。
「應該沒有。」
「是嗎？」
「照理來說，見過了總會記得吧。」
「是嗎？可是就時間點來說。」
「就時間點來說是碰得到，但沒有。」
「是嗎？」
雖然雄之助還是不死心，但古尾野老師也認為紗都說的有理。
「不過那時是夏天，喜和子女士叫我去二樓拿涼的，所以我上過二樓。」
「原來妳上來過啊！」
「因為二樓才有冰箱嘛。」
異口同聲地附和之餘，眾人回憶起那個小小的木造房屋。進了窄巷可以看到隨意砌設的鋪石地，走到盡頭便是喜和子女士那個拉門不易關緊、屋簷有點歪斜的家。屋裡堆著隨時都有可能倒塌的大量舊書，還有很小的廚房、一葉全集、小矮桌和細長的衣櫃。又黑又亮的陡峭階梯也歷歷在目。

「喜和子女士在那個屋子裡好像非常幸福的樣子。」

紗都溫柔地瞇起雙眼。

「我認為喜和子女士離家到東京後，她成為了她想成為的自己。所以才決定把骨灰灑在東京的大海裡，而不是宮崎。」

「宮崎的大海不是更漂亮嗎？」

古尾野老師不識相地插嘴說。

「是沒錯啦。」

紗都笑了笑。

「話說回來，家母竟然同意了。她本來還說絕對不會灑骨的。」

說著，紗都深呼吸似地緩吸長吐。

「真的真的很不容易呢。」

她說。

紗都說起喜和子女士上野時代的事情時，祐子總是非常抗拒，說那全是她的妄想。紗都認為就算有創作的成分在，也不可能百分之百都是妄想，便把自己知道的都說了。儘管一開始很不情願，最後祐子還是靜靜地聽她說了。不過途中祐子嘀咕著說：

——對媽來說，在宮崎度過的平凡日子就不比上野的生活重要嗎？畢竟妳外公是那樣的人，我明白很多事情都不能如意，不過在這裡和家人一起生活，跟爸結婚生養女兒，難道就不比那些像戰後一樣莫名其妙、亂七八糟的時日重要？照理來說，一般人不是都想忘記後者嗎？——

「然後我這麼回答。重要的不是戰後亂七八糟的生活，而是四十多歲時自己下定決心離家後展開的生活。要說事事不能如意，不是從小時候開始就一直都是這樣嗎？對，我是不知道喜和子女士小時候的事，不過她懂事後待在親戚家也稱不上自在吧？就算去了宮崎，喜和子女士和她母親肯定還是覺得很拘束。婚姻生活也是。」

在紗都身旁，已然是個佝僂老人的古尾野老師拿出手帕擤著鼻子，哭哭啼啼地說其實喜和子女士兒時經常跟母親兩人輾轉借住不同親戚家，而母親後來也拋下她離開了，她這才逃離親戚家去了上野。

「所以把女兒養到十八歲後，喜和子女士才會獨自來到東京，開始往圖書館跑，靠自己重新養育自己。同時循著記憶的片段，嘗試創造出做自己時不可或缺的故事。」

我想起了在那間小屋裡堆滿舊書，非常認真地想寫「圖書館小說」的喜和子女士。身穿袈裟袋裙的喜和子女士雖然那頭短髮都白了，卻依然像個少女。

在三越前等候的祐子感覺好像變了個人似的。或許是已經聽紗都講過雄之助的事了，她的表情看起來不怎麼驚訝，還大方地對古尾野老師和我說：「謝謝你們今天特地過來。」隨後母女倆便招了一輛計程車走了。

等了一會兒，我、雄之助和古尾野老師也招到計程車。坐車到碼頭大約花了十五分鐘左右。

「我不討厭那個人呢。」

雄之助在計程車上說。

「你說那個人，是指祐子小姐嗎？」

「對。應該說我可以理解。我覺得她很坦率。」

副駕駛座上的古尾野老師毫無反應。他有點重聽，可能沒聽到吧。

「什麼意思？」

「為人父母不是很難嗎？親子關係不好真的很要命呢。」

「不過，雄之助的母親不是送你和服嗎？」

聽我這麼一問，雄之助點頭應聲，然後又說起了別的事情。

「我不是跨性別，而是異裝者，也有一種說法叫戀異性裝癖。我並不想變成女性，不過穿上女性的衣服時更讓我覺得舒坦自在。雖然戀愛對象多為女性，但我也曾和男性交往過。妳懂嗎？」

我思考了一下，點了點頭。
「很難懂吧。是啊，我媽很努力。可是爸爸就。」
雄之助就這樣默默看了窗外一會兒。穿越銀座的喧囂後，離碼頭就不遠了。
「而且我們服裝品味還蠻像的。」
雄之助從車窗別開視線，重新面對這邊說。我對不上話題，有點不知所措。
「誰跟誰的？」
「我跟祐子小姐的。」
抵達碼頭時，穿著傳統保守的祐子和女兒兩人已經站在指定的船舶停靠處了。
上船後可以看到船內設了祭壇，骨灰擺放在滿滿的美麗花瓣中。喜和子女士的骨灰經過粉碎處理，收進水溶性的袋子裡。看似儀式主持人的女性身穿深藍色西裝，恭恭敬敬地取出兩個邊長約五公分的方形小盒子放到骨灰兩旁。
紗都小聲對我和雄之助說：
「那是戒指。裡頭有喜和子女士一部分的骨頭。」
「哎？骨頭？」
「家母在禮儀公司的型錄上看到這項服務，就堅持想要做戒指。我跟家母各一個。這是家母最後讓步的條件。」

「挺好的啊。反正只是留下小指頭大的骨頭而已。」

「畢竟骨灰都要灑了，喜和子應該也不會多苛求什麼吧。」

古尾野老師一臉正經地說。

我、紗都和雄之助留下坐在客艙內戴著耳機聽音樂的祐子，以及表示不想動的古尾野老師，三個人來到了甲板上。

「前陣子我又看了『魔笛』。因為仙台有演出，雄之助幫忙拿到了票。」

紗都說。

「是客戶給我的。好看嗎？」

「很棒喔。然後啊，我對『魔笛』有點改觀了。」

「改觀？」

「嗯。我原本以為『魔笛』是在講女兒逃離母親的掌控，不過從母親的角度來看，卻是另一回事。」

「母親的角度？妳說夜后嗎？」

「對。這樣就變成女性嘗試團結起來對抗男性權威的故事了。」

「夜后與薩拉斯妥的爭鬥。」

「夜后說服女兒一起抗爭，試圖打倒薩拉斯妥，最後卻失敗了。」

「劇情就是這樣嘛。」

「原來如此。雖然莫札特的作品不可能隱含這種意圖，但以現代的方式解讀，這種說法或許也是成立的。」

「我猜喜和子女士可能是想跟家母一起抗爭吧。」

「所以喜和子女士是夜后囉。那她會高唱那首詠嘆調呢。」

「而祐子小姐是女兒帕米娜，最後屈服於薩拉斯妥，跟塔米諾結婚。」

「畢竟家母無法接受喜和子女士的價值觀嘛。」

「是嗎？這還不曉得呢。」

雄之助說。

紗都重重地點了一下頭，接著說：

「不過這樣看『魔笛』好像有點奇怪。總之呢。」

「總之？」

「我覺得那齣歌劇最棒的地方，就是帕帕基諾敗給各種考驗，最後卻得到了幸福！」

「對耶。」

「我有同感。」

聊著聊著，船開到了羽田沖。船長宣布將在這裡灑骨，於是古尾野老師和祐子穿上大衣來到甲板上。

太陽西斜，下午就快結束了。雖然三月的海上並不溫暖，但今天天氣晴朗，海面平靜無波，非常適合道別。

身穿深藍色西裝的女性打開兩個盒子後，祐子和紗都便各自將鑲嵌著幾顆小石頭的銀色對戒戴到右手無名指上。

女兒和外孫女用拋擲紙氣球的方式，將裝著骨灰的白色袋子扔進海裡。我們捧著花瓣丟向大海，然後灑了點酒。雖然骨灰沒入海中，花瓣卻輕輕漂浮在水面上。

道別的過程很安靜，沒有音樂致詞，也沒有人哭。總覺得喜和子女士正在某個地方淡淡地笑著。船隻在羽田沖上迴轉，開始駛回晴海碼頭。太陽緩緩西沉。

「這不是葬禮，是祝祭。」

古尾野老師抓著雄之助的手勉強站在甲板上，看著消融於海中的夕陽說。

「祝祭？」

「啊啊。是祝賀喜和子出生在這個世界上，圓滿過完一生的祝祭。」

下船後，母女倆和古尾野老師在碼頭叫了計程車，我和雄之助則是各自搭乘開往不同地方的巴士。母女倆打算在飯店住一晚，明天早上再回宮崎和仙台。

臨走前，我附在紗都耳邊小聲詢問，免得讓祐子聽見。

「令堂真了不起。妳怎麼說服她的？」

紗都難為情地皺起鼻頭，露出小屁孩般的表情說：

「我說我最喜歡媽媽了，謝謝妳生了我。」

有件事令我耿耿於懷，於是隔天上午我又去了趟國會圖書館。

總覺得瓜生平吉這名字似曾相識。

畢竟我曾瞪大眼睛仔細閱讀聯隊史，當然看過這名字的鉛字印刷體，不過我好像也在其他出版品上看過這名字。仔細一想，雖然他用筆名「城內亮平」寫童話故事，但也不是不可能用本名「瓜生平吉」寫其他作品。

不過在電腦裡打上「瓜生平吉」卻搜尋不到任何結果。大概是沒用本名留下作品吧。接著我試著打了「城內亮平」，然而搜尋到的還是只有那本「としょかんのこじ」。

到頭來這個人似乎只留下薄薄一本現在已經沒人看的兒童叢書。

難得來國立圖書館卻毫無斬獲也太可憐了，於是我又在電腦上叫出「としょかんのこじ」的畫面。

雖然之前讀過一次，但對瓜生平吉略有了解後再看這本童話集時，我突然覺得「としょかんのこじ」以外的童話也很有意思。好比「鱷魚與軍隊」可能是改編自拉包爾的經歷，而且雖然

沒有明講，但有的奇幻故事感覺是以香港為背景。

重新閱讀「としょかんのこじ」時，我心想，以喜和子女士當時的年紀，應該進不了復員兵的背包。大概是喜和子女士讀完這篇童話後，稍微竄改了自己的記憶吧。

拉到最後一頁時，我停下了手。

原來是在這裡看到的啊。

這本薄薄的小冊子在最後一頁用比內文更小的字體寫著「後記」。因為名字不同，上次我看都沒看就直接跳過了。上面印著一篇詩文，以及應該是本書作者的「瓜生平吉」的名字。

「後記」兩字後面空了一行，寫著：「本叢書立意在於提升兒童情操教育。《長靴文庫》僅供全國公立圖書館及學校圖書館收藏，未於一般書店流通。近來圖書館及學校圖書館變得益發重要，此為不爭的事實。」接著又空了一行，沒有任何標題的詩文就突然開始了。

門開著
為無父無母的孩子而開
為斷腳的士兵而開
為無家可歸的老婆婆而開
為歡快的陰陽人們而開

為滿腔怒火的野熊而開
為眼神悲傷的南洋大象而開
那是
搭乘火箭前往火星的太空人
學會圍在火邊取暖的古代人
那是
夢想者的樂園
真理使我們獲得自由之處

瓜生平吉

真理使我們獲得自由。

總覺得好像在哪聽過這句話。從我所在的國立國會圖書館東京本館目錄大廳抬頭一看，眼前的圖書館櫃臺上方，就列著那句話和希臘語原文。

夢見帝國圖書館・25 國立國會圖書館分館上野圖書館前

復員兵站在圖書館前。那間圖書館的名字已經跟他以前常來的時候不一樣了。正準備走進略為傾斜的入口時，他突然發現樹蔭處有動靜。轉頭一看，只見有個小孩蹲在那裡。

他沒理會小孩，直接進了圖書館，不過查完東西出來之後，幾個小時前就看到的那孩子還在原地。

「妳從哪兒來的？妳在幹嘛？」

復員兵開口搭腔。小孩什麼也沒說。

「妳叫什麼名字？」

這次那孩子小聲回答：

「きわこ。」*

* 註：原文並未寫成漢字喜和子或貴和子，而是寫成假名讀音，刻意營造出一種模糊的感覺，故在此保留原文寫法。

致謝

撰寫本作的過程中，承蒙國立國會圖書館國際兒童圖書館提供貴重的資料。專精圖書館資訊學的中林隆明老師及高橋和子老師的研究也令我深受啟發。《上野圖書館八十年簡史》、《國立國會圖書館三十年史》等等，包含網路資料在內，各種文獻著實助益匪淺。對於小說內出現的前人作品及研究，請容我在此致上深深的謝意。

此外，本作純屬虛構，一切創作責任皆歸作者。由衷感謝協助出版的各位。

解說　是誰在作夢

京極夏彥

日本接納「書籍」的歷史相當有趣。各行各業皆有其獨特的由來，而我並不精通其他文化圈的出版狀況，自然不了解那究竟有多特殊。不過我是寫小說維生的人，半輩子都融入了閱讀，所以對我而言，那並非僅停留在有趣的層面而已。每當獲得新知時，我彷彿又窺見了些許世界的樣貌。

之所以說接納「書籍」的歷史，而不講「出版」文化的發展，其中是有原因的。當然，自江戶時代起，歷經明治大正時期到現在，出版業的變遷可謂日新月異。從出版商出版逐漸分化出印刷裝訂、經銷零售，以及舊書販賣業——所謂的近代出版文化史光是過程就已饒富興味。不過，那大多是從生產銷售者的觀點探討，消費者——讀者的存在往往不受重視。

然而，商業模式當然是源自於市場動向，所以消費者的存在並非毫無關聯。買書的行為以及讀書文化的形成無疑直接反映在上頭。

然而。

買之前和看完之後的事通常都略而不談。不過對讀書人來說，那不正是最大的問題嗎？買書要花錢，擁有書要空間，跟「書」有關的煩惱九成都來自於此。

「書」原本只是紀錄，並非商品。佛經也好，漢籍也罷，那都不是給一般人看的，更遑論購買收藏了。談到和漢典籍的蒐集與收藏，通常都會先提到北條實時的金澤文庫，不過那跟個人藏書完全是兩回事。雖然自古以來有幾人熱愛蒐集書本，可能是掌權者、僧侶或儒者，但都不是我們這種凡夫俗子。

藏書這個概念，還是要等到明治時期才擴及一般大眾。雖然不確定那是否先於「買賣」系統的建構，但「擁有」的行為確實發生在那之後。明治時期以後，藏書之疾才從學儒、收藏家，一路傳染給我們這些平民百姓。

坦白說，除了「想看某圖書館才有的藏書」以外，我上半輩子都沒使用圖書館資源。現在也是如此。我並不討厭圖書館，只是個性乖張，看完的書都想盡可能留在手邊。想看什麼書就買。哪怕不吃飯，賣掉為數不多的家當，我也要湊到錢買。買不到就找。花上好幾年找到再買。然後不斷鑽研，費心磨練技巧，將書本整理好收藏起來——我壓根不認為這是好現象。純粹只是我有這種怪癖罷了。所以我並不是不敬重圖書館，更不是心懷抗拒。

即便如此，我也覺得自己對圖書館有些漠不關心。

我同樣在寫一本關於明治時期書籍景況的小說，執筆時也曾後悔，當初為什麼不更深入了解書籍館／帝國圖書館的成立與變遷。調查建築結構、所在地、收藏目錄等等十分有趣，永井久一郎和田中稻城也令我為之傾倒。

相關人物、藏書、地理位置、設備，以及賭上存亡的攻防——我對這些都很感興趣，也增長了許多見識。不過，圖書館本身又如何呢？

我不就只是把圖書館當成公共機關嗎？

本以為圖書館跟鎌倉時代的金澤文庫差不多。

實際上可差得遠了。

讀完本書後，我恍然大悟。

書籍館／帝國圖書館的進程，不就是明治以來被名為書籍的妖魔鬼怪附身之人——讀者們的進程嗎？

買書要花錢。要花很多錢。買了要有地方放。書架眨眼間就擺滿了。而且光是買來放著是沒有意義的。若不好好看完，書就成了一疊沒意義的紙。要把書妥善整理好，以便隨時都可以拿出來讀，這必須耗費無止盡的心力。

此乃讀書人的煩惱。

隨著出版體系在明治、大正、昭和時代益趨完備，這煩惱也變得越來越嚴重。帝國圖書館亦然。最大的敵人是戰爭。有時是削減預算，有時是思想言論箝制，有時是物理攻擊，戰爭總是阻擋在圖書館面前。

終日悲嘆的並非只有圖書館職員，還有想要書的讀者。

如同本書提到的，雖然帝國圖書館被許多人充分活用，但樋口一葉和菊池寬不僅「常跑圖書館」，更是「去看書」。然而我卻忽略了這點。

透過中島女士「由圖書館來說故事」的奇招妙計，我逐漸意識到這點，這才茅塞頓開。不過各位也知道，《夢見帝國圖書館》並不是一部藉由擬人化手法讓圖書館自述前半生的奇幻小說。

這安排設想得十分周到。

小說當然是虛構的。不過並非一切都是虛構。若是不從現實挪用些什麼，小說就沒辦法寫，即便寫了，也不易理解。在小說中，虛構與真實密不可分，所以可以把假的寫得像真的，也可以把現實寫得荒誕可笑。這中間的拿捏正是小說的精彩之處，更是小說家的拿手好戲。

中島女士的小說風格非常溫柔，宛如和善的附近鄰居在早上問好。雖然偶有殘酷的情節發展，卻依然溫柔。所以讀者能毫不猶豫地進入這溫柔的日常。精心描寫的縝密細節，以及敘事者情感變化的細緻堆疊，凝聚出一股溫和的推進力。所以讀者能毫不遲疑地在上野與喜和子女士相會。

當然，我們會在書中的日常思考圖書館、書籍和人的種種。讀者與敘事者一同夢想未來，反芻過往。

這寫法著實精煉，非常高明。

不過。

「夢見帝國圖書館」這個性質迥異的部分，卻突然插了進來。（讀者認為的）現實段落裡也出現了同名作品。那些故事好像是喜和子女士口中的哥哥寫的，又好像是喜和子女士打算要寫的，也好像是敘事者未來可能會寫的。讀者或許會認為這部分是以上三者之一，不過實際上卻並非如此。

由於喜和子女士的文章在中期出現時，特別獨立成作中作的形式，顯見穿插各處的「夢見帝國圖書館」並非作中作。

圖書館為錢所苦，懼怕戰禍，愛上閱覽者。有時還出現動物，甚至是藏書彼此交談的場面。就某方面來說，「夢見帝國圖書館」的部分非常自由，不受拘束。不過這部分講的全是（疑似）實際發生過的史實。

到了最後，劇情出現大翻轉。先前敘事者講述的現實（讀者認為是現實的故事）不過是「夢見帝國圖書館」段落的一部分，小說的主角終究還是圖書館。

不——其實都一樣。敘事者、喜和子女士和周遭眾人的故事確實逐漸收攏到書籍和圖書館的故事上。一切彷彿圖書館的夢境。而夢見這個夢的是喜和子女士、敘事者，還有讀者。

含糊的記憶與含糊的紀錄，屹立其中的是極致的真實，也是極致的虛構。真實融於虛構，虛構融於真實，兩者彼此干涉，互相補足。所謂小說大概就是這樣釀造出來的。

本書《夢見帝國圖書館》透過小說特有的技法，帶領大家前往唯獨利用小說這個裝置才去得了的地方。

約莫二十年前，我曾深入國立國會圖書館取材。我國唯一法定送存圖書館內部果然厲害。身為愛書人難得有這種體驗。不過國會圖書館終究是公共機關。

帝國圖書館則不然。他是我們。

畢竟只是作夢罷了。

導讀　筆勝於劍的夢想

盛浩偉

俗諺有云：「免費的最貴。」這話貌似有理，卻也不是處處皆通，有時免費真的就是免費的，比如，圖書館。

不去思考也罷，可一旦思考起來，圖書館還真是奇怪非常的地方。尤其在當代，寸土寸金、萬物齊漲，以環保為名的商品價格通常更高，而以共享為名的服務背後往往隱藏著一整套經濟商業模式，幾乎沒有什麼事物是我們可以不花任何費用就平白享受到的，連租書店也不行。便利商店的用餐區、速食餐廳的冷氣、商場的廁所，縱使免費，但要整天享用多少都還有點心虛；可大概唯有圖書館，是能在裡頭待上一整天，都還覺得理直氣壯的。

所以，這到底是為什麼？圖書館為什麼是免費的？

翻開我國《圖書館法》，第二條的定義這樣寫著：「圖書館，指蒐集、整理、保存及製作圖書資訊，以服務公眾或特定對象之設施」。這法律上的描述，與過往文學作品裡提及圖書館時的側重之處類似，都較著眼於館藏，像是最知名的波赫士〈巴別圖書館〉，就替圖書館增添了迷宮、宇宙、無限資訊等雄偉宏大的印象。誠然，若以圖書館本位的角度，館藏多寡確實是首要重點，不過除此之外，圖書館還有更多層次的意義。中島京子《夢見帝國圖書館》，就是一部將圖書館的方方面面都呈現得淋漓盡致的優秀小說。

故事開端是場莫名偶遇：敘事者「我」是一位作家，在上野公園認識了一位喜和子女士，並斷斷續續得知了她的人生際遇。喜和子建議「我」寫一部「以圖書館為主角」的小說，故事遂由此展開。小說前半段，氛圍相對和緩平穩，但進入後半段則宛若起飛，一下子將視野拉抬到意料之處，十分精彩。

書名「帝國圖書館」所指的，則是明治三十年（一八九七）建設於東京上野、日本第一座國立圖書館。又因其所在地的關係，這座圖書館還有個親切別稱：上野圖書館。

要成立一座圖書館，過程中的困難與波折超乎想像。日本的這座帝國圖書館，最早可追溯到明治五年（一八七二）。當時日本因為舉辦博覽會，連帶地也開設了一間收藏東、西洋書本的近代圖書館「書籍館」。不過當時借閱需要收費，且最初幾年，館藏使用還時常受到限制。之後，又歷經財政困難、明治初年的內戰（即西南戰爭）等因素，令書籍館的行政編制、設立地點、使用方式等屢遭更動，抑或廢止又重新設立，一路從「書籍館」到「東京書籍館」、「東京府書籍館」、「東京圖書館」等等，才終於在二十五年後，正式迎來這座「帝國圖書館」。不過在第二次世界大戰之後，這座圖書館再度改制為「國立圖書館」，隨後又併入「國立國會圖書館」成為其分館；如今，這棟歷史建物則重新規劃成「國際兒童圖書館」——也就是小說一開頭的場景。

小說敘事是多聲部交錯的。在主線的「我」與喜和子女士互動之外，除了輔佐以帝國圖書館的成立過程，更揉合進歷史上眾多曾經實際使用、受惠於帝國圖書館各個不同階段的文人雅士之生平軼事，豐富了整個故事的面貌。在故事內提及或關聯的人物如：明治期的永井荷風、樋口一葉，大正期的宮澤賢治、芥川龍之介、谷崎潤一郎、菊池寬等經典人物，乃至昭和之後登場的吉屋信子、宮本百合子、林芙美子等重要女性作家。他們既是日本近代文學史上各種流派當中之重鎮，也是日本文化風景、精神世界的締造者。

在他們年少、經濟能力還不足夠的時候，其知識及品味養成，大都就是憑藉這座對開放給眾人的帝國圖書館。甚至在這個場所，他們也和親友們發展出了珍貴的情誼。饒負興味的是，故事進入終局之處，甚至還提到了張愛玲與胡適，以及在戰後圖書館與日本國憲法的關聯，由此，都可以看出圖書館在文化發展過程中扮演的重要角色，或者也不妨說，《夢見帝國圖書館》以小說的方式、以圖書館的角度，流暢生動地重寫了半部日本近代文壇史與發展史。

然而，主線故事的功用及意義也不只是在帶出這些歷史趣聞或掌故而已。讀完這本小說，讀者必然能夠解答本文一開始提出的疑問——圖書館為什麼是免費的？答案就在東京書籍館建設之初的本心：因為想要實現教育廣大民眾的崇高志向，因為懷有「筆勝於劍」的理想。更進一步地，這是一種堅信所有人都該獲取並享有書本內容的想法，是以智為名的自由、以智為名的平等。

書籍內涵的寶貴，不在於價格之高，而該像是空氣，不可或缺又取用容易。因為秉著這種立場，所以圖書館對眾人敞開雙臂，甚至在最破敗的時局下，也無差別地替所有人的心靈提供庇護。有趣的是，上野在近代，本就是日本全國各地庶民進出東京的集散地，這也是為何小說裡經常出現「上野包容各種各樣的人」之類的說法；位於上野的帝國圖書館，則更是庇護中的庇護。

細看小說主線故事的鋪排，其實不斷在回應「筆」與「劍」的張力：日本仿效西洋的現代化，其中一股潮流奔向船堅炮利，另一股則重視內在陶冶與知識涵養；前者與實用、利益，甚至軍國主義合流，而帝國圖書館則如同後者壁壘之象徵。兩股勢力不斷較勁、鬥爭，現實上，「筆」總是略遜一籌，但放長遠來看，才往往會看出「劍」的狹隘封閉。

一如小說最後提及的，國立國會圖書館櫃臺上方的那句名言：「真理使我們獲得自由」。圖書館承載著「筆」之夢，贈與所有親近之人真理，以及解放。

作品內含現今看來不適切的修辭，僅是反映出處用語與時代背景，絕無任何助長歧視風氣的意圖。

（文春文庫編輯部）

國家圖書館出版品預行編目 (CIP) 資料

夢見帝國圖書館／中島京子作；黃健育譯——初版——新北市：
臺灣商務印書館股份有限公司，2024.06　面；公分（Muses）

譯自：夢見る帝国図書館

ISBN　978-957-05-3569-3（平裝）

861.57　113005225

Muses

夢見帝國圖書館

原著書名　夢見る帝国図書館
作　　者　中島京子
譯　　者　黃健育
發 行 人　王春申
總 編 輯　林碧琪
選書顧問　陳建守、黃國珍
責任編輯　洪偉傑
封面設計　蕭旭芳
內文排版　薛美惠
版　　權　翁靜如
業　　務　王建棠
資訊行銷　劉艾琳、謝宜華
出版發行　臺灣商務印書館股份有限公司
23141 新北市新店區民權路 108-3 號 5 樓（同門市地址）
電話：（02）8667-3712　傳真：（02）8667-3709
讀者服務專線：0800-056193　郵撥：0000165-1
E-mail：ecptw@cptw.com.tw　網路書店網址：www.cptw.com.tw
Facebook：facebook.com.tw/ecptw

局版北市業字第 993 號
2024 年 6 月初版 1 刷
印刷　鴻霖印刷傳媒股份有限公司
定價　新台幣 490 元

法律顧問　何一芃律師事務所